T0286995

El lugarteniente
Lancaster

El lugarteniente Lancaster

Originally published in English under the title:
Loving Lieutenant Lancaster
© 2018 Sarah M. Eden

Spanish translation © 2023 Libros de Seda, S.L.
    Published under license from Covenant Communications, Inc.
ALL RIGHTS RESERVED. No part of this work may be reproduced.

© de la traducción: Claudia Andrés Lobo

© de esta edición: Libros de Seda, S.L.
    Estación de Chamartín s/n, 1ª planta
    28036 Madrid
    www.librosdeseda.com
    www.facebook.com/librosdeseda
    @librosdeseda
    info@librosdeseda.com

Diseño de cubierta: Nèlia Creixell
Maquetación: Rasgo Audaz

Imágenes de cubierta: © Abigail Miles/Arcangel Images

Primera edición: mayo de 2023

Depósito legal: M-11297-2023
ISBN: 978-84-19386-23-6

Impreso en España – Printed in Spain

Queda rigurosamente prohibida, sin la autorización escrita de los titulares del copyright, bajo las sanciones establecidas por las leyes, la reproducción total o parcial de esta obra por cualquier medio o procedimiento, comprendidos la reprografía y el tratamiento informático, y la distribución de ejemplares mediante alquiler o préstamo públicos. Si necesita fotocopiar o reproducir algún fragmento de esta obra, diríjase al editor o a CEDRO (www.cedro.org).

SARAH M. EDEN

El lugarteniente
Lancaster

LIBROS de
seda

A Nadeoui y Doug
por criar a un hijo maravilloso, por acogerme en sus vidas
y en su familia, por quererme como a uno de los suyos

Capítulo 1

Londres, agosto de 1816

Solo un insensato osaría desobedecer las órdenes del duque de Kielder; y Linus Lancaster podía ser muchas cosas, pero no un insensato.

Por eso, tal y como indicaba la nota que había recibido en la habitación londinense en la que vivía, se presentó a la hora señalada en un punto muy concreto de su club, dispuesto a hacer todo lo que su severo cuñado le pidiera. No temía al duque; de hecho, lo apreciaba, pero el tono de la citación presagiaba algo terrible. Se preparó para lo peor.

Llegó con unos minutos de antelación. Nada había cambiado durante el mes que no había pisado ese lugar. Adam, el temido duque, se ofreció a ser su mentor para que lo admitieran en el club poco después de terminar su etapa en la Marina Real. Le habían ofrecido formar parte de algunas actividades durante los primeros días de adaptación, pero, al haber pasado tantos años de su vida en alta mar, a Linus le costaba pasarse horas jugando a las cartas y apostando sin sentido. Aunque disfrutaba de una partida de billar de vez en cuando y encontraba cierto placer en la lectura, los días de ocio no habían tardado en volverse tediosos para él. Estaba aburrido, y él había olvidado lo que era aburrirse.

Adam lo esperaba ya en el lugar acordado: un rincón algo apartado en la sala de lectura, de paneles oscuros. El gesto, entre la telaraña de cicatrices que marcaba su rostro, denotaba rechazo y desaprobación. El duque, al parecer, estaba de mal humor.

A su lado estaba sentado el otro cuñado de Linus, Harry Windover, que era tan sorprendente como Adam. Linus ocupó la silla vacía junto a ellos. Saludó al duque con una leve inclinación de cabeza y le dirigió a Harry un gesto interrogativo.

—¿Se puede saber ya por qué nos has hecho venir? —preguntó.

—Adam ha decidido hacerse el interesante —respondió Harry—. Mi teoría es que quiere que juguemos a las adivinanzas. Empiezo yo. —Entrecerró los ojos y se acarició la barbilla—. Ya lo tengo. Su excelencia se ha encariñado tanto con nosotros dos que desea que formemos nuestro propio club privado. Nos proporcionará cintas de sombrero a juego y...

—Cállate, Harry. —Adam solía mandarle callar a menudo. Demasiado a menudo, de hecho. Cualquiera que lo escuchara por primera vez pensaría que al duque le desagradaba su cuñado, aunque no era el caso.

—Te toca a ti —dijo Windover, volviéndose hacia Linus.

—Ya he librado suficientes batallas en mi vida, no voy a empezar otra.

—Sabia decisión —contestó Adam, asintiendo con la cabeza.

—Sin embargo, he de admitir que estoy intrigado por saber por qué estamos aquí —replicó Lancaster—. Si estás dispuesto a darnos más detalles, adelante.

Respondió con gesto de disgusto:

—Tu hermana ha aceptado la invitación a una fiesta.

—¿Qué hermana? —Tenía cuatro, al fin y al cabo.

Harry se rio.

—¿Estaríamos teniendo esta conversación si se tratara de alguna que no fuera su esposa?

Lo único que podía hacer que el duque de Kielder aceptara asistir a una fiesta era que Perséfone no le dejara otra opción. Había pocas cosas que le desagradaran tanto como las fiestas: estaban llenas de gente que le resultaba indiferente; tenía que socializar, lo cual detestaba aún más; y le obligaban a estar fuera de casa, algo que solo aceptaba si era cuestión de vida o muerte.

—Sigo sin entender por qué los planes de mi hermana han propiciado este encuentro.

—Tal vez quiere que lo secuestremos para no tener que ir a esa fiesta —sugirió Harry, siempre dispuesto a apaciguar el ambiente.

—No serías capaz de secuestrar a alguien ni aunque contaras con la ayuda del secuestrado —repuso Adam.

Windover señaló a Linus con el pulgar.

—Contaría con la ayuda de este lugarteniente. Seguro que es todo un experto en artimañas y confabulaciones. Estaríamos muy solicitados. Imaginad cuántos caballeros desearían escapar de la alta sociedad. Podríamos anunciar nuestros servicios y vivir algunas aventuras.

—Me vendrían bien unas cuantas de esas aventuras —admitió Lancaster—. Cualquier cosa que me haga escapar de esta monótona vida ociosa.

Harry bajó la voz y le lanzó una mirada de advertencia.

—Ni se te ocurra decirle a Adam que estás aburrido, seguro que encuentra algo atroz con lo que colmar tus horas de ocio.

Por mucho que Linus disfrutara de la compañía y de las bromas, sobre todo porque Harry era todo un experto en hacer rabiar a Adam, sospechaba que el duque no tenía la suficiente paciencia para aguantarlas en ese momento.

—Todos sabemos que no sueles asistir a las invitaciones que acepta Perséfone —dijo Linus, volviendo al tema principal—. ¿Por qué esta vez iba a ser diferente?

—Porque esta vez la fiesta durará más de dos semanas. No permitiré que se vaya sola a Nottinghamshire durante quince días. —A pesar de que disfrutaba de la soledad, no podía soportar estar separado de su esposa durante mucho tiempo—. Además, se aseguró de que no pudiera negarme.

Windover esbozó una sonrisa.

—¿Y cómo lo hizo?

—Me amenazó sugiriendo que, si no, la fiesta se celebraría en nuestro castillo de Falstone. —La expresión del duque se volvió más sombría.

—O vas a la fiesta o la fiesta viene a ti —concluyó Linus, asombrado por la astuta estrategia de su hermana—. No podías negarte.

Harry suspiró.

—Me encantan las mujeres Lancaster.

Las «mujeres» Lancaster. Cuántas veces había pensado el lugarteniente que sus hermanas ya habían dejado de ser unas niñas, incluso la más joven, que ya había comenzado su segunda temporada en Londres. Para él seguían siendo como cuando se había ido de casa tantos años atrás: unas niñas cariñosas.

—Te conozco demasiado bien como para pensar que nos has invitado aquí solo para lamentarte de tus obligaciones sociales —dijo Harry.

—Si yo tengo que ir a esa fiesta, vosotros también —sentenció Adam, mirándolos atentamente con los párpados medio cerrados, para que su mirada pareciera amenazante.

—A mí no me han invitado a ninguna fiesta —replicó Lancaster—. La vida en alta mar no me mantuvo tan alejado de la sociedad como para saber que no puedo llegar a una fiesta por las buenas.

—Estabas incluido en la invitación que llegó a nuestra casa. Parece que nuestra anfitriona no sabe lo terco que has sido con tu hermana, negándote a vivir en Falstone, ni que estás en Londres.

Había sido una situación complicada para Linus y Perséfone, pero él se había negado a ceder. Estar en casa de su hermana le hacía seguir viéndose como un niño. Además, no tendría nada que hacer allí; no quería pasar cada hora del día sintiendo cómo lo atormentaba su propia inutilidad.

—Empiezo a sospechar que sé a qué fiesta te refieres —dijo Harry—. A Atenea y a mí también nos han invitado.

—Perséfone lo ha definido como un «evento social importantísimo». —Adam abrió las aletas de la nariz y concluyó las palabras de su esposa con un gruñido.

Harry comenzó a reírse cada vez más fuerte y Linus hizo lo propio.

—¡Qué valiente es esta Perséfone! Te obliga a ir y ni siquiera se molesta en ocultarte lo mal que vas a pasarlo.

—Lo que más me preocupa no es que haya aceptado sin preguntarme —protestó Adam—. Me ha advertido que si agredo o torturo a alguien en el baile, o si causo cualquier trifulca, me matará.

Windover movió los ojos derrochando felicidad.

—Le tienes un poco de miedo, ¿verdad?

El duque de Kielder hizo caso omiso a la pregunta.

—¿Crees que te será especialmente difícil evitar lo de agredir o torturar? —preguntó el joven Lancaster.

—Sabiendo dónde se celebra la fiesta —dijo Harry—, la respuesta a tu pregunta es un rotundo «sí».

Esto despertó el interés de Linus aún más. Miró alternativamente a sus cuñados.

—¿Quiénes son los anfitriones?

El duque torció la boca con un gesto serio y, una vez más, Harry respondió a la pregunta que Adam se resistía a contestar.

—La condesa viuda de Lampton.

—¿Pretendes agredir y torturar a una viuda? —preguntó Linus con ironía.

—No seas ridículo —replicó el aludido.

—Apuesto que es su hijo, el conde, quien corre ese peligro —dijo Harry.

«Lord Lampton», pensó. Linus trató de acordarse de él. Había pasado muy poco tiempo en sociedad, así que no le resultaba fácil recordar a la gente.

—Creo que siempre viste con colores vivos.

—Nunca he conocido a nadie que haga tantas cabriolas, que se pavonee y, en general, que moleste tanto como él —aseguró Adam—. Se deleita haciendo el ridículo. Me obliga a poner en práctica todo mi autocontrol para no abofetearlo cada vez que nos encontramos en la Cámara de los Lores.

—Sospecho que el matrimonio ha suavizado a ese conde tan pretencioso —opinó Windover—. No deja de estar un poco loco, eso es cierto, pero ya no es tan extravagante como antes.

—Hace menos de quince días asistió a la Cámara de los Lores vestido de verde lima —objetó Adam—. Y estoy totalmente seguro de que me miró para ver mi reacción. No sé si intentaba impresionarme o molestarme.

Linus volvió a intervenir:

—¿Crees que este ridículo señor será quien te convierta en un asesino?

—Lampton está prácticamente rogando que lo estrangulen —dijo Adam.

—Y a ti no te importaría hacer realidad sus deseos —añadió Harry.

El duque asintió despacio pero con decisión, aunque no lo suficiente como para asustar al lugarteniente. A pesar de que su cuñado no destacaba por ser cariñoso y solía mostrar ante los demás su cara más severa, en general sabía comportarse y, aunque aseguraba que solo controlaba sus actos por las amenazas de Perséfone, la realidad era que había mejorado con los años.

Harry emitió un silbido suave.

—¿Adam en la misma casa que lord Lampton durante dos semanas? Nunca saldremos victoriosos de esta batalla, Linus. Habrá sangre, sudor y lágrimas, y probablemente sean nuestros.

—Entonces os vendrá bien tener un militar de vuestro lado. —En realidad, a Linus le entusiasmaba la idea. Evitar que Adam arruinara la feliz estancia de Perséfone en Nottinghamshire y que el pretencioso lord Lampton acabara con su paciencia sería un tremendo reto. Y él necesitaba un reto.

—¿Crees que podremos con esto? —Harry aún parecía divertirse, a pesar de sus evidentes dudas.

—Tal vez muramos en el intento.

—No te preocupes —replicó Adam levantándose de la silla—, si no lo conseguís, no seréis vosotros quienes muráis.

—¿Ahora estás hablando de ti? —preguntó Harry—. ¿O de Lampton?

—De ambos —respondió el duque—. De ambos.

Capítulo 2

Hampton House, Nottinghamshire

rabella Hampton se disgustó al ver a su tía rebuscar entre su escaso repertorio de vestidos y apartar la mayoría de ellos a un lado.

—No necesitas vestir colores tan vivos. Una dama de compañía debe ser útil pero discreta, no el centro de atención.

Ninguno de los vestidos podía considerarse realmente llamativo, pero la joven tuvo que admitir que el azul celeste que su tía descartó no se ajustaba a la imagen que se suele tener de las damas de compañía: sombrías, serenas, serias. Los marrones y grises y los colores oscuros eran probablemente los más adecuados.

—Sin duda, este verde es el más discreto —dijo, mientras levantaba un vestido de día de lana. Sería cálido cuando llegara el invierno y el corte era favorecedor: un argumento sin importancia, pero válido. Se sentía terriblemente insegura de sí misma ante su nueva posición y necesitaba todas las fuerzas que pudiera reunir.

La señora Hampton miró el traje.

—Demasiado escotado —respondió, antes de lanzarlo sobre los otros.

El corpiño era tan alto que ni siquiera se le veía la clavícula cuando lo llevaba puesto. Tal vez era más atrevida de lo que se le permitía a una dama de compañía. No había vivido una vida de lujos; desde que cumplió los siete años no había sido más que una pariente pobre en casa de su tío, pero ser la dama de compañía de una condesa viuda era algo muy diferente.

¿Cometía un error al esperar que se le permitiera llevar un color alegre de vez en cuando?

—*Lady* Lampton te ha dado una oportunidad, Arabella. Podría haber elegido a alguien con experiencia, a quien no necesitara formar ni instruir. Aunque ser joven suela ser una ventaja, imagino que habría preferido la compañía de alguien más cercana a ella en edad y, cielo santo, más cercana a su posición... Pero te eligió a ti, y deberías asegurarte de que no se arrepienta.

Arabella era consciente de su buena suerte. A decir verdad, incluso la desconcertaba un poco. Le habían ofrecido el puesto unos días antes, sin preámbulos, sin avisar. *Lady* Lampton apareció en su casa e hizo la oferta con un tono de autoridad inquebrantable. Sus tíos consiguieron llegar a un acuerdo hasta entonces impensable. La joven empezó a hacer las maletas esa misma noche.

Se había presentado ante ella una oportunidad de escapar de la miseria que había sido su vida junto a sus tíos. La primera esposa había fallecido muchos años atrás y eso supuso un poco de paz para la joven; sin embargo, la segunda señora Hampton era muy parecida a la primera.

Era mejor que escaparse: viviría en Lampton Park, lo más parecido al cielo que podría encontrar en la tierra. Pasaría sus días entre la familia Jonquil, tal y como solía imaginarse de niña.

El difunto conde había sido con ella el hombre más amable del mundo. Siempre la saludaba con la misma deferencia con que trataba a las hijas de las buenas familias, aunque ella no pudiera esperar que se le diera tal importancia, porque no era más que una huérfana al cuidado de unos tíos que no la querían.

El primer recuerdo que tenía del conde era nítido, a pesar del paso de los años. Sus padres habían muerto poco antes del día en que lo conoció. Había acudido al cementerio para dejar un puñado de flores silvestres junto a sus tumbas, pero, al no saber leer, no pudo encontrarlas. Su dolor se volvió insoportable al darse cuenta de que, ahí, los había perdido para siempre. Él la encontró, la rodeó delicadamente con el brazo y la llevó hasta el lugar donde yacían sus padres, sin dejar de abrazarla mientras ella lloraba.

Después lo había buscado una y otra vez, sin darse cuenta en su inocencia de lo presuntuoso que era pretender acaparar el tiempo y la atención de un conde. A veces se había sentado junto a él solo para llorar; otras veces, le hablaba de su día, de algún pensamiento que ocupara su mente. Él la escuchaba sin importar lo que le contara. La había abrazado, se había reído con ella y la había tranquilizado.

Se preocupó por ella cuando nadie más lo hizo, y lo quería por ello.

—¿Me estás escuchando? —preguntó su tía.

—Lo siento.

Con un «chsss» y un movimiento de cabeza, la mujer comenzó a reprenderla:

—Se supone que debes ser una ayuda para la viuda. Si andas todo el tiempo pensando en Dios sabe qué, no tardará en hartarse de ti y te quedarás sin tu puesto. Si eso ocurre, no pienses volver aquí.

Arabella asintió. No sería una decepción para nadie.

—Deseo hacer un buen trabajo, pero no estoy segura de cómo hacerlo.

—Haz lo que te digan, no te metas en problemas, no llames la atención ni olvides que no eres mucho más que una sirvienta. —La joven volvió a asentir. Eso no distaba mucho de lo que ya hacía en su propia casa, un papel que había aprendido bien en los últimos dieciséis años—. Y no les des motivos para que se avergüencen de ti. El título de la familia Lampton es antiguo y respetado, no importa que el nuevo conde sea un poco peculiar. Están situados tan por encima de ti como el mismísimo cielo.

La joven repitió el gesto de asentimiento. Sabía muy bien que lo que decía su tía era cierto. Una vez le había preguntado al conde si podía vivir con él y formar parte de su familia. Él le respondió, sin ser descortés, que eso era imposible. «La familia debe estar con la familia», le respondió con dulzura. No hacía falta que dijera nada más. Ella pertenecía al lugar donde estaba y el sueño de conseguir algo mejor no era más que eso: un sueño.

—Bien. —Su tía apretó los labios—. Ahora veamos los abalorios.

La joven sacó una cajita cubierta de caracolas que había encontrado tirada tras la casa de la familia Sarvol, hurgando entre la basura a los ocho años. Ahora guardaba allí los pocos adornos que tenía. Tan rápida y sutilmente como pudo, sacó de ella una delgada cadena de la que colgaba una sola cuenta de cristal. La escondió en el puño, apartándola de la vista de su tía, y después le entregó la caja. No le importaba que quisiera deshacerse de lo que había ahí guardado, pero esa cadena y esa cuenta lo significaban todo para ella.

Philip Jonquil, el mayor de los hijos del conde, le regaló esa joya poco después de que su padre muriera. La había encontrado entre sus cosas con una nota que indicaba que era para ella, que entonces no tenía más que once años. Su querido conde no la había olvidado, ni siquiera en el momento de su muerte. Aceptó el regalo y lloró con el corazón roto. Philip, demasiado joven para soportar semejante carga, la abrazó, igual que había hecho su padre años atrás. La consoló, aunque él también sufriera el mismo duelo.

Desearía que le hubieran permitido formar parte de esa familia. Entre ellos nunca se habría sentido sola ni rota ni olvidada. Pero de eso habían pasado ya once años; once años sin su lord Lampton, once años de soledad y desamparo. Ya doblaba la edad que tenía cuando recibió el collar: el último acto de bondad del conde hacia ella, y sin embargo sufría su pérdida casi tanto como entonces.

Su tía dejó caer la caja sobre la cama.

—Tendrás que dejar aquí todo esto.

La joven apretó el puño en el que guardaba su tesoro para asegurarse de que seguía allí.

—Te llevarás cuatro vestidos y dos trajes adecuados para cenas o fiestas —añadió la mujer—. Nada de joyas o peinetas hermosas.

Dejar atrás los escasos abalorios que tenía y resignarse a los vestidos poco elegantes era el precio que debía pagar. Estaría lejos de sus tíos y de la miserable vida que le imponían. A cambio, viviría con la familia Jonquil, recorriendo los pasillos donde su querido lord Lampton había pasado sus días. Estar allí, aunque fuera como dama de compañía y no como la hija adoptiva que deseó ser, la ayudaría a llenar el vacío que siempre había sentido.

En Lampton Park podría encontrar por fin su hogar.

✾ ✾ ✾

A Arabella se le aceleró el corazón cuando el carruaje pisó el cuidado camino que llegaba hasta el pórtico delantero de Lampton Park. La majestuosa perspectiva de los terrenos del jardín extendiéndose en todas las direcciones, la imponente fachada y los magníficos árboles situados a intervalos perfectamente medidos declaraban a los recién llegados que aquella era la casa de una familia importante. Solo una niña tan ingenua como solitaria creería que un lugar así podría ser su hogar con solo desearlo.

«Pero ahora sí lo será», pensó. De una manera u otra. Viviría ahí, y eso le bastaba.

Condujeron a Arabella y a sus tíos directamente a una sala de estar, donde los recibió la viuda del difunto conde, vestida como siempre de un negro impecable. Intercambiaron reverencias e inclinaciones a modo de saludo.

—Es todo un placer... —comenzó diciendo la señora Hampton.

—No los retendré —dijo la señora Lampton de forma cortante—. Su sobrina y yo seremos capaces de arreglar esto solas.

El señor y la señora Hampton no podían hacer otra cosa que aceptar la despedida. Seguir allí sería insinuar que la viuda no era capaz de ocuparse de los asuntos que tenía entre manos.

Así de rápido, Arabella se libró de las dos personas que habían controlado todo lo que pasaba en su vida durante años. Tardó un momento en asimilarlo. No importaba que fuera una mujer adulta; nunca se le había concedido ni la más mínima libertad. No sabía cómo actuar.

—Me alegro mucho de que estés aquí. —La viuda le tomó las manos y se las estrechó afectuosamente.

—¿Lo dice de verdad?

La mujer sonrió con ternura.

—Oh, querida, veo que tus tíos han apagado tu alegría. —Pasó el brazo por el hombro de Arabella y la guio fuera de la habitación, hacia la gran escalera—. Si te dijera que pronto celebraremos una fiesta en casa, ¿te levantaría el ánimo?

Asintió. Las fiestas suponían mucho trabajo. Tendría mucho que hacer y eso la ayudaría a ganarse su bienvenida.

—Magnífico —respondió la señora Lampton—. Pero por ahora preocúpate solo por instalarte.

Arabella pasó la mano por la barandilla mientras subía las escaleras. Estaba segura de que el conde también solía hacerlo. Había vivido allí, feliz y en paz. No le costaba imaginárselo en ese lugar, recibiendo a los invitados en el vestíbulo desde la parte más alta de la escalera. Si estuviera allí en ese momento sonreiría a su esposa como siempre lo había hecho: con un amor tan palpable que nadie que viera su expresión podría dudar de la solidez de sus sentimientos.

Había amado a su esposa y nunca lo disimuló; algo que pocos caballeros se permitían. La joven sabía con absoluta certeza que él también la habría acogido allí, abrazándola como tantas veces había hecho. Ahora ya era toda una mujer, pero quería creer que él no habría dejado de consolarla con aquellos abrazos paternales que tanto extrañaba.

—Tu habitación está justo aquí. —La voz de la viuda rompió el hechizo de los recuerdos—. Pero debes saber que nos trasladaremos a la residencia privada cuando termine la fiesta, así que pronto tendrás que volver a hacer la maleta. Te informo de esto para que puedas decidir qué objetos sacar y cuáles dejar en la maleta hasta que nos instalemos definitivamente.

«La residencia privada», pensó. Claro... como Philip se casó, su esposa se convirtió en la verdadera dueña de aquellas tierras, por lo que la señora Lampton ya no debería vivir allí. Que la viuda hubiera permanecido tanto tiempo en la casa principal era, en realidad, algo inusual. Sintió cierta decepción. La residencia de la mujer no era el lugar con el que había soñado todos aquellos años. No era el hogar del conde.

Aun así estaría cerca, era un consuelo; además, ayudaría y acompañaría a la viuda, lo que habría complacido al conde. Esa idea la tranquilizaba y le devolvía el entusiasmo.

Philip, el nuevo lord Lampton, salió de una habitación situada solo dos puertas más allá del pasillo en el que se encontraban. Vestía un llamativo chaleco verde, una prenda acorde a los gustos del joven y extravagante conde; su abrigo, sin embargo, era de un gris apagado, sin duda por la influencia de su esposa.

Sonrió al verla.

—¡Arabella! —Se conocían desde siempre; eso no justificaba que la llamara por su nombre de pila, pero tampoco resultaba reprochable—. Veo que al final madre consiguió traerte hasta aquí. Estaba decidida a que vinieras.

Todos los hermanos de la familia Jonquil habían sido bastante traviesos. Los vecinos habían pasado a su costa unos años de diversión y cautela, pendientes de cuál sería su siguiente trastada. Philip había sido, con diferencia, el más divertido de todos. Arabella no podía contar las veces que había bajado hasta la orilla del río para ver a los hermanos librar sus batallas de barcos de papel o perseguirse entre los árboles y la maleza. En más de una ocasión se había reído tan fuerte con las payasadas de Philip que había delatado su presencia. Ninguno se enfadó nunca por ello e incluso la invitaban a unirse a sus juegos.

Se apagaron tras la muerte de su padre. El cambio en la actitud de Philip fue aún más brusco, el peso que recaía sobre él acabó con su carácter despreocupado. Con el tiempo, transformó esa sobriedad en una extravagancia casi ridícula. Nadie llegaba a comprender por qué. Arabella no podía apartar de la mente el recuerdo de él con diecinueve años, unos días después de enterrar a su padre, sentado en el muro del jardín trasero de Hampton House y rodeándola con el brazo mientras ella lloraba. Ese era el Philip que recordaba y el que cada vez más a menudo veía asomar tras de la coraza de frivolidad que mostraba.

—Buenas tardes, lord Lampton —saludó, mientras hacía la debida reverencia.

Él se rio; al fin y al cabo habían vivido muy cerca en la niñez.

—No creo que llegue a acostumbrarme a que me llame así alguien que me conoció cuando no era más que un crío.

—Es unos años mayor que yo —replicó ella—. Eso le ayudará un poco.

Se le iluminó el rostro con su característica sonrisa.

—Todavía soy un poco inmaduro.

—¡Gracias al cielo! —repuso la viuda—. Que fueras todo un hombre me convertiría en una pieza de un museo de reliquias.

—No lo creo. —Philip besó la mejilla de su madre—. No me he olvidado de nuestra cita. Me reuniré contigo en el salón dentro de un cuarto de hora, dispuesto a comprometerme a todo tipo de cosas incómodas y aburridas para tu fiesta.

La mujer le dio un codazo burlón.

—Te encantan esas «cosas incómodas y aburridas». No digas lo contrario.

—Es cierto, disfruto de las reuniones —admitió, estirándose el chaleco.

—Lo que te gusta es el público.

Se rio una última vez mientras desaparecía por el pasillo. La viuda condujo a Arabella a una estancia del fondo.

—Esta era la habitación de Stanley —dijo—. No es muy femenina, pero ofrece una vista preciosa del jardín oriental. Cuando nos traslademos a mi residencia privada, podrás elegir entre tres habitaciones diferentes.

—Muchas gracias.

La señora dedicó un momento a observarla, con una expresión enigmática.

—Me alegro de que estés aquí, Arabella —dijo por fin—. Espero que seas feliz en Lampton.

—Sé que lo seré. Estoy segura.

La viuda asintió.

—Te dejaré que deshagas la maleta y, si te sientes con ganas, me gustaría que te unieras a nosotros para ultimar los detalles de la fiesta. Me vendría bien contar con unos ojos y unas manos más en los arreglos finales.

—Por supuesto.

Entró en el cuarto con la intención de colgar los vestidos y guardar otras prendas en el armario lo más rápido posible para no llegar tarde. La habitación era, como le había advertido la viuda, bastante masculina: con telas pesadas y colores oscuros, aunque agradable. El ventanal que ocupaba la pared dejaba entrar una gran cantidad de luz que iluminaba el espacio.

Sería muy feliz allí mientras permaneciesen en la casa. Aunque pretendía estar lo suficientemente ocupada como para no pasar demasiado tiempo en su dormitorio.

«Considera una orden todo lo que se te pida». Recordó las palabras de su tía antes de llegar.

Arabella lo consideraba todo un privilegio. Por fin formaba parte de la casa del conde; no permitiría que el sueño que tanto había deseado se desvaneciera.

No le habían permitido llevar mucho equipaje; pero aunque hubiera trasladado todo lo que tenía habría parecido insignificante en aquella alcoba. Ordenar sus cosas no le llevó más que un momento. Terminó sacando un guante del fondo de la maleta. Dentro del pulgar estaba su cadena de oro con la cuenta de cristal.

La sostuvo entre las manos unos segundos, sintiéndose tan reconfortada como siempre, antes de abrochársela alrededor del cuello. Apoyó la palma de la mano en la cuenta, que colgaba sobre el corpiño de su vestido gris. Notaba cómo los dedos le latían con el pulso, como haciéndose eco de su nerviosismo.

—Por fin estoy aquí —susurró. No iba a desperdiciar la oportunidad.

Encontró a la viuda en la sala de estar después de buscarla durante unos minutos. Philip y su esposa no habían llegado todavía. La mujer dio unas palmaditas detrás del sofá donde estaba sentada.

—¿Puedo hacer algo por usted, *lady* Lampton? —preguntó Arabella.

—Me temo que vas a tener que dejar de llamarme así. Ahora ese título también le pertenece a mi nuera. Si nos llamas igual, harás que la gente se confunda cuando ella esté presente.

Estaba de acuerdo, pero no sabía qué sería lo más apropiado.

La viuda, mientras pensaba, jugó inconscientemente con el collar de cuentas negras que adornaba su cuello.

—Mi suegra quería que todo el mundo la llamara «la vieja señora Lampton» tras la muerte de su marido. Pensó que era divertido. Y lo cierto es que lo era.

La joven sonrió.

—¿De ella ha heredado su hijo el sentido del humor?

—Probablemente. Su padre también era muy divertido.

«Divertido» no era la palabra que más definía para Arabella al difunto conde, pero también encajaba con su carácter. Lo había visto formar parte de las travesuras de sus hijos muchas veces y se pasaba los días gastando bromas, riéndose o, al menos, sonriendo.

—Creo, Arabella, que debes llamarme «madre», como hacen mis hijos y sus esposas —propuso la viuda—. En público y en presencia de los invitados, por supuesto, seguiré siendo *lady* Lampton, «la viuda» o algo parecido a eso. Pero cuando estemos en familia, y especialmente cuando estemos a solas, puedes llamarme «madre».

La joven no cabía en sí de felicidad.

—Es un término muy familiar para alguien que está aquí como poco más que una sirvienta.

—Arabella —replicó la mujer, poniendo la mano sobre la suya—, siempre has sido y siempre serás mucho más que una sirvienta.

Sintió una punzada en el pecho. Ser «mucho más que una sirvienta» estaba muy lejos de ser «parte de la familia», pero esas palabras le generaron una esperanza casi dolorosa, fruto de la desesperación y la amargura vividas hasta ese momento. Ya había aprendido que era mejor no ser demasiado optimista.

—¿Está segura?

—Completamente. Si es necesario, lo declararé con una orden, como si fuera una matrona vieja y cascarrabias.

Sonrió ante la broma de la señora Lampton.

—De acuerdo, madre, pero me costará acostumbrarme.

Era feliz por el honor de poder tratar de un modo tan personal a una dama a la que había querido y admirado durante tanto tiempo.

El tintineo de los relojes anunció la llegada de Philip.

—Traigo noticias, madre —dijo, acercándose a ellas—. El duque y la duquesa de Kielder han aceptado la invitación, con la condición de que se les permita traer a lord Falstone.

Su madre, tratamiento que le resultaría difícil de asimilar y pronunciar a Arabella, asintió.

—Por supuesto. ¿Los Windover también traerán a sus hijos?

Philip guardó el monóculo en el pequeño bolsillo de la camisa diseñado específicamente para ello.

—Tengo entendido que estarán de visita en casa de su tía durante las próximas semanas.

—¿Y los hermanos de la duquesa? —preguntó la madre.

—Asistirán ambos —dijo Philip, antes de ajustarse la corbata—. Y con ellos acaba la lista de invitados. Tu fiesta tiene todos los ingredientes para ser todo un éxito.

Lejos de alegrarse, la expresión de su madre se tornó preocupada.

—Pero si Sorrel decide no asistir...

Sorrel era la mujer de Philip, pero, últimamente, parecía más bien una reclusa.

—Seguro que lo hará —dijo—. Nunca ha sido una persona que descuide sus deberes y obligaciones, aunque prefiera la soledad.

—¿Y si no lo hace? —A la viuda parecía preocuparle esta posibilidad.

Arabella mantuvo la cabeza baja; no quería inmiscuirse en un tema tan personal. Se le había concedido el derecho a dirigirse a *lady* Lampton como sus propios hijos, pero era consciente de que el vínculo no era tan estrecho.

—Ya nos preocuparemos por ello en su debido momento. —Philip había abandonado el tono impostado—. Me niego a creer que la hayamos perdido del todo.

La joven no sabía qué había llevado a la nueva condesa a querer apartarse de esa forma, pero todos habían notado lo distante que se había vuelto. No había asistido a ninguna de las reuniones celebradas antes de que la familia se marchara a Londres a pasar la temporada. Había regresado antes que su marido, mucho antes de que la vorágine de la alta sociedad acabase, y no se había dejado ver demasiado desde entonces. Aunque no faltaba a la misa de los domingos, siempre aparecía con una expresión fría y apagada. La gente hablaba de ella a menudo, pero nadie tenía respuestas al porqué de su actitud. Los miembros de la familia Jonquil, siempre leales entre sí, se habían negado a complacer la curiosidad de nadie.

—Me preocupa un poco que invitar al duque de Kielder haya sido imprudente —admitió la viuda—. Puede ser irritante, y tal vez Sorrel no sepa encajar su aspereza.

Philip respiró hondo, nervioso.

—Es arriesgado, sin duda. Pero he visto su coraje al enfrentarse a personas así y espero que no se acobarde ante la presencia de su excelencia.

—Y yo espero que tengas razón —dijo su madre sin dejar entrever esperanza alguna.

Esto no era precisamente lo que Arabella había esperado de la conversación sobre la fiesta. Había llegado a la sala de estar dispuesta a aceptar una larga lista de tareas que determinaran su posición en la casa. Encontrarse ante la incomodidad de fingir que no escuchaba una conversación tan personal como aquella solo podía recordarle que no formaba parte de la familia, a pesar de haber pasado toda una vida soñando lo contrario.

—Te gustará saber —continuó Philip con su usual entonación ridícula— que mi sastre está confeccionando un chaleco de un extraordinario tono azul para mí.

—Ya sabes lo que opina el duque sobre eso —le advirtió su madre.

—Lo sé —respondió lord Lampton divertido—. Estoy deseando que llegue el momento.

La viuda sacudió la cabeza de un lado a otro.

—Te tomas sus enfados demasiado a la ligera.

—Y por eso me gusta tanto.

Su madre se rio por lo bajo. Retomó el asunto de la fiesta y los preparativos. A Arabella le encomendaron algunas tareas que aceptó con entusiasmo. La familia estaría feliz de que formara parte de su hogar. Encontraría un lugar y un propósito entre ellos, estaba decidida a lograrlo.

Haría que el difunto conde se sintiera orgulloso y, por fin, dejaría de sentirse sola.

Capítulo 3

No entiendo cómo puede ser que los bandidos no hayan atacado nuestro carruaje. —Artemisa, la hermana de diecinueve años de Linus, no había parado de quejarse durante el viaje a Nottinghamshire. La mayoría de las protestas aludían a aventuras de las que se sentía privada—. Adam no se esfuerza nada por ocultar que puede haber objetos de valor aquí dentro o, al menos, personas que podrían retener para pedir un rescate. Con el escudo de armas en la puerta, todos pueden ver el blasón de Kielder paseando de un lado para otro.

—Misterio resuelto, entonces —dijo Adam, mientras pasaba las páginas del periódico.

Tras dedicar unos segundos a reflexionar sobre lo que había dicho, Artemisa miró a su hermana mayor en busca de apoyo. Perséfone, callada, arropó los hombros descubiertos del pequeño que dormía en su regazo. Los niños de tres años no solían portarse tan bien durante los viajes largos, pero él estaba cansado.

—El escudo de armas y el blasón no hacen alarde de riqueza —replicó Perséfone—. Solo advierten.

La más joven cruzó los brazos sobre el pecho y se hundió en los cojines.

—Adam arruina todas mis aventuras.

—De nada —dijo Adam, sin levantar la vista.

—Algún día —continuó la muchacha—, alguien astuto, elegante y atrevido me llevará lejos de aquí. A... ¡Escocia! —enfatizó con un tono tan alto como intrigante—, y no podrás detenerlo.

—¿«Detenerlo»? —Adam torció la boca con un gesto divertido—. Nada de eso. De hecho, yo mismo os pagaré el viaje.

—Eres el peor tutor del mundo. —La joven esperaba que sus palabras hirieran al duque.

—He oído que un tutor se convierte en lo que requiere su pupilo. —El hombre inclinó el periódico para que la luz que entraba por la ventana del carruaje lo iluminara—. O en lo que su pupilo se merece.

—Esta temporada he tenido muchos pretendientes. —En efecto, Artemisa había sido un diamante entre la alta sociedad. Había estado tan solicitada que Linus no las había visto, ni a ella ni a Perséfone, y tampoco a su hermana Atenea, que estaba igualmente implicada con el debut de su hermana menor.

—Yo también he tenido mi éxito —respondió Adam, un poco más serio.

—Sí —murmuró Artemisa—. Lo sé.

Perséfone, que hacía las veces de mediadora, intervino:

—Adam hizo bien en deshacerse de esos caballeros como lo hizo. Tú aún eres demasiado joven, igual que ellos. A algunos tienen fama de ser un poco ruines. Haber aceptado un noviazgo...

—No era eso lo que buscaba —protestó la muchacha—. Solo quería estar en sociedad.

De entre todas las mentiras esa representaba bastante bien a Artemisa Lancaster.

El pequeño que Perséfone tenía en su regazo abrió un solo ojo y parpadeó un par de veces.

—¿Por qué no puede quedarse Adam en el castillo mientras nosotros asistimos a la fiesta? —continuó—. Sería mucho más agradable para todos.

Perséfone no lograba apaciguar la tensión entre su hermana y su marido.

Linus no tenía nada que decir en esa discusión; muy pocas veces se inmiscuía en asuntos que no le incumbían, así que extendió los brazos hacia su sobrino.

—Ven a sentarte conmigo, Oliver —dijo.

El niño obedeció y pasó de las piernas de su madre a las de su tío. Oliver no había tardado en encariñarse con Linus; él adoraba al pequeño y estaba orgulloso de los lazos creados entre él y su sobrino. Tantos años apartado de su familia lo habían alejado un poco de ella, pero con el chiquillo era diferente. Oliver lo adoraba también.

—¿Has dormido bien? —le preguntó a su pequeño compañero con cara de sueño. Oliver asintió con un lento movimiento de cabeza—. ¿Has soñado algo?

—Papá luchaba con el lobo —dijo, sin parecer asustado por el recuerdo.

—¿Y tu papá ganó la pelea?

El niño levantó las cejas con gesto de sorpresa, la imitación perfecta de una de las expresiones más características de su padre.

—Pues *clado*.

—¡¿Cómo he podido dudarlo?! —respondió el lugarteniente.

Oliver levantó la barbilla y miró a su tío por debajo de la nariz.

—Papá es el duque.

—¿«El» duque? —Lanzó una mirada a Adam.

Nada cambió en la expresión de su cuñado y, sin embargo, podía notarse el halo de orgullo que desprendía su cuerpo.

—¿Qué más hace tu papá?

—De todo. —Levantó sus deditos y los contó mientras enumeraba los impresionantes logros de su padre—. Tiene un castillo, tiene una jaula con una cadena...

—Ah sí, la terrible jaula de tortura.

Oliver abrió los ojos como platos.

—Papá me ha dejado *estad* en la jaula —susurró.

Perséfone, aunque parecía distraída, escuchaba la conversación.

—¿Que ha hecho qué?

—Soy «el» duque —respondió Adam—. Puedo mandar niños a la horca si así lo deseo.

—Y yo soy «la» duquesa, y ya hablaremos tú y yo de esto más tarde.

Oliver se inclinó para acercarse a Linus.

—No *debedíamos decídselo* a mamá —susurró.

—Mejor que no —le contestó—. ¿Os divertisteis en la jaula? —volvió a preguntarle en un tono más bajo y pícaro.

El niño asintió enérgicamente. Al otro lado del carruaje, su padre sonreía sin rastro de arrepentimiento. Perséfone intentó que no se le escapara una sonrisa. Linus sabía que su hermana le aclararía a su esposo lo que opinaba sobre el asunto de que su hijo de tres años estuviera dentro de un artilugio de tortura medieval, pero también conocía al duque lo suficiente como para tomárselo con humor.

Linus había conocido a pocas parejas con tanta complicidad como ellos. Aunque, a decir verdad, conocía a «muy» pocas parejas. La vida en alta mar no le ofreció muchas oportunidades para relacionarse con su familia. Aun así, al haber pasado todos los permisos en tierra con Adam y Perséfone desde que se habían casado, había visto crecer su amor. Los había visto sentirse cada vez más cómodos el uno con el otro, más comprensivos, más inseparables. Había visto lo mismo entre su hermana Atenea y su esposo, Harry. La tercera de las hermanas, Dafne, y su marido, James, no llevaban tanto tiempo casados, pero el amor que sentían era casi palpable.

Sus hermanas habían crecido y se habían ido; cuando volviera a Shropshire solo estaría él. A menudo pensaba en la soledad de aquel lugar, en los pasillos vacíos y en las habitaciones desocupadas. Se oiría el eco de cada uno de sus pasos en el silencio y solo el latido de su corazón interrumpiría los recuerdos que sabía que lo atormentarían. Su madre. Su padre. Los dos habían muerto. Y Evander también. Nunca se había olvidado de su hermano, pero en la casa donde pasaron su más tierna infancia, en la habitación que habían compartido, su recuerdo lo perseguiría. Nunca podría escapar de ese dolor.

La voz ronca de su cuñado interrumpió las cavilaciones de Linus.

—Ven a sentarte con papá, Oliver.

El niño obedeció alegremente. Poca gente apreciaba realmente a Adam, quien parecía querer asegurarse de que así fuera, pero el niño adoraba a su padre. La sociedad se habría sentido confundida y asombrada al ver semejante afecto.

Oliver se sentó en el regazo del duque mirándolo a los ojos, y él, dejando el periódico a un lado, entrelazó las manos en la espalda de su hijo.

—A ver, sonríeme mucho —le pidió. El niño debió de hacerlo muy bien, porque su padre asintió satisfecho—. Ahora ponle esa misma sonrisa a tu madre. Ponte lo más adorable que puedas.

—No utilices a nuestro hijo para salirte con la tuya —advirtió Perséfone—. No funcionará.

—Sonríe más bonito, Oliver —susurró Adam, con la intención de que su esposa lo oyera.

El pequeño colocó los dos puños bajo su barbilla y miró a su madre a los ojos con una gran sonrisa. Ella no se la devolvió, pero con los ojos reía a carcajadas. Incluso Artemisa parecía divertirse, a pesar de su obstinación por estar enfadada con su cuñado.

—Siempre has jugado sucio, Adam Boyce —dijo Perséfone, sacudiendo la cabeza.

—Luego me disculpo más a fondo, querida —contestó con un tono de voz mucho más cálido.

Ella dejó escapar una leve sonrisa, con los ojos brillantes.

—¿Me lo prometes?

Artemisa gruñó:

—Por favor, parad.

—¿Prefieres que Adam me lleve a Escocia? —preguntó Perséfone.

—Sí. —La hermana pequeña volvió la cabeza hacia la ventana, decidida a mostrar su descontento con cada parte del cuerpo—. Uno de nosotros tiene que irse a Escocia. Si no puedo ser yo, tendrá que ser él.

Linus se encontró con la mirada del duque. A veces era difícil distinguir si Artemisa le divertía o le molestaba, así que probablemente sería la mezcla de ambas cosas.

—¿Tengo que evitar que la «tortures» o «agredas» a ella también? —le preguntó a Adam señalando a su hermana pequeña.

—Depende de lo que la aprecies—contestó.

—Le tengo cierto cariño.

—Entonces, ya sabes... —dijo Adam.

Artemisa se acercó a Linus y entrelazó el brazo con el de su hermano.

—Yo a ti también.

Aunque a menudo pecaba de dramática e incluso parecía un poco frívola, el lugarteniente veía en ella una bondad que muchos pasaban por alto. De hecho, en los meses anteriores había llegado a pensar que su hermana se esforzaba por mostrarle al mundo solo una parte de sí misma. Lo que no sabía era por qué.

—Veamos si podemos encontrar un joven caballero en esta fiesta al que le gustes tanto como para «no» llevarte a Escocia —dijo—. Me he perdido todas las bodas de mis hermanas, me gustaría estar presente en la tuya.

—Y a mí en la tuya —contestó ella sonriendo.

—¿En la mía? —Linus soltó una carcajada—. ¿Qué te hace pensar que yo voy a casarme?

Ella se encogió de hombros y apoyó la cabeza llena de rizos dorados en su hombro.

—¿Tienes otra cosa que hacer?

Esa misma pregunta le había estado persiguiendo desde su llegada a Londres. Una vez que la fiesta terminara y regresara a Shropshire, esperaba encontrar algo que llenara sus días y le llamase al menos un poco la atención. Largas listas de tareas para sus empleados y sus inquilinos, horas sentado junto al fuego repasando su libro de cuentas... La verdad es que nada de eso despertaba realmente su interés.

A Evander se le habría dado mucho mejor llevar a cabo esas tareas si hubiera sobrevivido a la guerra. Y él podría seguir gozando de la cómoda posición de hermano menor; iría a visitarlo de vez en cuando, pero le dejaría la tediosa vida de adulto a su hermano.

Procuró evitar esos pensamientos. El dolor seguía tan presente como el primer día, igual de crudo, incluso once años después. Su familia había cambiado durante su ausencia: ahora formaban más parte de la vida de Adam que de la suya.

Tres de sus hermanas se habían casado y, ahora, dos de ellas poseían grandes títulos. Todas eran importantes e influyentes en sociedad. Él no era más que un antiguo lugarteniente, un mero «señor», que había llegado tarde a la Marina Real y, según parecía, también a su propia familia.

Durante un tiempo se apoyó en su hermano para sentirse unido a alguien, así que, cuando murió, perdió mucho más que a su mejor amigo. Perdió el vínculo más fuerte y duradero que había sentido con la vida y con la familia que se vio obligado a dejar atrás cuando la pobreza lo envió a alta mar. Nada había sido igual desde entonces. Y probablemente ya nunca lo sería.

Capítulo 4

El corazón de Arabella se aceleró al oír la voz de un criado que resonaba por los pasillos de Lampton Park.

—¡El duque terrible está aquí! ¡El duque terrible está aquí!

La viuda se volvió hacia la señorita Hampton.

—¿Serías tan amable de subir para ver si Sorrel tiene intención de unirse a nosotros para recibir a los invitados?

Arabella no se había ocupado de muchas responsabilidades desde que había comenzado como dama de compañía, y eso le preocupaba. No duraría mucho en esa casa si no tenía nada que hacer, por lo que agradecía enormemente cada vez que alguien le encomendaba una tarea. Sin embargo, dudó de esta última.

—No me gustaría molestarla. —la joven no quería invadir la privacidad de *lady* Lampton—. Ni que se molestara conmigo.

—Cuanto más conozcas a Sorrel, menos abrumadora la encontrarás —dijo la viuda—, te aseguro que tiene buen corazón. No debes preocuparte.

Las palabras de la mujer no fueron lo suficientemente tranquilizadoras.

—Tal vez si un miembro de la familia...

—Tú no eres ninguna extraña, Arabella. Solo asómate al pasillo y mira si viene.

«No eres ninguna extraña». «Mucho más que una sirvienta». Aquellas pocas palabras le resultaban alentadoras.

Hizo una rápida reverencia y salió del salón. Los lacayos y las sirvientas se reunían en la entrada principal para recibir a los invitados que llegaban; ella los sorteó de puntillas y subió las escaleras a gran velocidad porque no tenía mucho tiempo. Se quedó sin aliento.

Al llegar al rellano de la planta en la que se encontraban los dormitorios de la familia, encontró a *lady* Lampton a pocos pasos de ella. Ambas se miraron a los ojos. ¿Cómo iba a justificar su presencia sin decirle que la habían enviado a comprobar si pensaba acudir a recibir a sus invitados? Algo así no sería bien recibido, ni mostraría lealtad hacia la viuda. Unirse a la familia estaba resultando más complicado de lo esperado.

No obstante, no necesitó justificarse; *lady* Lampton habló primero.

—¿Te han mandado para que me espíes? —Las palabras de la condesa estaban cargadas de cierto humor, lo que a la joven le pareció buena señal—. Si es mi marido quien te envía, adviértele que tengo el bastón a mano y que no dudaré en usarlo.

Lady Lampton continuó andando, con la barbilla levantada y envuelta en una ola de dignidad que rompía a su paso.

Arabella no tenía ni la menor idea de lo que significaba ese mensaje ni de si realmente esperaba que lo transmitiera. Con la familia Jonquil vivía en un constante estado de incertidumbre, sin saber si su presencia resultaba decepcionantemente inútil o una simple molestia.

La condesa se detuvo antes de bajar los primeros escalones y se volvió hacia ella.

—Como ves, camino bastante despacio, así que aún tienes tiempo de decirles lo que has averiguado antes de mi llegada. —Sus palabras eran una mezcla de advertencia y orden.

—Sí, señora. —Descendió tan rápido como había subido. Al menos ahora tenía una tarea.

Miró hacia la entrada principal mientras bajaba el último tramo de la escalera. Los sirvientes parecían haberse petrificado cuando entró una pareja, que no podía ser otra que el duque y la duquesa. Justo detrás de ellos llegó una joven hermosa y elegante, con unos rizos dorados por los que la mayoría de las mujeres habrían dado casi cualquier cosa.

Arabella se deslizó entre los sirvientes y se dirigió hacia el lugar donde se encontraban Philip y su madre para recibir a sus invitados.

—¿Sorrel va a venir? —preguntó Philip en voz baja.

Ella asintió.

—Me ha dicho que le diga que tiene su bastón y que no dudará en usarlo. —La joven se encogió de hombros—. No dio más detalles.

Él sonrió, pero no parecía precisamente divertido.

—Está disgustada conmigo, aparentemente.

—Sí, a mí también me lo pareció —admitió la joven.

—Señor mío, que todo vaya bien —murmuró el conde.

Philip comenzó a caminar decididamente hacia los recién llegados. «No llames la atención», pensó la señorita Hampton, que se quedó atrás y se mantuvo en un rincón poco iluminado junto a la escalera.

La viuda se unió a su hijo y, poco después, llegó *lady* Lampton. Intercambiaron saludos, con aires de fingida solemnidad por parte de Philip y una molestia poco disimulada por parte del duque. La expresión de *lady* Lampton permaneció tan impasible como siempre. Mientras que su marido era un amasijo de colores vivos y extravagancia, ella era la viva imagen de una compostura férrea. Aunque en un principio la idea de vivir en la residencia privada de la viuda y no en la principal, donde se sentía tan cerca de su querido conde, decepcionó a Arabella, sintió cierto alivio al saber que no estaría bajo el mismo techo que la nueva condesa. Parecía cubierta por una coraza tan sólida como aterradora.

Los sirvientes se ocuparon de los baúles y maletas de los invitados. Su alteza, *lady* Lampton, y la viuda intercambiaron con ellos los esperados y cálidos saludos. Philip habló largo y tendido sobre los encantos de viajar en un buen carruaje, mientras que el duque apenas parecía tolerar su verborrea. A su lado esperaba con educada impaciencia la bella mujer de pelo dorado.

Arabella apoyó el hombro en el lateral de la escalera mientras esperaba que le encomendaran la siguiente tarea. La escena era fascinante. No estaba familiarizada con las visitas refinadas ni con el ceremonial de un anfitrión para recibir a sus invitados. El difunto conde solía visitar la casa de su tío de vez en cuando, siempre para tratar algún asunto que tuvieran entre manos. Su llegada solía inspirar en su tío el mismo temor que el duque estaba creando entre los sirvientes. El conde, sin embargo, no parecía apreciar su grandeza; Philip aparentaba estar verdaderamente entretenido con toda aquella parafernalia.

Mientras los Jonquil y los recién llegados subían las escaleras, Arabella reparó en alguien que había pasado desapercibido entre los demás: un caballero más joven que el duque. Caminaba con la espalda recta y los hombros erguidos, como si estuviera preparado para enfrentarse con el enemigo. De su mano colgaba lo que parecía el estuche de algún tipo de instrumento musical. Seguramente sería pariente de la joven del grupo: tenía los mismos rizos dorados. Era hermoso, si es que de un hombre puede decirse tal cosa. Sin embargo, vio que esa belleza estaba matizada por un halo de temor que tal vez solo ella percibía.

La miró al pasar por su lado; fue el único que lo hizo. Escondida como estaba entre las sombras, dudaba de que pudiera distinguir algo más que su silueta, pero, aun así, percibió su mirada de ojos esmeralda cuando se detuvo al dar el primer paso.

Ella retrocedió. No intercambiaron ni una sola palabra. Él no sonrió ni inclinó la cabeza en señal de haberla visto, pero se había fijado en ella, y eso era algo que muy pocos hacían.

❈ ❈ ❈

Linus siguió al ama de llaves de Lampton Park por el pasillo de las habitaciones de los huéspedes, pero sus pensamientos se quedaron en la entrada y en la dama que se había ocultado entre las sombras. Un tenue rayo de luz le iluminó el rostro y, aunque no se dijeron nada, vio que lo estaba mirando. Entre sus ilustres parientes rara vez llamaba la atención de alguien, pero ella lo había visto. Se había fijado en él.

No podía precisar por qué, pero le importaba, y mucho, lo que hubiera podido pensar de él. No habían intercambiado ni una palabra, y él ni si quiera sabía cómo se llamaba, pero no podía dejar de pensar en ella. Nunca antes había sentido una atracción tan fuerte por una mujer; le intrigaba tanto como le inquietaba.

El ama de llaves le indicó cuál sería su habitación durante las próximas semanas. Él le dio las gracias y entró.

Dejó sobre la cama el estuche. Los cierres se abrían con demasiada facilidad; necesitaba apretarlos. Su lira estaba bien guardada dentro, no había sufrido ningún daño. Aquel instrumento había navegado entre continentes en tiempos de guerra, un viaje sin incidentes y relativamente corto entre condados no debería deteriorarlo. Deslizó los dedos por las cuerdas haciéndolas sonar. Ese sonido tan familiar lo había acompañado en innumerables viajes. Cuando las voces de su familia comenzaron a desvanecerse en sus recuerdos, esas cuerdas y las melodías que producían se habían convertido en canciones de hogar para él.

Volvió a cerrar el estuche. Tendría tiempo de enfrentarse a esos recuerdos cuando regresara a Shropshire, no necesitaba hacerlo todavía. Con la respiración agitada y gesto resuelto, se acercó a la ventana. Se dijo a sí mismo que solo quería admirar las vistas, pero en realidad esperaba ver, aunque fuera fugazmente, a la extraña dama que había visto al entrar.

Desde allí podía contemplar un bosquecillo de árboles y una pequeña pradera a un lado. Por desgracia, no pudo divisar por ninguna parte a la misteriosa dama sin nombre, pero encontró una vista realmente hermosa: verde, exuberante y viva. Eso era lo que más le gustaba de estar en tierra firme. El mar ofrecía su propia belleza, pero la campiña inglesa tenía un encanto que no encontraba en ningún otro lugar. Desde su propia casa podía ver un paisaje encantador. Solo esperaba que su ignorancia sobre los asuntos de patrimonio no lo echara todo a perder; tal vez lord Lampton tuviera algún libro en su biblioteca sobre finanzas que pudiera leer en los momentos tranquilos de las siguientes semanas, si es que había alguno. Si iba a ser un miembro activo de la alta burguesía terrateniente, tendría que saber de esas cuestiones.

Preguntó a una doncella cómo podía llegar hasta la biblioteca. Dada la frivolidad de lord Lampton, esperaba encontrarla muchísimo más descuidada. El gran escritorio mostraba todos los indicios de que se utilizaba con regularidad, y cerca de él había varios estantes repletos de tratados de gestión de bienes inmuebles, sin un rastro de polvo que indicara desuso.

No debería llevarse ningún libro sin pedírselo antes a su anfitrión; parecía que los consultaba frecuentemente. Tal vez, durante sus excursiones, podría cambiar disimuladamente de tema o esquivar los cotilleos de los que hablaran y pedirle prestados un par de tomos.

Un joven caballero entró en la biblioteca. No lo conocía, pero tampoco le costó mucho averiguar su identidad. Era alto y delgado, con ojos claros y pelo rubio. Era, en muchos aspectos, la copia exacta de lord Lampton, pero casi diez años más joven. Estaba completamente seguro de que era el hermano menor del conde.

—No sabía que hubiera alguien aquí —se excusó el joven Jonquil, dando un paso atrás como si tuviera la intención de marcharse.

—No necesito estar solo —le aseguró Linus—. Estaba buscando algunos libros.

—¿Cree que va a aburrirse en esta fiesta? —preguntó con una sonrisa.

—Sospecho que es usted hermano de mi anfitrión, así que más vale que elija bien mis palabras.

—No hace falta que me mienta —replicó el muchacho, volviendo a entrar—. Yo también me aburriré.

—¿No le gustan las fiestas? —preguntó intrigado.

—¿A usted le gustaban a mi edad?

Linus pensó que el joven no tendría más de dieciocho o diecinueve años.

—A su edad yo estaba a bordo de un barco.

—¿Es usted de la Marina? —preguntó con curiosidad.

—Lo era.

—¿Y ahora a qué se dedica?

«A ocupar el puesto que le correspondía a mi hermano», pensó. Pero no tenía ni la más mínima intención de abordar ese asunto, ni siquiera en silencio.

—A ocupar mi tiempo para no aburrirme en las fiestas. Ese es mi único propósito.

El joven se echó a reír, tal y como Lancaster esperaba. Siempre recurría a las bromas y al humor cuando quería escabullirse de situaciones incómodas, y lo cierto es que eso le había salvado en más de una ocasión.

—No hay nadie aquí que pueda presentarnos formalmente —añadió—. Así que creo que sabrán perdonar que lo hagamos nosotros mismos. Yo soy Linus Lancaster.

—Charlie Jonquil —respondió.

«Jonquil», pensó.

—¿Es hermano del conde?

Charlie asintió.

—Uno de tantos.

—¿Hermanos «y» hermanas?

—No. Solo hermanos.

Entonces la dama de la entrada no era hermana del conde. ¿Una prima, tal vez? No parecía una sirvienta.

Ambos tomaron asiento cerca de la chimenea. El más joven levantó una pequeña estatuilla de la mesa auxiliar y la pasó de una mano a la otra.

—¿Viene de Cambridge? —preguntó el invitado.

—Para pasar las vacaciones de verano —asintió Charlie.

Suponía que la mayoría de los estudiantes disfrutaban del tiempo lejos de la escuela. Aquel, sin embargo, parecía no hacerlo.

—¿Preferiría estar allí?

—Vuelva a preguntarme al terminar las vacaciones. Probablemente para entonces le responda que sí.

El joven no quería estar en la escuela ni tampoco parecía muy contento en casa, pero esperaba cambiar de opinión. Había pocas cosas que a Linus le divirtieran más que un misterio.

—¿Cuál es el plan de su familia para las próximas dos semanas?

—No lo sé —respondió él, todavía alzando la lechera de porcelana—. Casi no hablan conmigo.

Eso ayudaba a entender que Charlie deseara volver a la escuela después de pasar un tiempo con su familia. No podía ser de otra manera si se sentía ninguneado en su propia casa.

—Yo, por mi parte, espero que hagamos alguna excursión al río —dijo Linus—. Un hombre de la Marina no puede resistirse a pasar un día en remojo.

—Dudo que el Trent sea tan interesante como el océano.

—El joven Jonquil volvió a lanzar la figurita, pero esta vez falló al intentar atraparla y un chasquido reveló que había chocado contra el suelo.

—Maldita sea... —murmuró. Se agachó a recoger los trozos; se habían roto los dos brazos de la lechera—. No se lo diga a mi madre.

—Nunca he sido un soplón.

—Lo sabrá de todos modos —admitió el chico—; siempre me pasan estas cosas.

—Quizá sea mejor que no vuelva ahora mismo con el resto de caballeros.

Charlie guardó la figurita rota en un cajón.

—Esto solo pasa en esta casa.

Ese gesto aumentó la intriga de Linus. Desde luego, el joven Charlie era de lo más misterioso.

El extraño comportamiento de su anfitrión, los rifirrafes entre su cuñado y su hermana menor, y ahora este conflictivo miembro de la familia Jonquil; además, por supuesto, de la misteriosa dama que se negaba a abandonar sus pensamientos...

Finalmente, tal vez aquella fiesta le entretuviera más de lo que había imaginado.

Capítulo 5

Arabella se sentó en el salón de dibujo, un poco apartada de las damas, impaciente por ser una más entre ellas. De verdad lo deseaba. Ansiaba unirse y formar parte de la reunión, pero no era más que una simple dama de compañía, una pobre vecina que no podía compararse con las elegantes invitadas. Su papel era ser útil, no igual.

Una joven elegante y hermosa entró en la sala. Si todas las hermanas tenían los mismos rizos dorados y ojos verdes, entonces seguramente sería una de ellas. ¿Era la duquesa la única de la familia Lancaster que no poseía esa atractiva combinación?

Esta se levantó y recibió a su hermana con un abrazo cargado de cariño. La menor de las Lancaster hizo lo mismo. Después, la recién llegada saludó a la viuda con una reverencia y recibió otra a cambio.

—Me alegro mucho de que esté con nosotras, señora Windover —dijo la viuda—. Espero que hayan tenido un viaje tranquilo.

—La verdad es que sí, gracias a Dios —respondió mientras tomaba asiento junto a las demás—. Apostaría todos los dedos de una mano a que cualquier viaje sin nuestros hijos es mucho más relajado que los que hacemos con ellos.

La viuda sonrió con ternura.

—Doy fe —concedió la duquesa.

La señora Windover volvió a encontrarse con la mirada de su hermana mayor.

—El pequeño Oliver sí que ha venido. Su padre no soporta separarse de él.

—Ni él de su padre —respondió la duquesa—. Espero que se les pase un poco para cuando el niño empiece a ir a la escuela.

¿Todos los padres estarían tan unidos a sus hijos como su marido? Perséfone era tan inexperta en vínculos paternofiliales que no estaba del todo segura de cuál era la regla y cuál la excepción.

Le hubiese gustado preguntar a sus acompañantes, pero estaban tan por encima de ella en esos asuntos que hasta le resultaban intimidantes.

—Aún recuerdo lo difícil que fue para ti separarte de nuestros hermanos —dijo la señora Windover a la duquesa—. No puedes culpar a Adam por sentir eso mismo.

—Nuestros hermanos no se iban a la escuela —respondió la duquesa—, se iban a la guerra. Son dos cosas muy diferentes.

—Por lo que Harry me ha contado sobre el paso de Adam por la escuela, también era como ir a la guerra.

Perséfone suspiró.

—Por el bien de Oliver, espero que no tenga que pasar por lo mismo.

La señora Windover se volvió hacia su hermana menor.

—¿Y tú cuántas travesuras has planeado ya para entretenerte durante la fiesta?

La señorita Lancaster se levantó, claramente ofendida.

—¿Por qué das por sentado que pretendo causar algún problema?

—Mmm... no lo sé... ¿Será porque siempre lo haces?

—Ya verás. Seré la viva imagen de la prudencia.

Cualquiera que fuera la respuesta que la hermana menor hubiese esperado, Arabella apostaría a que no era precisamente la risa que recibió.

—Mientras Artemisa decide cómo torturarnos —dijo la señora Windover—, hemos de tratar un asunto de familia mucho más urgente.

La duquesa la miró intrigada.

—¿Más urgente que este?

—Bastante más. —Miró a sus dos hermanas; primero a una y luego a la otra—. Debemos encontrarle una esposa a Linus.

¿Linus? ¿Quién era Linus?

Las tres hermanas se volvieron ansiosamente hacia la viuda. Su anfitriona parecía divertida con aquella la situación.

—Varias jóvenes de buena familia se unirán a nosotros para la fiesta. Estoy segura de que su hermano encontrará al menos una de ellas lo suficientemente interesante como para conocerla un poco más.

—Perfecto. —La recién llegada parecía la más entusiasmada, aunque las tres mostraron claras intenciones de participar.

Linus era su hermano, el caballero de la entrada. Su corazón palpitó con fuerza al recordarlo: sus hermosos rizos, sus rasgos perfectos. Linus Lancaster. Era cuestión de tiempo que volvieran a verse. ¿Le hablaría? ¿La saludaría al menos?

Era el hermano de una duquesa, pertenecía a una buena familia. Probablemente ni se acordaría de ella.

—¿Y sabe su hermano que debe encontrar una esposa en estas dos semanas? —preguntó la viuda.

—No será necesario —dijo la señora Windover—. Aquí tiene tres hermanas decididas a crear el momento perfecto para que se enamore perdidamente.

Aunque hablaban con evidente picardía, sus palabras denotaban ternura cuando se referían a él. A Arabella le hubiera gustado tener hermanas que se preocuparan por ella de esa manera.

—Cuando hayamos decidido quiénes son las candidatas más adecuadas —dijo la menor de las Lancaster—, podría pasear con cada una de ellas por los salones o los jardines para asegurarme de que se cruzan con Linus. Podría tropezar «accidentalmente» con la dama que esté conmigo para que caiga en sus brazos.

La señora Windover se rio, divertida por la ocurrencia.

—Si alguna vez necesitamos una intervención dramática, sin duda contaremos con tus servicios.

Sus risas llenaron el espacio; la alegre complicidad de la familia le llegó a Arabella al corazón. Le gustaba ver que la fiesta resultaba tan bien y esperaba tener la oportunidad de demostrarles su valía, pero no podía evitar sentirse sola. Aunque debería estar acostumbrada a esa sensación, a veces sentía un profundo vacío en el alma.

La señora Windover le tendió la mano a su hermana menor.

—Desde que me hablaste de tu nuevo vestido amarillo no he podido pensar en otra cosa. Enséñamelo.

Las dos se levantaron y se alejaron, intercambiando opiniones sobre moda.

—¿Prefiere decirle a su hermano lo que están tramando? —preguntó la viuda. La amable sonrisa se convirtió en una mueca llena de picardía.

—Entonces sería aburridísimo —respondió Perséfone.

—Sin duda, disfrutaré del espectáculo —concluyó la anfitriona.

Arabella también lo haría. La gente podía llegar a ser infinitamente divertida, y sospechaba que los tejemanejes de las hermanas Lancaster serían de lo más entretenidos. Como había hecho tantos años atrás, cuando el conde aún vivía y sus hijos pergeñaban sus travesuras, ella observaría a esta cariñosa familia e imaginaría como sería formar, al fin, parte de una.

❋ ❋ ❋

Linus llegó al salón un poco antes de que sirvieran la cena de esa noche, y su hermana Atenea se echó inmediatamente a sus brazos. Hacía varias semanas que no se veían.

—Todavía no me he acostumbrado a verte sin el uniforme —dijo, después de un prolongado abrazo.

Él tampoco terminaba de acostumbrarse.

—Vestido de civil, ¿estoy mejor o peor?

—No hace falta que responda, lugarteniente Lancaster —repuso Atenea, dándole un golpe juguetón en la mano—. Siempre has sido guapo.

—¿Hasta con este pelo? —Se señaló el algunos rizos despeinados; no se los había cortado desde hacía tiempo y los llevaba algo alborotados.

—Cuidado con lo que dices, hermanito, que yo también los tengo.

—Algo muy bello en una dama, pero en un caballero...

Su hermana le acarició la mejilla, como solían hacer ella y Perséfone cuando era más pequeño.

—No eres nada engreído.

Harry se acercó a ellos, deslizando su brazo en el de Atenea.

—¿Adam supo comportarse antes de que llegáramos?

—Bueno... Las presentaciones fueron un poco bruscas, miró a lord Lampton con evidente fastidio y atemorizó a todo el personal. Lo típico.

Harry sonrió.

—Puede que haya sangre derramada antes de que acabe el día.

—Parece entusiasmarte esa posibilidad.

—Me perdí la Gran Batalla, la que librasteis contra lord Techney durante la temporada de Daphne. Me debéis un poquito de sangre, ¿no?

—Por desgracia, Perséfone lo vio bien de cerca, así que nos lo tiene prohibido.

Windover se volvió hacia su esposa.

—Me protegerás de tu hermana, ¿verdad?

—No —respondió ella rotundamente. Deslizó el brazo hasta liberarse del de su marido y se agarró al de su hermano—. Tengo que presentarte a alguien.

Con una fuerza que habría hecho temblar a muchos marineros, Atenea lo condujo hacia un pequeño grupo de personas. El lugarteniente los miró rápidamente. No estaba allí su misteriosa dama.

—Linus —dijo Atenea—, este es el conde de Marsden. —Señaló a un hombre robusto con un escaso pelo cano—. Su esposa, la condesa de Marsden. —Todo el parecido entre su esposo y ella se limitaba al color del cabello—. Y esta —continuó con un tono sutilmente más marcado—, es *lady* Belinda Hudnall. —Tras una leve pausa, se dirigió al grupo—. Les presento a mi hermano, Linus Lancaster, antiguo lugarteniente de la Marina Real.

Se saludaron con las inclinaciones y reverencias pertinentes. A medida que la conversación avanzaba, *lady* Belinda fijaba cada vez más la mirada en él, evaluándolo descaradamente, sin esforzarse en ocultarlo; y la verdad es que a Linus no parecía preocuparle demasiado.

Un momento después, la joven apartó la mirada y adoptó la expresión de desinterés que se esperaba de una joven. Su enigmática sonrisa no le dio ninguna pista sobre su opinión final.

Atenea decidió intervenir.

—*Lady* Belinda, tengo entendido que su familia tiene una residencia en Shropshire.

—Así es, aunque no es la principal. —Su tono de voz era mucho más elevado del que Linus había imaginado. No era desagradable, sino un poco estridente. —Me gusta Shropshire, es un buen condado.

—Aunque no es uno de los principales —replicó él.

Lady Belinda frunció el ceño.

—No hay condados «principales». —Al parecer, no había interpretado la respuesta como una broma, sino una burla.

Linus se disculpó; sabía que era lo que ella esperaba.

—Ha sido una broma sin gracia, *lady* Belinda.

—Ah. —Acompañó sus palabras con una sonrisa claramente fingida.

Se creó un silencio incómodo entre ellos, así que él buscó algo que decir. Un comentario sobre el tiempo, quizás. Una observación cualquiera. Lo que fuera.

Pero entonces la vio; allí estaba la dama que había estado buscando. Desechó cualquier intención de forzar una conversación cordial con *lady* Belinda. Volvió a sentir la misma atracción de la primera vez.

Una vez más, estaba un poco apartada de los demás, observando tranquilamente. Tal vez Charlie podría presentarlos. ¿Por qué le ponía tan nervioso? Le habían presentado a decenas de personas durante la última temporada y no le había ocurrido algo así.

Ella se sentó en silencio a mirar por la ventana. Le resultaba imposible entender esa atracción. ¿Sería ese aire misterio? ¿O, tal vez, porque ella parecía sentirse tan fuera de lugar como él?

Entonces, ella volvió a mirar hacia la sala y sus ojos se encontraron de nuevo.

La posición, la postura y el aspecto de la joven denotaban timidez y humildad, probablemente por las circunstancias; sin embargo, su rostro expresaba ilusión y esperanza. Para su sorpresa, notó cómo se dibujaba poco a poco una sonrisa en sus labios. ¿Qué le parecía tan divertido? ¿Los invitados? ¿Él? ¿Algo que él no podía ver desde allí?

Linus le sostuvo la mirada, indicando con una pequeña inclinación de cabeza y levantando las cejas que se había dado cuenta de que lo estaba mirando. ¿Es que se estaba riendo de él? Pero ¿por qué? Se había vestido con esmero, no se había hecho ningún corte al afeitarse ni creía haberse manchado la cara o el traje. Además, estaba demasiado lejos como para haber escuchado algo de lo que había dicho.

La llegada de lord Lampton lo distrajo de ella. Aunque no hubiera conocido al conde antes, no le habría resultado difícil adivinar quién era ese caballero que vestía una camisa de un intenso color púrpura, un chaleco amarillo, unos pantalones de un tono gris tan brillante que parecía plateado y un nudo de *cravat* mucho más extravagante que los que suelen verse fuera de los mejores salones de baile y las reuniones de la alta sociedad.

Lady Lampton caminaba a su lado con la misma dificultad que al principio de la velada. Se ayudaba de su bastón y se movía con evidente dolor. Linus aún no había tenido la oportunidad de hablar con ella, pero estaba seguro de que su carácter no era en absoluto como el de su esposo, sino discreto, pragmático, racional.

Notó una palmada en el hombro. Era Harry.

—Creo que el archienemigo de Adam ha llegado.

Decir que era su «archienemigo» era un poco exagerado, pero no disparatado. Habían ido hasta allí para proteger a lord Lampton del terrible duque, y al terrible duque de la ira de su esposa. Linus estaba destinado a librar una última batalla. Tenía experiencia.

—¿Vamos a ganarnos la paga? —preguntó Windover.

—¿Nos pagan por nuestros servicios?

—No. —Se acarició la barbilla con los dedos y frunció el ceño—. ¿Por qué hacemos esto si no nos pagan?

Linus imitó la expresión teatral en señal de reflexión.

—¿Porque somos unos seres extraordinarios?

Harry negó con la cabeza.

—No... no creo que sea por eso.

—¿Porque le tenemos miedo a Adam?

Su cuñado resopló.

—Por eso sí que no.

—¿Porque le tenemos miedo a Perséfone?

Harry Windover asintió con firmeza.

—Eso es.

Linus Lancaster hizo un ademán de estirarse el chaleco y los puños de la camisa.

—Un día más en el frente, camarada. Un día más.

Lord Lampton tintineó mientras él y su esposa caminaban hacia Adam. Linus dedicó una rápida mirada a su misteriosa dama, que ya se había vuelto de nuevo para mirar por la ventana. Al parecer, ella no sentía lo mismo que él.

Harry y Linus se dirigieron hacia Adam antes de que llegaran los Lampton, con quienes intercambiaron las reverencias y los agradecimientos pertinentes. La intervención de lord Lampton fue más grandilocuente y extravagante de lo que normalmente se veía en las reuniones; rozaba la ridiculez.

La expresión de Adam se endureció. Si lo miraban de cerca, quizá pudieran ver salir humo por los poros de su rostro. Apartó la vista del conde lentamente para depositarla en Harry. Sus ojos clamaban con fuerza una orden clara y concisa: intervención.

—Un placer verle de nuevo, milord —dijo Windover—. Tengo entendido que su hermano menor pasará las vacaciones en casa.

—En efecto. Desea experimentar el inigualable deleite de ver a su hermano mayor hacerse el importante. —Lord Lampton hizo girar la cadena de su monóculo—. No podía negarle la oportunidad.

—Y de paso, hacerme sufrir —gruñó Adam.

—Se dice «sonreír» —corrigió lord Lampton—. Hacerle «sonreír».

—No lo creo.

El conde se volvió hacia su esposa.

—Debe de estar acostumbrado a la pronunciación francesa —le dijo a la condesa en un tono demasiado alto para ser un susurro, con la clara intención de que el duque lo oyera.

—Tal vez no estaba usted al tanto —añadió el duque—, pero no soporto ver a nadie hacer el ridículo.

Lampton asintió.

—Sí lo estaba, pero no se preocupe —respondió, señalando su propia vestimenta—, nadie lo hará.

—Demasiado tarde.

El conde se volvió hacia Harry con la teatralidad suficiente para que Linus la apreciara.

—¿Está celoso?

Adam parecía cada vez más molesto.

—Sé que se lo están pasando muy bien —medió Harry—, pero creo que es mejor que nos demos un paseo.

Windover se llevó con él a lord y a *lady* Lampton. A él parecía encantarle la idea de estar acompañado, pero ella aparentaba no querer otra cosa que la tranquilidad de su habitación. Desde luego, formaban una extraña pareja.

—Supongo que será mejor que vaya a pedirle disculpas a Perséfone —dijo Linus.

—¿Disculpas por qué? —preguntó Adam.

—Por no poder evitar que casi le cruzaras la cara a Lampton.

—¿Que casi «le cruzara la cara»? —El duque negó con la cabeza—. Ya está Harry enseñándote sus palabritas, ¿verdad?

El lugarteniente se rio.

—He pasado más de la mitad de mi vida a bordo de un barco. No necesito que nuestro cuñado me enseñe ordinarieces.

La mirada de Adam se desvió hacia el fondo de la sala. Linus se volvió y entendió que era Lampton quien captaba su atención.

—¿Qué posibilidades hay —preguntó Adam— de que alguien prenda fuego al castillo y me vea obligado a abandonar esta fiesta antes de tiempo para observar ese montón de piedras en llamas?

—Imagino que no muchas.

Algo parecido a un gruñido escapó de la garganta del duque.

—Me parece que entonces Harry y tú tenéis bastante trabajo por delante.

Tras ese fatídico dictamen, Adam se dirigió hacia Perséfone, justo al otro lado de la sala. No se metería en problemas, Linus estaba completamente seguro de eso, pero no le cabía ninguna duda de que tampoco sería especialmente amable, y eso no era plato de buen gusto para nadie.

Capítulo 6

De niña, Arabella solía esconderse en un tranquilo rincón del jardín trasero en la casa de su tío y fingía asistir a grandes banquetes colmados de gente elegante y respetada. Los invitados, como no podía ser de otra forma, disfrutaban pletóricos de su compañía, y ella tenía todo lo que se alababa de las jóvenes más distinguidas. Su manera de hablar era ingeniosa, y sus modales, irreprochables.

Aquella noche, sentada en la grandiosa mesa de Lampton Park y viviendo lo que antes solo podía soñar, se dio cuenta de que no estaba tan preparada para estar allí como se había imaginado. Le asustaba demasiado la idea de avergonzar a la familia Jonquil como para hacer cualquier otra cosa que no fuera guardar silencio. No pudo pensar en ninguna respuesta perspicaz, y mucho menos pronunciarla con labios temblorosos. Prefirió mantenerse al margen y dejar que todos los demás conversaran mientras ella hacía todo lo posible por no llamar la atención.

Disfrutó observando las idas y venidas de las hermanas Lancaster, que hacían todo cuanto podían por que su hermano se acercara a *lady* Belinda. Él, por lo visto, no estaba al tanto de sus intenciones, ni tampoco mostraba ningún interés por aquella dama.

Por supuesto, también atendió las necesidades de la viuda. De las dos *lady* Lampton, la más joven parecía querer... algo. No se negaba del todo a participar en las conversaciones, pero tampoco mostraba el menor entusiasmo. Arabella no habría dudado en ayudarla si supiera cómo hacerlo.

Cuando las damas se retiraron a la sala de estar tras la comida, se situó a la distancia justa para no molestar, pero lo suficientemente cerca por si la viuda la necesitaba.

Unos minutos más tarde, los caballeros se unieron a ellas. Aunque luchaba por no hacerlo, miraba constantemente hacia el señor Lancaster. No podía evitarlo.

—Señor Lancaster. —La viuda lo llamó, haciéndole un gesto para que se acercara—. ¿Podría ayudarnos?

—Por supuesto.

El joven se acercó a las damas. Era perfecto.

—Estamos debatiendo qué hacer mañana por la tarde —dijo la viuda—. Otro de mis hijos y su esposa se unirán a nosotros, así como una familia de cierto prestigio, que, por cierto, tiene dos hijas en edad de presentarse en sociedad. Me gustaría que pudiéramos hacer algo todos juntos sin que resulte demasiado caótico.

«Dos hijas». Las hermanas Lancaster intercambiaron miradas de complicidad. Desde luego, no se rendirían: deseaban encontrar una esposa para su hermano y estaban decididas a conseguirlo. Si el sueño truncado de Arabella de unirse a la familia Jonquil se hubiera hecho realidad, probablemente ahora también sería una «hermana» en edad de casarse. Se preocupaba mucho por ellos, habría hecho cualquier cosa para hacerlos felices.

—Como ha de ser por la tarde —dijo el señor Lancaster—, sugeriría juegos en el jardín. Eso entretendría a muchos de los invitados y no supondría un gran esfuerzo. Si no es suficiente... ¿podría organizarse una velada musical?

La viuda abrió los ojos de par en par.

—Seguro que la mayoría de los aquí presentes saben tocar algún instrumento. Arabella es excepcional con el piano.

—¿Quién es Arabella?

—¡Cielo santo! —La viuda se giró hacia ella y a la joven le dio un vuelco el corazón—. He olvidado presentársela.

—No se preocupe, puede presentármela ahora. Estoy seguro de que el placer de conocer a su querida Arabella compensará con creces el retraso.

«¡Vaya un piquito de oro!», pensaron las hermanas. Sus esfuerzos eran innecesarios. Entre su atractivo aspecto y sus palabras melosas, su hermano podía llamar la atención de casi cualquier dama.

La viuda lo acompañó hasta donde estaba la señorita Hampton. Sabía lo que debía hacer en una presentación formal, pero nunca había tenido la oportunidad de ponerlo en práctica. Esperaba no avergonzar a *lady* Lampton.

Se levantó e intentó guardar la compostura. El señor Lancaster, por su parte, parecía distante. Un hombre de su posición probablemente consideraría la presentación de una dama de compañía como una molestia que había que soportar por cortesía.

—Arabella, este es el señor Lancaster, que ha servido como lugarteniente de la Marina Real.

Un marino. Ahora entendía ese halo de arrojo que vio en él cuando llegó.

—Señor Lancaster —continuó la viuda—, le presento a la señorita Hampton. Es una buena amiga de la familia. Siempre ha sido vecina nuestra, y ahora, como ha aceptado venir a ayudarme, tenemos el placer de tenerla viviendo con nosotros.

Era una forma generosa de describir su papel en aquella casa.

—Un placer conocerla, señorita Hampton.

—El placer es mío. —Pronunció las cuatro palabras de corrido, lo que suponía un logro respecto a lo que temía que ocurriera.

—Le estaba hablando al señor Lancaster de tu gran talento al piano —añadió la viuda—. Tal vez organicemos un espectáculo musical mañana por la tarde. Espero que te apetezca tocar para nosotros.

—Por supuesto. —Una vez más, logró responder sin titubear—. Haré lo que pueda.

—No se deje engañar por su modestia. Tiene mucho talento —alabó la anfitriona, girándose hacia el joven, queriendo restarle importancia a sus palabras.

Arabella se sonrojó, halagada por las palabras de la mujer. Se había esforzado mucho a lo largo de los años para mejorar sus habilidades con el piano. Era para ella una fuente de placer y orgullo.

Philip llamó a su madre en ese mismo instante. Arabella volvió a sentarse en su silla, aceptando que su momento de gloria había acabado, pero el señor Lancaster permaneció junto a ella.

—Esta fiesta promete diversión —dijo él.

Aunque no tenía demasiada experiencia en entablar conversaciones en situaciones así, ese era un asunto con el que se sentía relativamente cómoda, ya que había pasado muchos días ayudando con los preparativos.

—Con una lista de invitados tan impresionante, la fiesta no puede ser sino un éxito.

Intuyó un brillo de júbilo en los ojos verdes del joven.

—Sigo sin acostumbrarme a que se describa a mi familia como «impresionante». Aún recuerdo a mis hermanas, cuando eran niñas, trepando por los árboles y persiguiéndose por toda la casa de una manera muy poco elegante. Ahora una de ellas es duquesa. Es difícil de entender.

Arabella se sintió identificada.

—Yo conocí a los hermanos Jonquil cuando no eran más que unos niños revoltosos, no sabe cuánto. Ahora uno de ellos es conde.

—Ya me lo han presentado. No creo que «revoltoso» sea un adjetivo que solo pueda aplicarse a su niñez.

El joven Lancaster era más perspicaz que la mayoría de los allí presentes. La gente solía pensar que las payasadas de Philip reflejaban su carácter, cuando, en realidad, no eran más que una pieza de un complicado e inmenso rompecabezas.

—Si piensa que el conde es revoltoso, debería conocer al menor de los hermanos. Nunca he visto a nadie con tanta habilidad para meterse en un lío tras otro.

El señor Lancaster se rio.

—Los hermanos menores suelen tener ese talento. —Arabella no recordaba la última vez que había hecho reír a alguien. Le gustaba—. Señorita Hampton, ¿puedo preguntarle algo?

—Por supuesto —respondió, sin imaginar lo que estaba a punto de plantearle.

Él se quedó mirando a la ventana.

—Mientras llegaban los platos vio algo en mí que la divirtió mucho y, si no me equivoco, también durante la cena, pero no soy capaz de averiguar de qué se trata exactamente. —Desde luego, Arabella no había disimulado tan bien como pensaba—. No creo que haya nada tan extraño en mi aspecto —continuó—, ni tampoco nos habían presentado aún, así que no podía reírse de mi nombre.

—«Lancaster» no es tan raro.

Él asintió con una breve inclinación de cabeza.

—Pero «Linus» no es que sea muy común.

—No, no lo es. —Estaba logrando mantener una conversación de principio a fin, y eso no era nada habitual en ella cuando hablaba con un completo desconocido. No era tímida, pero la habían rechazado demasiadas veces como para abordar las conversaciones sin temor. Y, lo que era aún más extraño, estaba disfrutándolo.

El señor Lancaster apoyó un hombro en el marco de la ventana; intentaba mostrar un semblante serio, pero algo en su postura indicaba incomodidad.

—¿Por qué se reía de mí en la cena?

Para su alivio, al menos no parecía estar ofendido.

—No me reía de usted, señor Lanc... lugarteniente Lancaster.

Él suspiró, dejando entrever su cansancio y resignación.

—He sido «lugarteniente Lancaster» durante casi una década, pero ahora ya estoy retirado y debo acostumbrarme a ser un simple «señor».

—¿Prefiere que me dirija a usted como «lugarteniente»?

—Mentiría si dijera lo contrario —respondió, aunque parecía avergonzarse de haberlo confesado—. No sé si eso me convierte en un orgulloso o en un terco.

—¿Por qué no en ambas cosas?

Una sonrisa iluminó sus ojos.

—Está intentando esquivar mi pregunta, señorita Hampton. ¿De qué se reía? Sé que tenía algo que ver conmigo. —Cruzó un brazo y lo apoyó sobre el pecho mientras doblaba el otro hacia arriba para tocarse la barbilla con el dedo. Una postura de lo más teatral—. La veía reírse cada vez que alguien se acercaba para hablar conmigo. —Frunció el ceño—. Siempre alguna de mis hermanas, si no me equivoco.

Ella no pudo negarlo.

—¡Ah, conque mis hermanas están involucradas! Debería haberlo visto venir —prosiguió con decisión—. Algo me dice que están haciendo de las suyas. —Su tono exagerado y sus gestos le arrancaron una sonrisa. Le recordaba un poco a Philip tal y como era antes de la muerte de su padre: simpático, con sentido del humor, pero sin el histrionismo de después—. Y sus planes tienen que ver conmigo... Seguro que usted sabe algo más.

¿Estaría él tan a gusto como ella?

—No sé si se me permite hablar de todo lo que oí.

—¿«Todo» lo que oyó? No sé por qué, pero algo me dice que no es un asunto baladí, ¿me equivoco? —dijo sonriendo—. Y tiene que ver conmigo... —continuó, poniendo los ojos en blanco— Ay, Dios mío... Quieren que me case, ¿no es así? O lo van a intentar, al menos. —Ella no le confirmó sus sospechas, pero tampoco era necesario—. No debería sorprenderme. Lo primero que me dijo Atenea cuando pisé tierra firme fue: «Tenemos que encontrarte una esposa».

Arabella se sorprendió de lo fácil que resultaba conversar con aquel caballero, aunque gozara de una posición social muy por encima de la suya. De hecho, no estaba del todo segura de cómo interpretar una situación tan inusual.

—Las hermanas pueden ser un castigo —añadió él.

—Probablemente ellas digan lo mismo de los hermanos. O, al menos, de los hermanos solteros.

Él ladeó la cabeza y la miró intrigado.

—¿Y qué ocurre si se tienen muchos hermanos solteros? —preguntó, antes de dejar escapar un suspiro.

—Aunque haya que compadecerse de ellos —respondió la señorita Hampton en tono de profundo pesar—, también son bastante afortunados de tener hermanas que deseen verlos felices.

—Yo, por mi parte, deseo ver a esas hermanas sufrir un poco —añadió divertido—. Pero ahora, si me disculpa, creo que me están mirando con impaciencia, así que será mejor que vaya cuanto antes.

La joven se inclinó hacia delante lo suficiente como para comprobar el nuevo foco de atención de las hermanas. La señora Windover lo miraba mientras la hermana menor cruzaba la habitación hacia él.

Él se volvió cuando llegó hasta donde estaban.

—Linus, necesito que tomes cartas en el asunto —dijo ella nada más llegar—. El señor Jonquil no parece estar interesado en mí.

—¿Y quieres que lo esté?

La señorita Lancaster pasó su brazo por el de su hermano.

—No he dicho que «yo» quiera que lo esté, he dicho que quiero que «él» quiera estarlo.

—¿Tiene Adam idea de los problemas que vas a causarle?

La señorita Lancaster se rio.

—Lo que no sabe es que no he hecho más que empezar.

Arabella desvió la mirada hacia la ventana para disimular lo que aquello le divertía. Una vez que la fiesta comenzara y el señor Lancaster estuviera entretenido, olvidaría el momento que habían pasado hablando, pero ella, en cambio, pensaría en ese instante durante días. Rara vez se sentía cómoda hablando con extraños. Rara vez se sentía cómoda hablando. Una vez el conde le había dicho que «estaba muy charlatana» después de hablar sin cesar de un asunto tras otro. Ella se disculpó, creyendo que era una reprimenda. Su tío y su primera mujer se quejaban continuamente de lo mucho que hablaba. Pero él, en lugar de eso, tomó sus manos entre las suyas, como tantas otras veces había hecho.

—Ningún caballero que esté en sus cabales podría disgustarse de que compartieras con él tus pensamientos —dijo el difunto conde aquel día.

—¿No está enfadado? —insistió ella.

—Al contrario; es un honor.

Apretó la mano sobre la cuenta que colgaba de su cuello. Hacía años que ningún caballero mostraba el menor interés por ella, pero el señor Lancaster lo había hecho, y ella lo había disfrutado sin dejar que los nervios la atenazaran. Siempre había imaginado que vivir en aquel lugar le cambiaría la vida, que sentiría el recuerdo del conde y eso la animaría. Tal vez no estuviera tan equivocada después de todo.

Se sintió esperanzada. Quizá no estaba destinada a estar tan sola como había temido durante tanto tiempo.

Capítulo 7

—¡**M**i *badco* se está hundiendo, tío Linus! —Oliver trató de recrear el pánico de un barco real a la deriva, aunque el suyo no fuera más que una sección doblada del *Times*—. ¡Salva a los *pasajedos*!

—¿Quién es el capitán? —preguntó Linus con su tono más solemne. Oliver señaló a uno de sus marineros hechos con una ramita, y su tío asintió—. Puedes salvar al resto, pequeño, pero un capitán siempre se hunde con su barco.

El pequeño desdibujó la dulzura de su carita con una mueca de horror.

—¿Se *muede*? —La pronunciación de Oliver, aquella «d» en lugar de «r», hizo que la pregunta resultara aún más conmovedora.

—Así es —respondió Linus.

El niño frunció el ceño, pensativo.

—Tú *edas* capitán.

—Iba a serlo. —«Iba a ser muchas cosas», pensó—. Ser capitán es bonito.

—No si te *muedes*. —El pequeño tenía el don de hacer observaciones en el mismo tono arrogante que su padre había perfeccionado durante años. Miró cómo su tío sacaba del barco accidentado a todos menos a la ramita del malogrado capitán.

—¿Por qué *muede* el capitán?

«Por Dios, que deje de preguntar ya».

—Porque nunca abandonaría sus obligaciones. Es valiente, pase lo que pase.

Oliver pareció dar por buena la respuesta.

—Mi papá es valiente.

—Sí que lo es. —Había perdido la cuenta de las veces que el pequeño hablaba de la valentía de su padre. Ese aspecto de su carácter era fuente de orgullo y de tranquilidad para su sobrino.

—Pero no es capitán —añadió el niño, con semblante tan serio, casi disgustado.

Linus tiró de su sobrino para darle un abrazo.

—Ni creo que tenga planes de serlo.

—Y tú tampoco —añadió Oliver—, así que no os vais a *modid*.

Estaba claro que Oliver confiaba plenamente en que Linus tendría la entereza de hundirse con su barco si fuera capitán.

—Gracias por confiar tanto en mi valentía. No siempre soy valiente.

—¿Tienes miedo?

—A veces. Justo anoche tuve una conversación con alguien que me dio un poquito de miedo.

Se sentía intranquilo al recordar su breve intercambio de palabras con la señorita Hampton. Seguro que había dicho algún disparate y que había hecho el ridículo. Muchas veces que había tratado con duques y almirantes. Incluso habló una vez con el príncipe regente. Sin embargo, ninguno lo había alterado tanto como aquella joven.

—¿Era una mala *pedsona*? —preguntó Oliver.

—No. —Al contrario, era tranquila y encantadora. Aun así, había conseguido que temblara por primera vez en mucho tiempo. Esperaba haber sabido ocultarlo.

—No tengas miedo de las *pedsonas* buenas, tío Linus. Yo soy bueno. —El niño habló con toda la entereza que se esperaba de un futuro duque. Imaginaba que sería muy parecido a Adam con su edad, pero dulcificado por la influencia de Perséfone.

Los últimos restos de su barco naufragado desaparecieron bajo el agua, iluminados por el sol de media mañana. Oliver dirigió su mirada desconsolada a su tío.

—¿Hacemos *otdo*?

—¿Te acuerdas de cómo se hacía?

Linus pasaba mucho tiempo con los hijos de Harry y Atenea, que rebosaban energía y entusiasmo, y solían reírse sin parar. Oliver era muy diferente a ellos. La mezcla perfecta de sus padres: tranquilo y observador, pero también fuerte como un roble.

—No me *acueddo* —admitió el pequeño, con ese adorable error entre la «d» y la «r» y un tono de decepción.

—Es que solo me has visto hacerlo dos veces. La mayoría no aprende tan rápido.

—¿Podemos *haced badcos* todos los días? —preguntó Oliver.

—Todos los días que pueda. —Él, a pesar de todo, estaba a la merced de las órdenes de Adam, así como de las actividades programadas por la condesa viuda.

Mientras Linus se ponía manos a la obra para construir otro barco, Oliver jugaba con el agua y un palo. El sonido de unos pasos acercándose hizo que el joven apartara la vista de su tarea. Charlie Jonquil subía por la orilla hacia ellos junto a una niña de unos cinco o seis años, que, por un momento, dejó a Lancaster ensimismado. Se parecía mucho a Artemisa cuando tenía su edad: ojos abiertos como platos, atentos a cada detalle, y perfectos tirabuzones dorados sujetos con una cinta atada en un moño.

Artemisa era así de pequeña cuando él tuvo que marcharse. Ahora ya era toda una mujer, y no la había visto crecer.

Cuando llegaron hasta ellos, Charlie inclinó la cabeza a modo de disculpa.

—No queríamos interrumpir. Solo estábamos dando un paseo.

—Siempre hay sitio para alguien más —celebró el lugarteniente—. Estamos haciendo barcos de papel y navegando por los siete mares. —Miró a la niña—. ¿Sabes hacer barcos de papel?

La pequeña miró avergonzada hacia abajo y se alejó, con las mejillas coloreadas de rosa. Su hermana Daphne también reaccionaba así, sabía cómo reconocer la timidez en una mirada.

Se dirigió a Charlie:

—No era mi intención avergonzarla.

El chico le dio un suave empujón con la cadera.

—Ya no eras tan tímida, Caroline. ¿Qué te ha pasado?

—Puede que... ¿no le gusten los desconocidos? —adivinó Linus.

—Se encariña muy rápido con la gente.

La niña volvió a mirarlo a los ojos durante un breve instante. No había miedo en su expresión, sino algo más parecido a la esperanza. Si él no hacía nada raro, ella querría conocerlo, pero estaba un poco abrumada. Lo mucho que se parecía a Artemisa físicamente y a Dafne con sus gestos y expresiones consiguió conquistarlo inmediatamente. Si ella necesitaba tiempo para decidir si quería aceptarlo o no, él se lo concedería sin dudarlo.

—Si quieres, puedes sentarte con nosotros —propuso—. Si no sabes hacer barcos, tu... —titubeó, lanzando una mirada al joven Jonquil a la espera de una aclaración.

—Tío —dijo el joven.

—Tu tío te enseñará cómo hacerlos. —En voz baja se dirigió a Charlie—. Usted sí sabe hacerlos, ¿no?

El joven Jonquil sonrió y el gesto le iluminó el rostro.

—De pequeño hice montones de barcos de papel. Mis hermanos y yo solíamos ponerlos a flote muy cerca de aquí.

Linus miró los pequeños remolinos que creaba la corriente.

—Está siendo un poco difícil atracar en este puerto... El agua está un poco agitada.

—Sí, bueno, se nos hundieron muchos barcos... —El muchacho se sentó junto a la pila de periódicos y la pequeña Caroline en su regazo, para observar cómo doblaba los papeles.

—¿Vives por aquí, Caroline? —preguntó el Lancaster.

La pequeña asintió. Linus le sonrió y ella se ruborizó aún más, pero esta vez no se asustó.

Durante las casi veinticuatro horas que había pasado en Lampton Park había descubierto que en la familia Jonquil eran siete hermanos; los cinco mayores ya estaban casados, así que, al igual que él, Charlie debía de tener un buen montón de sobrinos.

Linus lo observó mientras doblaba un barco y le contaba a Caroline lo que estaba haciendo. Respondió con paciencia a todas sus preguntas y no parecía lamentar en absoluto el tener que cuidar de ella. A primera vista, no había nada que indicara que el chico tuviera grandes preocupaciones, pero algo le decía que eso no era del todo cierto. Le llamó la atención la frustración que irradiaba su rostro el día que coincidieron en la biblioteca.

Charlie miró a Oliver.

—¿Tú no haces barcos de papel?

—Soy demasiado pequeño —dijo con tono de queja.

Charlie asintió con un gesto de empatía.

—Yo también era el más pequeño de mi familia y había muchas cosas que no me dejaban hacer.

—Un día *sedé gande*. Como papá. Y entonces *poddé haced* lo que *quieda*. —Sí, era la viva imagen de su padre.

—Puedo hacer uno para ti —se ofreció Charlie—. Puedo incluso echarlo al río por ti.

El niño asintió con entusiasmo y, después, miró a su tío.

—¿Ponemos gente?

—Claro. —Dejó a un lado el barco de papel sin terminar—. ¿Hacemos también un capitán?

—¡Sí! Alguien tiene que *modid*.

Linus no pudo evitar reírse a carcajadas. Oliver le alegraba los días.

A medida que pasaba la mañana, Caroline pasó a sentarse más y más cerca del joven Lancaster, mientras que Oliver empezaba a ver a Charlie como uno más de sus tíos. Linus percibió en el pequeño de los Jonquil una bondad real y profunda, también una soledad tan grande como la suya.

—Si no tiene nada que hacer, podría acompañarme mañana a dar un paseo —propuso Linus, esperando que la invitación fuera bien recibida. Apreciaría su compañía—. Haber pasado en alta mar los últimos trece años de mi vida ha hecho que añore montar a caballo.

Sus palabras sorprendieron a Charlie.

—¿Quiere que vaya con usted?

Linus lo observó atentamente.

—¿Hay alguna razón por la que no deba hacerlo?

El chico se encogió de hombros.

—No suelen invitarme nunca.

«Hum», pensó el antiguo lugarteniente.

—Una de las consecuencias de tener tantos hermanos, sin duda.

Ambos se rieron.

—Una de tantas —respondió el muchacho con una sonrisa—. ¿Usted tiene hermanos?

Eso no era ningún secreto.

—Tengo un ejército de hermanas; y no crea que con ellas no hay consecuencias adversas.

—Ya imagino.

Volvieron a la tarea que tenían entre manos y dejaron a un lado el asunto de las familias.

Cuando gastaron todo el papel y hundieron un buen montón de barcos en las profundidades de su mar imaginario, volvieron a casa: Linus cargando a un Oliver casi dormido y Charlie caminando de la mano de la pequeña Caroline.

No habían dado más que unos pasos cuando Artemisa los abordó.

—¿Dónde has estado, Linus?

—Tratando asuntos navales de vital importancia—respondió con su fingido tono solemne.

Artemisa suspiró contrariada.

—Te lo has perdido todo.

—¿Todo? —Intentó igualar la teatralidad de su hermana.

—Los invitados llegarán en unas pocas horas y Perséfone se niega a decirme qué es lo que vamos a hacer esta tarde. ¿Cómo voy a elegir el caballero adecuado para mí si no sé dónde estará?

—¿Se te ha pasado por la cabeza, querida hermana, que alguien pueda elegir a tu pareja por ti?

—¡Vaya tontería! —exclamó Artemisa con cierto desdén—. Yo no soy ninguna mosquita muerta para que nadie decida por mí.

Por el rabillo del ojo, el joven Lancaster vio la expresión de desconcierto de Charlie. Artemisa podía resultar un poco abrumadora a aquellos que no la conocían del todo. Se volvió hacia él.

—Será mejor que se retire rápidamente, señor Jonquil, no sea que acabe siendo uno de sus atormentados secuaces —le advirtió con exagerada solemnidad.

Charlie hizo una breve reverencia.

—Le agradezco muy sinceramente su advertencia. Me marcho.

Con Caroline en brazos, Charlie desapareció por el camino y Artemisa volvió a hablar:

—No me ha hecho ni caso. Es que es increíble.

—No puedes esperar que todos los jóvenes caballeros se enamoren perdidamente de ti.

La chica puso los ojos en blanco.

—¿Y quién habla de amor? Es guapo y parece agradable, aunque sea un poco joven.

—Yo creo que tiene la misma edad que tú —replicó Linus.

Artemisa se negó a reconocerlo.

—Es muy extraño que no lo intente ni siquiera un poco.

—No es el único —dijo su hermano señalando al pequeño Oliver—. Lord Falstone está tan poco impresionado que ha acabado durmiéndose de puro aburrimiento.

Ella sonrió al fijarse en su sobrinito.

—¿No es increíble que Adam, siendo como es, tenga un niño tan dulce y tan querido por todo el mundo?

—Te recuerdo que también es hijo de su madre.

—Eso es verdad. Después de todo, un padre tampoco influye tanto. —Se volvió y se alejó con un aire de dignidad tan exagerado que nadie la hubiera tomado en serio jamás.

Aunque a Linus le dolía pensarlo, su hermana no se equivocaba al considerar que su padre se había desentendido de todos ellos. Al principio, su progenitor se quedó paralizado por el dolor y, luego, por el miedo a salir del exilio que él mismo se había impuesto. Antes de encontrar el modo de superar la muerte de su esposa, su mente ya había comenzado a deteriorarse. Lo recordaba como un padre atento y amable, pero Artemisa, que nació tan solo unos meses antes de que su madre falleciera, nunca llegó a conocer esa parte de él y, por lo tanto, lo que es mucho peor, nunca llegó a sentir el amor de un padre.

«Oh, Artemisa... Te duele más de lo que muestras, ¿verdad?», pensó Linus.

Subió las escaleras lentamente. Estaba preocupado por su hermana pequeña, igual que lo había estado por las demás durante tantos años. Sin embargo, podía serle de tan poca ayuda como al resto. Era un hermano inútil.

Acababa de llegar al rellano del segundo piso cuando se dio de bruces con Arabella.

—Señor Lancaster. —Parecía contenta de verlo.

—Señorita Hampton —respondió él—. Perdóneme por no ofrecerle una reverencia, pero la madre del pequeño lord Falstone probablemente me retorcería el cuello si lo despertara.

«Retorcerme el cuello», pensó. Podía haber dicho cualquier otra cosa. ¿Por qué le daba tantas vueltas? ¿Por qué se había puesto tan nervioso?

La joven miró a Oliver con dulzura.

—Parece que lo ha dejado agotado. Eso debería complacer a su supuestamente violenta hermana.

Oírla bromear con esa sutileza alivió un poco su sensación de incomodidad.

—Hago todo lo que puedo para contentar a mi hermana mayor, se lo aseguro. Tiene una horca en su casa, ya sabe.

Arabella fingió estar impresionada.

—¿Y su esposo le permite utilizarla?

Él negó con la cabeza.

—«Ella» le permite a «él» utilizarla.

—Las hermanas pueden ser terribles —repuso ella.

—Aterradoras.

La señorita Hampton esbozó una tierna sonrisa y dejó ver un atisbo de diversión en sus ojos. Por un momento, él sintió que no le llegaba el aire a los pulmones, que su cerebro se hacía papilla, y su lengua, un nudo.

¡Qué ridículo! ¡Apenas la conocía!

—Debería llevar a mi sobrino a la cama. —Pasó por delante de ella y se volvió—. Que tenga un buen día, señorita Hampton.

—Y usted también —respondió ella.

Recorrió el pasillo con decisión. Un momento después, se detuvo y miró hacia atrás, pero ella ya no estaba.

Capítulo 8

La viuda siguió los consejos de Linus para elegir las actividades de la tarde, así que prepararon el jardín este de Lampton Park para practicar juegos sobre la hierba. Los sirvientes dispusieron sillas y mesas alrededor de la zona, y también toldos que dieran sombra. Además de las hermanas y cuñados de Linus, asistirían otros vecinos, como la familia que la anfitriona le había mencionado la noche anterior, con dos hijas en edad de casarse, que llegó poco antes que el segundo de los hermanos Jonquil. También asistió el párroco, a quien el joven Lancaster aún no conocía, pero sospechó, por su alta y esbelta constitución y su cabello dorado, que era pariente de los Jonquil.

No vio a la señorita Hampton por ninguna parte. ¿Es que no le interesaban los juegos en el jardín? Tal vez detestara reunirse con tanta gente desconocida. Durante sus breves conversaciones, había deducido que prefería interacciones más tranquilas y personales y, a decir verdad, él también. Sin embargo, por desgracia ocupaba un lugar tan trivial en la familia como para que lo conocieran pero no le prestaran mucha atención. Debería esforzarse un poco en hacer amigos.

Se dirigió hacia donde el señor Layton Jonquil y su esposa, una dama de cabello escandalosamente rojo y una brillante sonrisa, estaban hablando con la viuda. La esposa de Layton llevaba en brazos a un bebé que no tendría más que unos pocos meses. La pequeña Caroline iba de la mano del hombre, resolviendo así el misterio de quienes serían sus padres.

—Buenas tardes, señorita Caroline —saludó Linus con una reverencia.

La niña se sonrojó.

—Buenas tardes.

—¿Has venido a jugar con nosotros? —le preguntó.

Ella asintió.

—Papá me dijo que podía. Me dijo que Oliva también iba a venir. ¿Oliva?

—¿Te refieres a Oliver?

La pequeña asintió de nuevo.

No sabía con certeza si su sobrino se animaría a ir, pero esperaba que así fuera. El carácter tímido del niño, unido a la naturaleza intimidatoria heredada de su padre, haría más difícil que hiciera amigos en el futuro si no lo intentaba desde pequeño. Cuanto antes empezara, mejor.

—¿Tienes algún juego favorito? —le preguntó a la pequeña Caroline.

—Los bolos —respondió, mirándolo a los ojos, sin soltar la mano de su padre.

—A mí se me dan muy bien —aseguró—. Me encantan.

—¿Tanto como hacer barcos de papel?

Linus hizo un gesto pensativo.

—Creo que sí, pero necesito un compañero divertido.

Ella bajó la mirada y cerró la boca en una mueca cargada de bondad y dulzura.

—¿Quieres ser mi compañera? —le preguntó.

La niña levantó la cabeza de inmediato.

—¿De verdad?

El joven se encontró con la mirada del padre de la pequeña.

—Señor Jonquil —dijo con tono formal—, ¿podría tener el honor de ser el compañero de su hija durante una partida de bolos?

Layton le contestó con la misma formalidad.

—¿Es usted un caballero honrado? No permitiré que mi hija juegue a los bolos con cualquiera.

—Hicimos barcos de papel juntos, papá. Y le dijo a Chorlito que podían ir a montar a caballo. Y Oliver no se cayó al agua porque él le dijo que no podía meterse. Y me habló, aunque a mí me daba vergüenza la primera vez.

La expresión de su padre irradiaba ternura al oírla.

—¿Te gustaría ir con el señor Lancaster a jugar a los bolos?

—Sí, por favor.

Layton volvió a mirar a Linus para darle las gracias y este le devolvió una sonrisa.

La madre de la niña intervino antes de que se marcharan.

—Si Caroline se cansa, o si se cansa usted —dijo bajando la voz—, vuelva a traerla con nosotros.

—De acuerdo. —Se despidió con una rápida reverencia y luego le tendió la mano a Caroline para caminar hacia la pista de los bolos—. Fíjate bien si jugamos contra mi hermana pequeña... Es una tramposa.

Caroline dio un respingo sin soltarle de la mano.

—Flip también hace trampas.

—¿Quién es Flip?

—Un hermano de papá. Vive aquí. Es un conde, pero uno divertido.

Entonces, «Flip» era el nombre que le había puesto a lord Lampton, cuyo nombre de pila era, si no recordaba mal, Philip. Y Caroline se refirió a Charlie como «Chorlito» y a Oliver como «Oliva». ¿Tenía apodos para todos?

—Ese caballero de allí —dijo Linus, señalando hacia el párroco— también es hermano de tu padre?

Ella asintió.

—Ese es Harry el Santo.

«Harry el Santo». Intentó reprimir la risa. Qué apodo tan perfecto para un hombre de su oficio.

—Todavía no es párroco —continuó Caroline—, pero Flip dice que sí lo es, porque eso le pone la cara roja y hace reír a Flip. Y cuando Flip se ríe, todos los hermanos se ríen. Bueno, Chasin no. Chasin pone los ojos en blanco, aunque ya no tanto como antes. A Chasin le hace tan feliz su mariposa que ya no se enfada tanto como antes.

Lo que decía tenía poco o ningún sentido, pero escucharla hablar con tanto entusiasmo le alegraba el corazón. Al principio, el carácter tranquilo de Caroline le había recordado mucho a su querida Dafne. Compartir unas horas con su versión de pelo rubio era como volver a la infancia que había compartido con su familia.

Todavía no habían llegado a la pista de bolos cuando se acercó Atenea, acompañada de dos jóvenes que probablemente tendrían la edad de Artemisa. Desde lejos se podía ver la intención de su hermana mayor: la misma que la noche anterior, cuando le presentó a *lady* Belinda. Al parecer, su estrategia de presentárselas de una en una no lo había hecho sufrir lo suficiente.

—Linus —dijo ella—, creo que aún no te he presentado a la señorita Romrell y a la señorita Jane Romrell.

—No —respondió con una reverencia—. Y no sé si ustedes tres han tenido el placer de conocer a la señorita Jonquil. —Puso su mano en el hombro de Caroline y la acercó a su pierna; sabía que no le gustaban los desconocidos—. Es una de mis personas favoritas y ha accedido a ser mi compañera de bolos.

Las hermanas Romrell miraron a Atenea sorprendidas. ¿Acaso su querida hermana les había prometido su atención? No sabía si molestarse por sus esfuerzos o divertirse frustrándolos.

—Si nos disculpan —dijo—, la señorita Jonquil y yo estamos ansiosos por comenzar nuestra partida.

Linus y Caroline se alejaron de la mano, dirigiéndose a su destino.

—¿De verdad soy una de tus personas favoritas? —preguntó la niña en voz baja.

—Sin ninguna duda.

Ella le sonrió; el brillo de sus ojos lo enterneció.

—Mi madre también lo dice. Dice que me quiere desde que nací.

—Estoy seguro de que así es.

Artemisa, prácticamente arrastrando a Charlie Jonquil detrás de ella, llegó a la pista de los bolos justo al mismo tiempo que el lugarteniente y la pequeña. Sabía que su hermano no era muy hábil, así que no dudó en enfrentarse a ellos.

—¿Vamos a jugar contra vosotros? —preguntó Linus.

—¡Qué divertido! —El entusiasmo de Artemisa era tan evidente como la desgana de Charlie. «Pobre muchacho», pensó—. Espero que se le dé bien jugar a los bolos, señor Jonquil.

—Me temo que no mucho.

—Mi hermano tampoco es muy bueno, así que no pasa nada.

—Es buenísimo —replicó Caroline.

Artemisa la miró con una amable sonrisa.

—¿Quién? ¿Mi hermano o tu tío?

Caroline lo pensó un instante.

—Los dos.

La pequeña de los Lancaster le lanzó a Charlie una mirada traviesa.

—¿Le ha restado importancia a sus talentos?

El muchacho dejó de mostrarse tan desanimado y le siguió la broma.

—Un caballero nunca presume.

—¿No aplastar despiadadamente a la competencia entra en el código de los caballeros? —preguntó ella.

—Así es cuando el rival es mi sobrina de seis años. —Le guiñó un ojo a Caroline y ella soltó una risita.

—Creo que estamos todos de acuerdo —resolvió Linus— en que Caroline es la que manda aquí.

La niña soltó una carcajada y Artemisa sonrió de oreja a oreja.

—¿Preparamos nosotras los bolos? — preguntó la joven a la pequeña.

Caroline la siguió, entusiasmada, dejando atrás a Linus y Charlie.

—¿Cómo le ha metido mi hermana en esto? —preguntó Lancaster.

—Me lo pidió delante de mi madre, que todavía está enfadada conmigo por romper la figurita de la lechera...

—Vaya...

El joven Jonquil se encogió de hombros. No le entusiasmaba en absoluto la idea de jugar con Artemisa, pero no quería ser descortés.

—Estaba allí porque en realidad quería pedirle a Arabella que fuera mi pareja. Nos conocemos desde siempre y sé que con ella habría jugado sin preocuparme por tener que destacar.

—¿Siente esa presión muy a menudo?

—Se supone que los Jonquil somos excepcionales —respondió—. No puedo permitirme ser la excepción.

Las piezas del rompecabezas encajaban un poco más. Aunque en un principio pensó que tenía problemas en la escuela, parecía que, además, al menos una parte de sus desvelos tenían que ver con la familia.

Linus comprendía esa preocupación. Su hermano había sido extraordinario. Asumir el papel de Evander solo servía para resaltar sus defectos. Todos verían su torpeza cuando volviera a Shropshire y tomara las riendas de la casa. Tendría que enfrentarse a todo lo que eso conllevaba: su ineptitud, lo vacía que estaba la finca, lo doloroso, a la vez que imposible, que era volver a tener a Evander cerca.

—Se lo advierto... —dijo Charlie—. Si Arabella vuelve de su paseo antes de lo habitual, pienso abandonar a su hermana.

Solo con mirar la cara del muchacho, Linus entendió que estaba bromeando. Tenía la cortesía suficiente como para no marcharse de cualquier manera, aunque le hubieran obligado a estar allí.

—¿La señorita Hampton sale mucho a pasear?

Charlie asintió.

—Todos los días. Siempre lo hace, y a veces durante varias horas. Por eso la conocen todos los vecinos.

Era un pasatiempo extraño. Linus no sabía si había conocido a alguien que caminara tanto como para la conocieran en toda la zona por ello. Cuanto más sabía de ella, más le intrigaba.

Caroline volvió a acercarse a ellos.

—La señorita Lancaster dice que soy encantadora —les dijo mirándolos a los ojos.

—Y tiene toda la razón —aseguró Linus.

Charlie le acarició la parte baja de la barbilla.

—¿Has hecho una amiga nueva, cariño?

Ella asintió.

«Bien hecho, Artemisa», pensó. Aunque su hermana no era una persona precisamente sencilla y algunos de sus comportamientos le preocupaban, momentos como aquel le devolvían la esperanza.

Volvió con ellos lanzando hacia arriba uno de los bolos.

—¿Están listos, caballeros?

De repente, la conmoción de los demás invitados llamó su atención. Se había producido un revuelo un tanto extraño. Adam vociferaba órdenes que Linus no lograba entender y Perséfone parecía estar completamente fuera de control.

Lancaster agarró el brazo de una doncella que pasaba a toda prisa frente a ellos.

—¿Qué ocurre?

—Lord Falstone ha desaparecido —respondió ella.

«Santo cielo», exclamó para sí. Se volvió hacia el menor de los Jonquil.

—Lleve a Caroline con sus padres.

—Por supuesto. —Charlie aupó a su sobrina y se marchó.

Artemisa comenzó a moverse con rapidez, haciendo todo lo posible por seguir el ritmo de su hermano, que evaluaba la situación mientras se acercaban a los demás y pensó que, sin lugar a dudas, era con Adam con quien debía hablar, no con Perséfone. Ella estaba angustiada, y él, dispuesto a hacer lo que fuera.

—¿Qué hago? —preguntó Linus.

—Ve con Harry a buscarlo por el bosque.

—Sí, voy para allá. —Dio media vuelta y le hizo un gesto a Harry indicándole la dirección.

—¿Cuánto tiempo hace que ha desaparecido? —le preguntó a su cuñado.

—No lo sé.

Linus recorrió la zona con la mirada mientras se acercaban a los árboles.

—¿Cómo ha podido ocurrir algo así?

—Tampoco lo sé.

Adam y Perséfone se ocuparían de eso más tarde.

—Tú ve hacia el sur —propuso el lugarteniente—. Yo miraré por el norte.

Harry asintió y se adentraron entre los árboles, cada uno por un lado. Oliver era un niño pequeño, no podía estar muy lejos. Ese era el único consuelo. No podía estar muy lejos.

❀ ❀ ❀

Arabella estaba desorientada. No tenía absolutamente nada que hacer, a pesar de las muchas actividades previstas para pasar el día. Los sirvientes no la necesitaban para preparar los juegos del jardín ni las mesas de comida, y la viuda dirigía al personal sin mostrar ni un ápice de cansancio. La única vez que la vio reclamar ayuda, para encontrar su chal, una de las doncellas se apresuró a buscarlo antes de que ella pudiera dar un paso.

No parecían necesitarla como dama de compañía, ni nadie demostraba esperar que realmente desempeñara ese papel. ¿Cuál era su cometido entonces en esa familia?

Pedir permiso para ir a dar su paseo diario mientras los invitados jugaban en el jardín resultó ser su mejor opción: no estorbaría ni se quedaría de pie como un pasmarote, viendo la vida pasar.

No recordaba cuándo había empezado a disfrutar tanto los paseos, pero se habían convertido en una parte importantísima de su vida. Conocía a la perfección los alrededores de la casa de su tío, desde el pueblo de Collingham hasta el estrecho camino de carros que llegaba hasta la finca de los Sarvol. Pasear era su vía de escape, lo único que la hacía feliz.

El paseo de ese día se limitó a explorar los terrenos de Lampton Park más cercanos al jardín donde se desarrollaban las actividades de los invitados. No quiso pensar demasiado en las razones que le hicieron querer quedarse tan cerca, sabiendo perfectamente que no era sino por desesperación.

El río Trent atravesaba los terrenos del parque y paseó por la orilla. El sonido del agua en movimiento la relajaba. Años atrás solía encontrar al conde allí mismo, también paseando, con la cabeza gacha, observando algún detalle y con las manos entrelazadas en la espalda.

Arabella apretó los dedos alrededor de la cuenta y recorrió con ella la cadena. ¿El conde también encontraba consuelo al pasear? ¿O solo disfrutaba de la soledad? En cualquier caso, tener eso en común la reconfortaba.

Caminaba con las manos a la espalda cuando se detuvo en seco al oír un ruido. Prestó más atención. Alguien estaba llorando. Debía de ser un niño.

—¿Quién es? —Miró a su alrededor, pero no logró localizar de dónde provenía el llanto.

No obtuvo respuesta. Salió del sendero de la orilla y se adentró en la maleza. Encontró al niño poco después, el mismo que el señor Lancaster llevaba en brazos unas horas antes: el pequeño lord Falstone.

Santo cielo, ¿qué hacía allí? ¿Por qué estaba solo? No podía tener más de dos o tres años.

Se arrodilló frente a él.

—¿Te has perdido, pequeño?

Él asintió con la cabeza y comenzó a llorar con más fuerza. Apretó una de sus piernas con las dos manos y, al acercarse, Arabella pudo ver tres hilos de sangre que le caían por la espinilla.

—¿Te has hecho daño? —Oliver volvió a asentir—. ¿Me dejas que lo vea?

El niño retiró las manos lentamente, dejando al descubierto un profundo corte que recorría casi toda la pierna. Estaba sucio y lleno de pequeñas piedrecitas incrustadas.

—¿Hay alguien contigo? —preguntó ella.

El niño negó con la cabeza. Su familia debía de estar aterrorizada.

—Te llevaré de vuelta con papá y mamá, ¿de acuerdo? —Lo levantó con cuidado de no tocar la pierna herida para llevarlo en brazos. No quería hacerle más daño.

El niño se aferró a ella con fuerza.

—¿Papá se va a *enfadad*? —preguntó con la respiración agitada.

Por lo que ella tenía entendido, el duque de Kielder siempre estaba enfadado. Dios quisiera que esa vez fuese diferente.

—Creo que se va a alegrar mucho de que te haya encontrado. —Lo abrazó un poco más fuerte mientras cruzaba los angostos pasos entre arbustos—. Cuando era como tú yo también me perdí. No fue muy lejos de aquí.

—¿Y te dio miedo? —preguntó.

—Un poco.

—¿Te encontró tu papá?

Contarle al niño, tan preocupado como estaba, que su padre había muerto mucho tiempo antes de que ella se perdiera no le parecía muy oportuno. Además, el caballero que la encontró había sido lo suficientemente parecido a un padre como para responder que sí.

—Sí, me encontró y no se enfadó ni me regañó. Solo se puso muy muy contento de verme de nuevo.

Lo que hubiera dado por estar con él ahora.

—¡Oliver! —Una voz resonó entre los árboles.

El niño se irguió, así que seguramente ese sería su nombre.

—¿Es tu papá? —preguntó ella.

Él negó con la cabeza.

—¡Oliver! ¡¿Dónde estás?!

Arabella se detuvo para localizar de dónde venía la voz.

—Oliver, voy a gritar muy fuerte. —No quería asustarlo; ya estaba suficientemente nervioso—. ¡Estamos aquí! —gritó.

Un momento después, el señor Lancaster apareció entre la maleza, con expresión y actitud dignas de un militar en plena misión. Percibió en su rostro un temor incalculable. La miró a ella y luego a Oliver. Con paso decidido, se acercó a toda velocidad.

—¿Dónde...? —Miró fijamente a la pierna del niño—. ¿Qué ha pasado?

—No lo sé —dijo Arabella—. Pero es un corte profundo. Habrá que limpiarlo bien.

—Me he caído —dijo el niño.

El señor Lancaster no parecía muy aliviado.

—¿Se ha hecho algo más?

—No, que yo sepa.

Él negó con la cabeza. Era, de los pies a la cabeza, el mismísimo lugarteniente Lancaster: firme, dominante; y todo porque su familia lo necesitaba. El pequeño Oliver probablemente no tenía ni idea de lo afortunado que era por pertenecer a un clan como el suyo.

—Habías desaparecido —Ya más relajado, pasó la mano por el pelo del pequeño, completamente cubierto de barro—. Nos has dado un buen susto, Oliver.

—Quería ver los *badcos*.

El señor Lancaster palideció al instante.

—¿Ibas al río? —Volvió la cara para mirar a Arabella, preocupado.

—No llegó tan lejos —respondió ella.

—Gracias a Dios —susurró—. Vamos a llevarlo con sus padres.

Linus se movió rápidamente y Arabella le siguió el ritmo. Salieron de la arboleda y siguieron el camino hasta el jardín, en ese momento ya vacío.

Linus acercó la mano a la boca y gritó a una criada que estaba en el jardín trasero, esperando el regreso de cualquier persona que hubiera ido a buscar al niño.

—¡Lo hemos encontrado!

La sirvienta hizo una velocísima reverencia y entró corriendo a la casa.

Arabella inclinó la cabeza hacia el señor Lancaster.

—Oliver está nervioso por si su padre se enfada con él —susurró—. Creo que sería mejor que lo llevara con ellos; usted los conoce mejor que yo y sabrá cómo restarle importancia al asunto.

—El duque no se enfadará —respondió—. Pero es verdad que da miedo cuando se preocupa.

Entonces, el niño pensará que está enfadado.

—Oliver —dijo ella—, tu tío te llevará con papá y mamá, ¿de acuerdo? —Él asintió sin dudar ni un momento—. Has sido muy valiente; tu familia te cuidará muy bien.

—¿Tú fuiste valiente cuando tu papá te *encontdó*?

Ella sonrió. Le había prestado atención.

—Lo fui.

Oliver cuadró los pequeños hombros con firmeza.

—Yo también *sedé* valiente, aunque papá se enfade.

—Lo sé. —La joven se volvió hacia el señor Lancaster—. Será mejor que se dé prisa. Sus padres deben de estar desesperados.

Se quedó allí viendo cómo Linus llevaba a casa a su sobrino, moviéndose tan rápido que los rizos rebotaban en la nuca.

«¿Tú fuiste valiente?». Meditó sobre la pregunta del niño. Ella siempre fue valiente antes de perder al conde, porque él estaba ahí cuando las fuerzas le flaqueaban, pero sentía que llevaba once años sin parar de luchar.

Capítulo 9

Linus estaba especialmente inquieto aquella noche, pues se preguntaba a cuál de las invitadas le presentarían. *Lady* Belinda había sido muy agradable, pero nada le hacía reír, ni sus bromas ni las de ninguna otra persona y, además, parecía estar tan poco interesada en él como él lo estaba en ella. Las hermanas Romrell seguían siendo todo un misterio; al fin y al cabo, su encuentro no duró más que unos instantes. De todos modos, ninguna de las tres acudiría a la fiesta de esa noche.

La señora Blackbourne, una joven viuda, sí se había animado a asistir, y Linus estaba convencido de que se encontraría en su compañía a menudo. Sus hermanas se encargarían de ello.

El señor Stroud, un caballero de su misma edad, también figuraba entre los nuevos invitados. Stroud le parecía inofensivo, aunque se hubiera interesado por Artemisa y tuviera que vigilarlo más de cerca.

Con una simple ojeada, notó enseguida que la señorita Hampton no estaba en el salón y eso le provocó tanto alivio como decepción. Disfrutaba de su compañía y deseaba conocerla mejor, aunque solo fuera para descubrir qué era eso que le ponía tan nervioso. Toda ella era un gran misterio que necesitaba resolver y que nadie más veía, y eso le intrigaba. Más allá de la evidente atracción que sentía, también estaba en deuda con ella; tenía que agradecerle que hubiera ayudado a Oliver.

No quería hacerse una idea de lo que hubiera ocurrido si no hubiera encontrado al pequeño antes de que llegara al río... ¡Qué peligro! Le había prometido a Adam y a Perséfone que se encargaría de que su hijo aprendiera a nadar, como él había aprendido en la Marina.

La viuda se puso de pie ante el grupo, después de recibir a todos los invitados.

—Su alteza y yo hemos pensado que sería divertido jugar al *tableau vivant*. Ya saben: recrear un cuadro. —Un murmullo de entusiasmo se extendió entre los invitados—. Para ello deben formar dos equipos —continuó—. A cada equipo se le asignará una escena. Nosotros seremos el jurado. —Aunque la mujer parecía dar importancia al papel reservado a Adam, en realidad Linus sabía que su cuñado solo formaba parte del jurado porque se negaba a participar en el juego—. El equipo ganador recibirá un premio.

—¿Qué premio? —preguntó Artemisa, que nunca se preocupaba por guardar los modales.

—Que el duque no le estrangule —sugirió Harry.

—¡Magnífico! —exclamó lord Lampton, aumentando el enfado de Adam.

La viuda esperó divertida a que se apaciguara el ambiente.

—Me temo que los equipos serán un poco desiguales. *Lady* Lampton se encuentra indispuesta y no podrá acompañarnos.

Una lástima. Linus estaba convencido de que *lady* Lampton era la única que podía calmar a su marido, y eso habría ayudado a que Adam no perdiese los nervios durante la velada.

—El primer equipo lo formarán su alteza la duquesa, el señor y la señora Windover, el señor Stroud y lord Lampton.

Los miembros del equipo comenzaron a buscarse, distrayendo la atención de los demás invitados.

—El segundo equipo, el señor Jonquil, la señora Blackbourne, y la señorita y el señor Lancaster.

—No hay tanta diferencia —dijo el señor Stroud—, solo son uno menos. No veo ninguna razón para que se quejen.

Nadie se había quejado. De hecho, la intervención del señor Stroud fue lo más parecido a una protesta de todo lo dicho durante la fiesta. Linus conocía lo suficientemente bien las normas de cortesía como para saber qué era una metedura de pata, y qué no; e insultar a su anfitriona definitivamente lo era.

La viuda, tan amable como siempre, no hizo caso de la crítica y siguió con las indicaciones.

—Lord Lampton y el señor Lancaster serán los capitanes de sus equipos. Será a ellos a quienes les diga las escenas que deben recrear.

Le dio un papel a su hijo y otro a Linus.

—Si le sirve de consuelo —dijo Lancaster—, sé que ganaremos nosotros aunque los equipos no sean iguales.

—Oh, pero si no hay tanta diferencia —respondió la señora Lampton con una voz un poco seca—. Solo son uno menos.

La viuda repitió la observación del señor Stroud. Sin duda, era una mujer muy ingeniosa.

—Es una pena que la señorita Hampton no nos haya podido acompañar esta noche.

¿Estaría siendo demasiado descarado?

—¡Oh, cielos! —exclamó, levantando las manos—. Pues claro, Arabella debería estar aquí. —Suspiró, con gesto de evidente frustración—. A veces olvido que probablemente piense que no está invitada a las actividades si no le he especificado lo contrario. De todos mis hijos, solo Corbin necesitaba que se lo recordara. No estoy acostumbrada a personas tan tímidas ni reservadas.

—Quizá sea un poco reservada, pero cuando hemos hablado no me ha parecido nada tímida.

La viuda alzó las cejas, sorprendida.

—¿Ha hablado con usted?

Él asintió.

—Varias veces.

—¿Más de una vez? —preguntó con incredulidad—. Me sorprende, desde luego. No la he visto hablar tanto ni con los que mejor conoce. Debe de sentirse verdaderamente a gusto con usted.

Qué extraño que, según contaba la viuda, se mostrara tan tímida con casi todo el mundo menos con él, y él, sin embargo, solo se inquietaba con ella.

—Voy a llamar a Arabella —anunció la señora Lampton—. Así disfrutará de la velada, y nosotros, de su compañía. —Le puso el papel doblado en la mano—. Tome, este es su cuadro. —Después, se dirigió rápida pero elegantemente a una doncella sentada cerca de la puerta.

Le había pedido que llamara a Arabella. Además de nerviosismo sintió una extraña emoción.

—¿Qué tenemos que hacer? —preguntó Artemisa.

Desplegó el papel.

—Solo pone «Linus». —Le dio la vuelta preguntándose si había pasado algo por alto. ¿Es que la viuda había olvidado incluir el nombre de la obra, además del encargado del equipo?

Artemisa se acercó del brazo de la hermosa señora Blackbourne y la dejó junto a su hermano sin ningún disimulo. Ellas también miraron el papel en blanco.

—Pues sí, solo pone eso —confirmó extrañada la pequeña de los Lancaster.

La señora Blackbourne mantuvo la calma.

—Qué raro... No podemos jugar si no pone nada.

—Tal vez «Linus» sea lo que tenemos que representar —dijo Charlie—. Es un personaje de la mitología griega, ¿no?

—¡Eso es! —corroboró Linus. Todos los hermanos Lancaster tenían nombres relacionados con la mitología griega, incluso él.

La señora Blackbourne apoyó la mano sobre su brazo con delicadeza. Un gesto un tanto impropio si se tenía en cuenta que eran unos completos desconocidos. Linus movió el brazo, pero lo hizo sutilmente, para no llamar la atención y no avergonzarla.

—A riesgo de parecer una ignorante —dijo la señora Blackbourne—, tengo que confesar que desconozco los detalles de la mitología.

Artemisa comenzó a contarle a quién se referían antes de que su hermano pudiera hacerlo.

—Fue el creador de la melodía y el ritmo, y su propio alumno lo asesinó con su lira en un acto de mezquina venganza. Aunque sea poco conocido, tiene una historia más emocionante que muchos otros. Arte, intriga y muerte. Es más que perfecto para un juego de *tableau vivant*.

La señora Blackbourne miró a Linus con gesto divertido. Ella, al parecer, sabía de sobra cuáles eran las intenciones de Artemisa. Si era así, no parecía oponerse.

—Oh, Linus —exclamó Artemisa en su característico tono teatral, agarrándose al brazo de su hermano—. Déjame que sea yo quien organice esta escena, por favor. Estas cosas se me dan mucho mejor que a ti. Si me dejas, ganaremos.

Él no tenía ganas de encargarse de aquello, así que lo dejó en manos de su hermana.

—Pero no dudaré en pararte los pies si empiezas a irte por las ramas.

Artemisa puso los ojos en blanco.

—Ya no soy una niña.

—No, pero sigues siendo Artemisa —corrigió.

A pesar de su disgusto, acabó por acceder.

—Si prometo comportarme, ¿me dejarás que dirija?

—Con mi supervisión.

Ella suspiró y se encogió de hombros.

—Los hermanos mayores son un suplicio.

—Sí que lo son —corroboró Charlie con tono empático.

—Muy bien —repuso Linus—, entonces que Artemisa se encargue de organizarlo todo y hagamos todo lo posible para derrotar al hermano mayor del joven señor Jonquil. Ya saben que es el capitán del otro equipo.

La señorita Lancaster cambió su posición con la de su hermano, obligándolo a apartarse y, con él, también a la señorita Blackbourne. Ella, lejos de volver al lugar en el que estaba antes, se quedó cerca del lugarteniente. Desde luego, a la joven viuda no le faltaba atrevimiento.

—A Linus se le asignará, como es obvio, el papel de Linus —dijo Artemisa—. Alguien debe representar a sus padres y a Heracles.

La señorita Hampton entró en el salón y el señor Lancaster sintió una fuerte presión en el pecho. Se detuvo en el umbral de la puerta. Su expresión no denotaba diversión y tranquilidad, sino más bien preocupación e incertidumbre. Buscó a la viuda con la mirada y ella sonrió y le indicó el lado de la sala donde se encontraba su equipo. La señorita Hampton suspiró, sin parecer muy entusiasmada a participar en el juego, y cruzó la estancia.

Había sido él quien sugirió que la incluyeran, así que ahora, al ver su incomodidad, se sintió un poco culpable. Tal vez fuera más tímida de lo que había imaginado.

—Veo que la viuda le ha convencido para unirse a nosotros —dijo él.

Arabella asintió con timidez.

—Puede llegar a ser muy persuasiva.

—¿Habría preferido no venir? —preguntó, esperando un «no» por respuesta.

—En realidad, me sentí halagada por la invitación —respondió, mostrando cierta satisfacción—. Quiero estar aquí, pero no soy de la familia ni de los invitados ni nadie importante, así que no sé muy bien cuál es mi lugar.

Qué bien comprendía esa incertidumbre.

—Bueno, yo soy familiar de algunos invitados importantes y tampoco sé cuál es mi lugar.

—Somos los «marginados» de la fiesta, ¿no? —bromeó, antes de sonreír.

Linus se encogió de hombros.

—Bueno, creo que podré soportarlo.

—No mejor que yo —aseguró ella—. He nacido para esto.

—¿La marginaron nada más nacer? —preguntó él, con media sonrisa.

Ella asintió.

—Sé que es todo un privilegio, no se ponga celoso.

—Haré un gran esfuerzo.

Arabella recorrió el salón con la mirada y volvió a cambiar la expresión.

—Me siento tan fuera de lugar...

—Los marginados tenemos que permanecer unidos —respondió Linus.

—¿Quiere que formemos un club?

Se sentía pletórico.

—Señorita Hampton, ¿va a jugar con nosotros? —interrumpió Artemisa.

—Sí, me lo ha pedido la viuda —contestó en un tono de voz más bajo.

—Perfecto —celebró la joven—. Usted puede ser Calíope.

La señorita Hampton miró a Linus desconcertada.

—Creo que me he perdido algo.

—*Tableau vivant*. Nos ha tocado representar el mito de Linus.

—¿Y yo soy su madre? —preguntó con media sonrisa—. Al final nuestro club va a ser un poco extraño.

Linus se sorprendió. Pocas personas que no fueran estudiosos o entusiastas de la mitología conocían los detalles de esa historia. ¿A ella también le interesaba?

—Eso no lo he decidido yo —aclaró él.

Ella bajó la cabeza, sin poder ocultar que se divertía.

—¿Duda de mis habilidades para representar a semejante musa?

Él no pudo evitar sonreír. Aunque seguía poniéndose nervioso, descubrió que disfrutaba cada vez más de su compañía. Sus conversaciones, aunque breves, habían sido más divertidas que todo lo ocurrido en los meses transcurridos desde que dejó la Marina. Y, además, ella había demostrado tener un elegante sentido del humor.

—Aún no le he agradecido lo suficiente lo que ha hecho por Oliver.

—Hice lo que hubiera hecho cualquiera —dijo, sin darle mayor importancia.

—Fue paciente y amable con él. Necesitaba ese cariño mucho más de lo que usted piensa. Se lo agradezco de todo corazón.

Arabella notó cómo se le encendían las mejillas.

—Yo misma he necesitado ese cariño muchas veces en mi vida, así que me alegra haber podido ofrecérselo cuando lo ha necesitado.

Artemisa volvió a interrumpir la conversación.

—Linus, no estás prestando atención. ¿Cómo se supone que vamos a representar esta escena si el protagonista ni siquiera está escuchando?

El joven se dio la vuelta para mirar a su hermana e hizo una reverencia exagerada.

—Perdóneme, señorita.

Artemisa se dirigió a la señorita Hampton.

—Calíope debe estar junto a Eagro.

Arabella asintió.

—¿Quién es Eagro?

Sabía que Calíope era la madre de Linus, así que, entonces, seguramente sabría que Eagro era su padre. Aun así, él no pudo resistirse a precisarlo.

—Es el rey de la mitología...

Ella puso una cara de ofensa tan fingida que le produjo una carcajada. Artemisa lo miró como si hubiera perdido la cabeza y, después, volvió a mirar a la señorita Hampton con preocupación. Si no la conociera, diría que su hermana estaba angustiada. ¿Es que no le gustaba la señorita Hampton? Imposible.

—El señor Jonquil —dijo Artemisa, señalando a Charlie—. Él representará a Eagro. Póngase a su lado.

Arabella hizo lo que le ordenó la muchacha sin decir nada más. Si se había dado cuenta de la falta de tacto con la que la joven se dirigió a ella, no dejó que se le notara.

—¿A qué ha venido eso? —le dijo a su hermana en voz baja.

Como solía hacer, ella se tomó las palabras de su hermano demasiado a pecho.

—Solo estoy intentando organizarme. No tenemos mucho tiempo y quiero hacerlo lo mejor posible. Y tú no ayudas demasiado.

Él no pudo hacer más que pasarle el brazo por encima de los hombros.

—Sé que te molesta que los demás no pongan de su parte cuando haces algo que te gusta. —Pretendía tranquilizarla, pero lejos de lograr su objetivo, parecía enfadada. «Madre mía», pensó Linus sin atreverse a decirlo en voz alta—. Prometo ser más cooperativo.

Ella, aún con cara de enfado, asintió.

—Eso espero.

—¿Y cuál es tu papel?

Como siempre, la joven recuperó el entusiasmo al instante. Linus no sabía si su hermana olvidaba así de rápido los disgustos o si fingía ser más sensible de lo que realmente era.

—Yo representaré la música.

Un silencio siguió a la respuesta. «Representar la música». Se quedaron sin palabras. No era de extrañar que sacara tanto de quicio al duque de Kielder, tan serio como él era.

—Eso quiere decir que la señora Blackbourne tendrá que representar a Heracles. Esa era mi primera opción —dijo, mientras miraba a la viuda con lástima—. Creo que no encajaría demasiado en el papel de «música asesina».

—No sé si sentirme halagada o decepcionada. —La señora Blackbourne miró a Linus a los ojos: un gesto demasiado íntimo para dos desconocidos.

—Hágalo lo mejor que pueda —le indicó Artemisa—. Y póngase al lado de Linus. Ahí.

Lejos de rebatir a la capitana, lanzó al lugarteniente una cálida mirada. Así que eso era: sus hermanas se habían decantado por la señora Blackbourne para esa noche. Ella parecía haber aceptado su papel con entusiasmo, y él se sintió halagado por ello, pero también algo incómodo. Había sido objeto de algunas miradas como aquella anteriormente, sobre todo cuando vestía su uniforme de la Marina. Nunca le faltaron parejas de baile en las pocas ocasiones en las que Perséfone le había convencido para asistir a uno, pero aquello iba mucho más allá. ¿Estaría la viuda al tanto de los tejemanejes de las Lancaster, o simplemente disfrutaba de su compañía?

La señorita Hampton intentaba contener la sonrisa. Ver que al menos la divertía alivió en parte su incomodidad. Tal vez la situación fuera un poco, solo un poco, divertida.

La viuda se acercó al rincón donde estaban.

—Ahí tienen un baúl con algunos trajes y accesorios. Pueden echarle un vistazo mientras aclaran sus ideas.

—¿Es el baúl lo suficientemente grande como para meter a una hermana dentro? —preguntó Linus, intuyendo que la señora Lampton, que había criado a una familia numerosa, apreciaría su paciencia.

Ella asintió.

—Si es necesario...

—Lo he oído —protestó Artemisa.

—No tema, señorita Lancaster —dijo la viuda—. El baúl no se cierra bien.

—Una pena. —Linus dejó escapar un suspiró exagerado mientras se encogía de hombros—. Supongo que, al final, acabaremos teniendo que liberar a «la música».

La anfitriona lo miró de nuevo.

—Solo quedan treinta minutos —le advirtió.

Las palabras de la mujer alarmaron a Artemisa, interpretando de nuevo esa sensibilidad suya tan forzada. Inmediatamente, dio órdenes a cada uno sobre dónde debían estar y qué debían hacer.

Repartió aceleradamente diferentes accesorios para decorar sus trajes y, aunque ninguno tenía nada que ver con la antigua Grecia, a nadie le importó demasiado. La señorita Hampton y Charlie se estaban divirtiendo mucho, pero el joven Lancaster no estaba tan cerca de ellos como para oír lo que decían. La señora Blackbourne le susurraba sin parar, y ese tono de voz creaba entre ellos un ambiente mucho más íntimo del debido.

El lugarteniente, que necesitaba escapar de esa incómoda situación, se dirigió al grupo.

—Necesitamos una lira. Si no, ¿con qué se supone que van a matarme?

Artemisa se llevó una mano al corazón.

—No había pensado en eso.

Linus se alejó de la señora Blackbourne.

—Ahora mismo vuelvo. Voy a por una.

—¿Sabe dónde encontrarla? —preguntó la señorita Hampton, que le prestaba atención por primera vez en un buen rato.

—Sí, resulta que yo también toco la lira —respondió él.

—¿Y no teme que la historia se repita? Debería servirle de advertencia.

Él adoptó un gesto de picardía.

—Me gusta el peligro.

Capítulo 10

—La señorita Lancaster podría ir a buscar a su hermano si no vuelve pronto —propuso Charlie.

Artemisa, que estaba a punto de empezar otra de sus rabietas sin importarle quién la estuviera viendo, no dejaba de mirar hacia la puerta por la que Linus había desaparecido diez minutos antes, preguntándose dónde diablos estaría.

La viuda se acercó al grupo en ese mismo momento.

—Arabella, ¿serías tan amable de ir a buscar al señor Lancaster?

—Por supuesto. —Aceptó la tarea con entusiasmo, agradecida de poder servirle de ayuda.

—Pero entonces tampoco tendremos a Calíope —protestó Artemisa.

—Volveré en un santiamén. —Se estaba divirtiendo, a pesar de ser una «marginada», como habían convenido ella y el señor Lancaster. La habían dejado participar en las actividades y, además, había sentido complicidad con el amable y apuesto lugarteniente. Quería seguir conociéndolo.

Al llegar al pasillo donde estaban las habitaciones de los invitados, miró en todas las direcciones, pero no había rastro de él. ¿Dónde estaría? Tal vez había dejado la lira en la sala de música, pero... si hubiera ido solo dos puertas más allá del salón, no habría tardado tanto. ¿Dónde más podría estar?

Ese día había visto dos veces al señor Lancaster en compañía de su sobrino, así que tal vez hubiera vuelto a irse con él. Si no lo encontraba, tendría que volver con las manos vacías y enfrentarse a la ira de Artemisa.

Lo encontró en la guardería, justo donde pensó que estaría, meciendo en sus brazos al pequeño y dolorido lord Falstone.

—¿Ha pasado algo?

—Tiene fiebre —respondió—. La niñera no ha sido capaz de consolarlo.

Arabella se acercó a ellos y reconoció una fragancia parecida a la canela. No recordaba haber conocido a otro caballero que desprendiera ese olor, tan delicado y agradable.

Con el dorso de la mano, tocó las mejillas sonrojadas del niño.

—Está ardiendo. ¿Ha llamado a sus padres?

—Todavía no. Esperaba conseguir que se durmiera. Sus padres ya se han preocupado demasiado hoy por él. —El pequeño dejó escapar un gemido angustiado—. Aunque quizá sea lo mejor. Oliver, ¿quieres que llame a tu mamá?

El niño siguió haciendo tiernos pucheros.

El señor Lancaster se dirigió hacia la niñera, que estaba abriendo las cortinas de la habitación.

—Jane, ¿podrías llamar a sus altezas?

La niñera asintió y, rápidamente, salió de la habitación.

—Tío Linus... —dijo el pequeño con un tono dulce y suplicante.

—Lo sé... —respondió preocupado—. Sentirse mal es horrible.

El hombre era una caja de sorpresas. Tenía el porte inconfundible de un militar, pero era alegre y, además, se sentía tan a gusto entre los niños como entre los adultos. Pertenecía a una familia importante y, aun así, se había dirigido a Jane sin la arrogancia característica de la nobleza. Podía ir donde deseara: a los establos, a cualquier rincón del parque y a los carruajes, pero había elegido pasar la mañana con un niño pequeño, y ahora también la tarde. Y, además de todo eso, había sido amable con ella; la había tratado como a una amiga.

—No tengo mano con los niños enfermos —reconoció el señor Lancaster—. Mi hermana Dafne, en cambio, sabría perfectamente qué hacer.

—No le ha salido ningún sarpullido —dijo ella, examinándolo con detenimiento—. Eso es buena señal. Y aunque no esté bien, al menos está despierto.

El pequeño dejó caer la cabeza sobre el hombro de su tío.

—Quizá sería buena idea que se uniera a nuestro club —bromeó el señor Lancaster—. Seguro que le gusta.

Arabella sonrió al oír su propuesta.

—Dudo que sus padres lo consideren un «marginado».

—Imposible —contestó, mientras acunaba al niño suavemente entre los brazos.

En toda su vida, Arabella solo había conocido a un caballero que hubiera desprendido tanta bondad. El recuerdo del hombre cariñoso que perdió tantos años atrás le produjo un nudo en la garganta y nubló sus pensamientos. Cómo lo echaba de menos. Cómo desearía que estuviera allí.

El duque y la duquesa llegaron poco después en busca de su hijo. El duque tenía una mirada tan dura que Arabella, instintivamente, se acercó para intervenir; pero, en cuanto lo vio, el pequeño lord Falstone fue hacia su padre sin un ápice de inquietud. El duque lo abrazó, como si quisiera protegerlo, con delicadeza y compasión.

—Será mejor que mandes traer todas mis cosas, Perséfone —pidió el duque—. No pienso moverme de aquí.

Arabella sintió un pinchazo en el corazón. Esperaba encontrar recuerdos del conde en esa casa, pero no que esos recuerdos vinieran de invitados que no eran más que extraños para ella.

El señor Lancaster permaneció junto a la duquesa.

—Debería haber sabido que la presencia de su padre lo reconfortaría más que la mía —admitió.

Ella le lanzó una mirada de complicidad.

—Ese niño se siente también mejor con su padre que conmigo —respondió Perséfone con una tristeza fingida—. Tal vez el próximo pequeño prefiera a su madre.

Miró a su hermana con los ojos abiertos de par en par.

—Perséfone, ¿estás...?

La duquesa dejó escapar una risita.

—Se supone que no debía contárselo a nadie.

—No te preocupes. El tío Linus guardará el secreto. —Le pasó un brazo sobre los hombros—. Me alegro mucho por ti.

Arabella se sintió, como ocurría a menudo, completamente fuera de lugar, así que se movió silenciosamente hasta la puerta.

—Señorita Hampton —dijo el duque con su característica voz, serena pero autoritaria. Ella se volvió hacia él, asustada—. Dígale a la viuda o a lord Lampton que envíen a un médico inmediatamente.

—Adam... —dijo la duquesa con un tono de reproche.

—Por favor —añadió.

Arabella inclinó la cabeza levemente.

—Señorita Hampton... —El duque le sostuvo la mirada—. Gracias de nuevo por haber encontrado a mi hijo esta tarde.

—Me alegra haber ayudado —repuso ella, antes de salir de la habitación, incómoda por las alabanzas.

Aún no había llegado a la planta baja cuando el señor Lancaster la alcanzó. Bajó con tanta rapidez que alertó a Arabella.

—¿Ha empeorado lord Falstone?

—No, pero su padre sí. —Linus tenía una forma muy peculiar de hablar: serio pero con humor, y eso le encantaba—. Me ha enviado para que me asegure de que lord Lampton «no esté tan embelesado con sus propios pantalones que sea incapaz de llevar a cabo sus tareas». —Imitó al duque con un tono exagerado.

—Entonces tendríamos que esperar hasta que su ayuda de cámara lo desvista. —En el mismo momento en el que pronunció esas palabras, fue consciente de lo inapropiadas que eran. Un inmenso calor le recorrió todo el cuerpo hasta llegar al rostro—. Lo siento, no quería decir eso.

—Ha sido gracioso. —Lo cierto es que parecía más divertido que sorprendido.

—Por favor, no le diga a la viuda nada de lo que acabo de decir.

Linus asintió con firmeza.

—Me llevaré el secreto a la tumba.

—Eso dice mucho de usted.

—Cualquier cosa por mi compañera de club.

Por mucho que se comportara con tanta sencillez, pertenecía a una familia importante, pensó Arabella. Aun así, parecía sentir una gran conexión y empatía con ella.

—Deberíamos hacer lo que nos ha pedido el duque y llamar al doctor —admitió el señor Lancaster.

—Si sirve de algo —respondió ella—, en realidad no pienso que lord Lampton sea incapaz de asumir sus responsabilidades.

El señor Lancaster caminó junto a ella, a su ritmo.

—Yo tampoco creo que el duque piense eso de él; es solo que su mal humor aumenta cuando está preocupado, y pocas cosas le preocupan más que el bienestar de su familia.

Ella movió la cabeza de un lado a otro.

—Me desconcierta.

—Eso es lo que quiere —aseguró el señor Lancaster—. Su alteza se esfuerza por ser una persona intimidante y acaba causando verdadero temor, pero los que le conocen mejor lo adoran. No sé muy bien cómo lo consigue. —Se inclinó un poco más y bajó la voz, como si fuera a compartir un secreto con ella—. Si alguna vez descubre por qué se comporta así, dígamelo.

—Creo que confía demasiado en mi capacidad para descubrir cosas.

Se encogió de hombros.

—Descubrió lo que se traían mis hermanas entre manos.

—Sí, ¿verdad? —Qué fácil era hablar con él, pensó—. Fui capaz de hacerle ver lo que tramaba su propia familia.

Linus esbozó una amplia sonrisa; una expresión que iluminó y llenó de alegría sus ojos verdes. «Madre mía», se dijo la joven, era aún más guapo cuando sonreía así.

—¿Qué puedo decir? Tengo una familia muy misteriosa.

—La mía no lo es tanto. Solo quedan dos familiares vivos aparte de mí y no es que sean muy amigables.

—Vaya, lo lamento.

Le habló sin un ápice de superioridad, y eso le ablandó el corazón.

Cuando llegaron al salón, la viuda se acercó a ellos.

—¿Cómo se encuentra el pequeño?

—Su alteza ha pedido que se envíe al doctor Scorseby —dijo Arabella, cumpliendo el encargo que le habían encomendado.

—Enviaré a uno de los mozos de cuadra a por él —dijo la viuda, antes de darse la vuelta. Los demás invitados se amontonaron a su alrededor para interesarse por lord Falstone. En ese momento, la comodidad que Arabella sentía junto a Linus se disipó. Nunca le habían gustado las multitudes.

Él, en cambio, parecía estar muy a gusto respondiendo a las preguntas de aquellas personas ansiosas por saber.

Arabella salió de allí esquivando a los invitados para dirigirse de nuevo hacia la ventana, que parecía ser el único lugar acogedor para ella.

—¿Dejamos el juego para otro momento? —preguntó Artemisa a su hermano.

—Se pondrá bien —contestó el señor Lancaster—. Estoy seguro de que ya está mucho mejor.

Artemisa pareció disgustada con esa respuesta.

—No soy ninguna insensible. Yo solo quería... —A la joven le empezó a temblar la barbilla y salió de la habitación.

El señor Stroud hizo el gesto de ir tras ella, pero Linus se adelantó. Ahora no solo estaba preocupado por su sobrino, sino también por su hermana pequeña. No podía gustarle más, admitió para sí la señorita Lampton.

Se sentó creyendo que allí pasaría desapercibida, pero Charlie se sentó junto a ella.

—¿Está lord Falstone muy enfermo?

—Por lo que yo vi, no tanto; aunque no soy ninguna experta. Pero imagino que nos enteraremos si me equivoco.

Charlie se quedó un momento en silencio, recorriendo la habitación con la mirada.

—¿Por qué siempre te sientas aquí?

—Porque es un lugar tranquilo... y más apropiado para mí. —También le resultaba familiar. En casa de su tío se mantenía, del mismo modo, al margen de todo, así que no le suponía ningún esfuerzo—. Después de todo, soy una dama de compañía, no una invitada ni parte de la familia.

Charlie la miró incrédulo.

—¿Te dijo madre que te mantuvieras al margen?

—No, pero a veces encontrar nuestro lugar, por humilde que sea, es lo mejor que podemos hacer.

Él frunció el ceño mientras miraba a su hermano, que conversaba con el señor Windover al otro lado de la habitación.

—¿Y si no hay nada «mejor»? ¿Y si las cosas son...? —Terminó la frase encogiéndose de hombros; parecía no encontrar la palabra adecuada.

—¿Ha ocurrido algo?

—Solo estoy tratando de ordenar algunas cosas. Tengo la cabeza hecha un lío.

—¿Ha hablado con su hermano? —Philip se parecía lo suficiente a su padre como para ser la persona idónea en la que pudiera confiar.

—Mis hermanos siempre están ocupados.

—¿Y no hay nadie más? —Se sintió rara al formular esa pregunta. La cercanía y la lealtad siempre habían caracterizado a la familia Jonquil.

Él negó con la cabeza y desvió la mirada hacia la ventana.

—El señor Lancaster me invitó a dar un paseo a caballo por la mañana —dijo al cabo de un rato—. Tal vez pueda hablar con él. —Bajo sus palabras se escondían años de profundo dolor.

—Al menos no podrás escaparte.

Charlie se rio y Arabella sintió cierto alivio por ello. Ella siempre le había tenido mucho cariño, y su querido conde adoraba a su pequeño. Todavía recordaba su cara de orgullo cada vez que veía a Charlie correr hacia él para saludarlo. Ella se solía sentar pegada a la pared e imaginaba que, si ella también hubiera sido Jonquil, el conde la habría amado así de profundamente.

—Hablando de gente que no puede escaparse —dijo—, habría sido divertido ver a mi hermano representando a Hades. Al otro equipo le asignaron el mito de Perséfone y, por lo que he oído, la actuación de Philip ya era suficiente para ganar el concurso, aunque probablemente el duque lo hubiera estrangulado igualmente.

—¿De verdad? —Arabella no entendía por qué le molestaba tanto—. ¿A su alteza no le gusta ese mito?

—Es que, por lo que tengo entendido, no se llevan demasiado bien —aclaró Charlie—. Philip es un experto en sacarlo de quicio, y Sorrel es la única que puede evitarlo, pero no está aquí.

—No debe de ser nada fácil.

Charlie negó con decisión.

—Y, sin embargo, mi familia insiste en que soy yo quien siempre se mete en líos.

—Es que tu historial...

—Pero ya no hago nada —protestó él.

Arabella prefirió no hablar de que el verano anterior no había parado de meterse en problemas.

—¿Crees que el señor Lancaster me escucharía? —Su pregunta sonaba tan desesperada como esperanzada.

—Yo creo que sí.

El señor Lancaster entendía el dolor de sentirse fuera de lugar en una reunión, y, por supuesto, en su propia familia, así que sabría comprender los sentimientos de Charlie y lo ayudaría, igual que la había ayudado a ella.

¿Cómo no iba a gustarle? No había conocido a nadie así cuando vivía en casa de su tío, pero estaba convencida de que existía en otro lugar.

Capítulo 11

Durante su paseo con Charlie a la mañana siguiente, Linus descubrió que tenía mucho en común con el joven caballero. Ninguno de los dos había pasado mucho tiempo en Londres; de hecho, ambos lo encontraban verdaderamente tedioso. Aunque el pequeño de los Jonquil fuera alumno de una escuela magnífica, y él hubiera pasado tantos años en alta mar, compartían unos intereses similares. El lugarteniente le habló de cómo heredó de su padre el amor por los mitos que le contaba con tanto cariño. Charlie, de su estudio de las matemáticas. Gran parte de lo que decía escapaba de su comprensión, pero le entusiasmó oírle hablar con tanto entusiasmo.

—Nuestro oficial de navegación utilizaba las matemáticas para todo —dijo Linus—. Me pasé casi un año estudiando con él. Me parecía fascinante, pero al final preferí encargarme de otras responsabilidades. Podría pensárselo. Aunque no sea tan joven como los demás, tampoco es descabellado.

Charlie negó con la cabeza.

—A mí me interesa más la teoría; el ámbito académico.

—Estoy seguro de que usted y mi padre se habrían llevado de maravilla. Él disfrutaba mucho de la parte teórica de sus estudios.

Hacía una hora que habían empezado a cabalgar; los caballos estaban cansados y se movían a un ritmo lento e irregular. Desde allí ya se divisaban los establos, pero aún les quedaba un poco para llegar y terminar su excursión matutina.

—¿Y cómo pudo mantener su padre a toda la familia con los ingresos de un académico?

Al parecer, Charlie estaba al tanto.

—¿Es que está pensando en seguir la carrera académica?

—Puede. —Se encogió de hombros, como si quisiera restarle importancia, pero su rostro decía lo contrario; era un asunto que le importaba de verdad. Tal vez Charlie fuera un poco despistado, pero no estaba tan perdido como sus hermanos y su madre pensaban.

—Nuestra familia no era rica —dijo Linus—, pero gracias a la herencia de mi abuelo todo fue un poco más fácil.

—Creo que voy a meterme donde no me llaman, pero tengo entendido que su familia estaba en una situación mucho peor que la de «no ser rica».

No le faltaba razón.

—No éramos pobres por el trabajo de nuestro padre, sino por la falta de él. Si hubiera podido continuar con sus ponencias y sus publicaciones, nuestras circunstancias habrían sido muy distintas.

Charlie dio el tema por zanjado y Linus no quiso presionarlo para que le contara sus confidencias. Recordaba que Evander solía dejarle hablar largo y tendido sobre sus preocupaciones y frustraciones; escuchándolo pacientemente y sin presionarlo. Le resultaba extraño ser ahora quien desempeñara ese papel, pero no tanto como se había imaginado. Aún podía notar la huella que su hermano mayor dejó en él, incluso diez años después. Sin embargo, nunca llegó a verlo hacerse cargo de la finca; no tendría ese ejemplo en el que apoyarse cuando regresara a casa. Estaría tan perdido como siempre.

Un mozo de cuadra los saludó al acercarse, devolviendo a Linus al presente.

Desmontaron y entregaron las riendas al joven encargado de los establos. En cuanto empezaron a caminar hacia la entrada trasera de la casa, Linus vio salir de allí a la señorita Hampton. Llevaba un chal y unos zapatos para caminar que parecían bastante pesados. Sintió algo más que alegría al verla: emoción.

—Parece que la señorita Hampton quiere dar un paseo —dijo el joven Jonquil.

—¿De verdad sale tan a menudo como dijo usted ayer?

—Todos los días. —Charlie se sacudió el polvo de la chaqueta—. Cuando éramos pequeños, siempre la encontraba por la zona, yendo de un lado a otro. Philip una vez me dijo que creía que se estaba escapando.

—¿Escapando de qué?

—De casa.

La noche anterior, Arabella le había confesado que solo tenía dos familiares y que su relación con ellos no era precisamente buena. Las palabras de Charlie acrecentaron aún más su curiosidad. ¿Cómo habría sido su vida?

—Buenos días, Arabella —saludo Charlie cuando se acercó.

Los nombres de pila no solían estar permitidos entre una joven y un caballero que no fueran parientes. Estaba claro que la descripción que había hecho la viuda de la señorita Hampton como «una buena amiga de la familia» no era ninguna exageración.

—Buenos días, caballeros —respondió—. ¿Han disfrutado de su paseo?

—Mucho —respondió Charlie—. El señor Lancaster me dejó hablar largo y tendido de cosas que seguramente no le interesen. No recuerdo la última vez que alguien hizo eso por mí.

—He visto a madre escuchar durante horas y horas sin rechistar, Charlie Jonquil. Recuérdalo.

No tenía ni idea de por qué Linus le había prestado atención durante tanto tiempo. Charlie pensaba que sus hermanos estaban demasiado ocupados para atender sus preocupaciones y responder a sus preguntas, pero seguramente su madre sí lo haría.

—¿Por qué no va a darle los buenos días a su madre? —sugirió Linus—. Seguro que le alegra la mañana.

Charlie contempló la posibilidad.

—Debería —dijo finalmente; después, dio media vuelta y se fue silbando por el sendero.

—Muy bien hecho, señor. —Aunque tenía el rostro serio, sus palabras denotaban humor—. Creo que intentaba colarse en nuestro club.

—¿Y qué sentido tiene un club si no es «el más» exclusivo? —Su seriedad se transformó en vergüenza tan solo un instante después—. Me alegro de que anoche estuviera dispuesta a soportar mis tonterías.

—Creo que todos necesitamos sentirnos un poco tontos de vez en cuando —replicó la joven.

Linus sentía que ella era la primera en compartir su visión de las cosas. Deseaba con toda su alma descubrir en qué otros aspectos se parecían.

—¿Charlie es mucho más joven que usted? —Arabella no quería parecer impertinente, pero era una pregunta que le rondaba la cabeza desde hacía tiempo. Los duros rasgos de su rostro eran, sin duda, el reflejo de los largos días bajo el sol en alta mar y el viento cortante.

¿Tan demacrada veía su piel? Por Dios, esperaba que no.

—Tengo veinticuatro años. —La miró en busca de alguna reacción negativa, pero, afortunadamente, no la vio—. Pasar media vida en el mar tiene sus consecuencias. Parece que tengo cuarenta y dos.

Ella negó con la cabeza.

—¡Qué exagerado! ¿Y cuántos aparento yo? Más le vale tener cuidado con lo que dice.

Linus no podía dejar de sonreír.

—Entonces será mejor que no diga nada.

La joven se ciñó el chal alrededor de los hombros.

—Veintitrés —dijo—. Pero pasar media vida paseando tiene sus consecuencias. Parece que tengo ciento veintitrés.

—Eso era justo lo que iba a decir —bromeó él.

Ella sacudió la cabeza, divertida.

—Sospecho, señor, que es usted un poco problemático.

—Culpable.

—Yo, al contrario, he sido un angelito toda mi vida. —Aunque estuviera bromeando, eso era totalmente cierto.

—No lo dudo —admitió él—. No me la imagino siendo ninguna otra cosa.

Ella se sonrojó. ¿Sería por vergüenza o porque le gustaba saber que disfrutaba de su compañía?

—¿Puedo ir a pasear con usted? —le preguntó.

Ella lo miró de nuevo.

—La gente suele extrañarse de que camine tanto tiempo.

—A mí me parece algo idóneo para un marginado.

—¿Quién soy yo para negarle un paseo a un camarada? —Su sonrisa le produjo una fuerte atracción. Ella empezó a andar y él la siguió—. ¿Ha hablado mucho con Charlie?

—No. Estuvo callado todo el tiempo. Ni una sola palabra.

Ella lo miró dubitativa.

—Solo hay un Jonquil que pueda estar callado mucho tiempo, y no es Charlie.

—Vaya, conoce bien a la familia.

—Me pasaba los días con ellos.

Hubo algo en la forma de pronunciar ese «con» que desmentía la palabra; como si fuera cierto que había estado con ellos, pero, a la vez, no. Él conocía bien esa sensación. Vivía con su familia, pero seguía sintiéndose un extraño en muchos aspectos.

—Charlie estaba un poco cabizbajo anoche —añadió la señorita Hampton—. Esperaba que se pudiera desahogar con usted.

—Más o menos.

Parecía aliviada.

—Sé que no es de mi incumbencia, pero me preocupa. Igual que me preocupa la viuda o *lady* Lampton.

—¿*Lady* Lampton? —Acto seguido, levantó la mano, arrepentido de su propia pregunta—. Perdóneme, no es asunto mío.

—Parece que tanto usted como yo tenemos la misma vocación —dijo ella entre risas—: ser chismosos profesionales.

—Tiene razón —respondió con énfasis—. No sabía a qué dedicar el resto de mi vida y creo que me ha dado la solución.

«¡Qué ridículo!», pensó al instante.

—Lo sé, se me da estupendamente.

Por la forma en la que reía y bromeaba, parecía estar realmente a gusto con él. La viuda ya le había dicho que era extraño que entablara amistad tan rápido con alguien. Se conocían desde hacía dos días. Dos. Y, sin embargo, hablaban como si fueran amigos de toda la vida.

—Entonces, ¿ha vivido aquí siempre? —preguntó Linus.

Ella asintió.

—La finca donde vivía con mi tío era de mi padre. Mis padres fallecieron cuando yo tenía seis años.

Conocía bien ese inmenso dolor.

—Mi madre murió cuando yo tenía cinco años, y mi padre, mientras yo surcaba los mares.

—Lo siento mucho.

La afligida empatía en su tono y expresión le produjo un nudo en la garganta y una punzada en el corazón, pero intentó reprimirlo con todas sus fuerzas. Aún le costaba horrores hablar de su pérdida.

—Entonces, el actual lord Lampton y usted se conocen desde niños. —Necesitaba cambiar el rumbo de aquella conversación—. ¿Ha sido siempre así?

Su sonrisa desapareció de repente. No se lo esperaba. ¿Qué había dicho que pudiera causarle tanta pena?

—Era muy divertido —contestó vacilante—. Su hermano Layton disfrutaba tanto como él persiguiendo pájaros, pero era más serio. Por aquí hablaban constantemente de que él encajaría mejor el papel de heredero, pero Layton ya era el heredero del patrimonio de su madre. Y Ph... lord Lampton creció asimilando sus responsabilidades lo mejor que supo.

¿Cómo era posible que una conversación sobre otras personas le hiriera tanto?

—El hijo más adecuado para asumir un papel no es siempre el que finalmente lo asume.

Arabella lo miró a los ojos, intrigada.

—¿No se considera «el hijo más adecuado» para el papel que le corresponde?

—Yo era el menor. No me correspondía asumir ciertas cosas. —Su voz y su tono se volvieron más tensos y cortantes; ocurría siempre que hablaba de Evander. No podía evitarlo.

Ella se puso a observar las flores del camino, sin decir nada más ni volver a mirarlo. ¿Había sido demasiado brusco? No lo había dicho con mala intención, pero tal vez hubiera tomado sus palabras a modo de reproche, como prueba de que esa conversación no era bienvenida. Nada más lejos de la realidad. Solo tenían que elegir otro asunto y volver a bromear como habían hecho hasta entonces.

—Señorita Hampton. —La voz de un hombre resonó en el sendero.

Miró hacia el lugar de donde procedía el saludo. No dijo nada, pero pareció alegrarse de verlo.

El hombre llegó hasta ellos e hizo una rápida reverencia.

—He venido a ver cómo estaban los niños. Los de Farland Meadows también están aquí, ambos con fiebres muy altas. Es mejor tenerlos juntos, así es más fácil cuidar de ellos. —La señorita

Hampton no respondió, pero mostró su agrado con una breve inclinación de cabeza—. Además, me alegra mucho tenerla a usted aquí.

Arabella se sonrojó, y Linus se sintió completamente fuera de lugar. El hombre lo miró y le tendió la mano.

—Soy el doctor Scorseby.

Doctor. Un médico. Linus sacudió su mano con firmeza.

—Yo, el lugarteniente Lancaster. —Estaba retirado, así que presentarse como «lugarteniente» tal vez no era lo más apropiado, pero era lo único remarcable que podía decir de sí mismo.

—¿Del Ejército de Tierra o de la Marina? —preguntó el doctor Scorseby.

—De la Marina.

—¿Y qué le ha traído a tierra firme?

Linus miró a la señorita Hampton.

—La compañía —dijo en voz baja.

—Me gustaría tener más tiempo para disfrutar de las actividades con ustedes —dijo el señor Scorseby—, pero tengo demasiados pacientes a mi cargo. —Sus palabras denotaban cierta impotencia.

—Por favor, no querría distraerlo de sus responsabilidades —dijo Linus.

El doctor se volvió de nuevo hacia la señorita Hampton.

—¿Es pedir demasiado que me acompañe a casa?

Hablaba con educación, pero era obvio que no venía de una buena familia. Linus había conocido a muchos otros como él durante sus años en la mar: habían entrado muy jóvenes en la Marina y venían de hogares pobres, pero habían sabido aprovechar sus oportunidades y progresar. Normalmente, ellos hablaban con más educación que el resto.

¿De dónde vendría Scorseby? A los médicos se les tenía un gran respeto.

La señorita Hampton habló por primera vez.

—Iba dar un paseo por los jardines con el señor Lancaster.

Sonó más como una obligación que como algo que realmente le apeteciera. Él había disfrutado de su tiempo juntos. ¿Acaso ella no?

—No desatienda sus obligaciones por mí —dijo Linus—. Acompañe al doctor Scorseby a la guardería.

Ella no contestó. Ni si quiera lo miró ni se movió. ¿Estaba indecisa? ¿Le apetecía quedarse? De repente, se volvió hacia el doctor y asintió decidida.

El médico le ofreció el brazo. Ella lo aceptó y, brazo en alto, caminó a su lado por el sendero del jardín hasta desaparecer por completo.

Eso no era precisamente lo que Lancaster esperaba que hiciera. Ese «club de marginados» había empezado como una broma, pero al final resultaba haber algo de verdad en él.

Se sentía fuera de lugar en las reuniones de sociedad y, además, sabía perfectamente que era el miembro de su familia que menos echarían de menos si volviera a embarcarse. Sin embargo, con la señorita Hampton, gran parte de su desgarradora soledad desaparecía. Le ponía un poco nervioso, sí, pero también le hacía sentir que tenía un lugar en el que refugiarse.

Se había mostrado amable y se preocupaba por él; le había alegrado el ánimo con sus bromas, y ahora la echaba de menos, así que, de mala gana, regresó a casa.

Una vez en Lampton Park, oyó voces procedentes del salón. Una de ellas era de Atenea. Le gustaría pasar algún tiempo con su hermana. Sentía que no lo había hecho lo suficiente durante los últimos trece años. Sin embargo, al igual que la señorita Hampton, tenía mejor compañía que él: una habitación llena de damas. Aunque hubiera preferido salir corriendo, ya era tarde, no era alguien que pasara desapercibido.

Hicieron las reverencias pertinentes a modo de saludo. Atenea insistió en que se sentara junto a ella, muy cerca de *lady* Belinda, que estaba de visita con su madre. Justo al lado de su hermana menor se encontraba la señora Blackbourne, que lo observaba con la misma mirada apasionada de la noche anterior.

La viuda también estaba allí. Mientras sus hermanas lo miraban con seriedad, y la madre de *lady* Belinda, con curiosidad, lo que le transmitieron los ojos de la viuda fue pura diversión. ¿Ella también estaba al tanto de los tejemanejes de sus hermanas?

—¿No estás contento de que *lady* Belinda haya regresado? —le preguntó Atenea. *Lady* Belinda era bastante agradable, pero no tenía ningún deseo de crear expectativas.

—Una fiesta siempre es más agradable si uno está rodeado de damas tan encantadoras como ella.

Atenea seguía sonriendo, pero atravesándolo con la mirada. Al parecer, la respuesta no había sido de su agrado.

La menor de sus hermanas intervino:

—Y también ha venido la señora Blackbourne. Estoy segura de que te alegras mucho de verla.

La sutileza nunca había sido el fuerte de Artemisa.

Afortunadamente, Linus era experto en salir del paso.

—Como ella fue la Heracles del Linus de anoche, me da un poco de miedo volver a verla.

La señora Blackbourne se rio y Artemisa puso los ojos el blanco.

—En realidad no llegó a representarlo. Nos interrumpieron.

—Pero tal vez haya venido hoy a terminar el trabajo. —Esperaba que la señora Blackbourne entendiera que no estaba interesado en ella sin parecer grosero. Lo mismo esperaba de *lady* Belinda. O de cualquier otra mujer.

—Estoy segura de que le gustará conocer a los dos nuevos invitados de esta noche —intervino la anfitriona.

La miró a los ojos. Tenía una expresión inocente y risueña. Estaba al tanto de las intenciones de las hermanas Lancaster y, al igual que la señorita Hampton, se divertía riéndose de él.

—No lo dudo —respondió él—. Este lugar está lleno de gente agradable.

Atenea y Artemisa se miraron con frustración. Ellas ya tenían sus favoritas para el plan «Una esposa para Linus» y les disgustaba que su hermano no hubiera caído rendido a los pies de ninguna de ellas.

¿Perséfone también estaría involucrada? Aunque confiaba más en su gusto que en el de sus otras dos hermanas, porque lo conocía mejor, prefería que no unieran sus fuerzas contra él.

La viuda dio un golpecito en el asiento de al lado invitándolo a sentarse junto a ella.

—¿Cómo ha ido el paseo de esta mañana? —preguntó.

—Ha sido muy agradable. Su hijo menor es una persona excelente.

Sonrió con cariño.

—Es un buen chico, y no lo digo porque sea su madre.

—Y volví a hablar con la señorita Hampton. Usted me dijo que era muy tímida, pero estuvimos conversando bastante tiempo. De hecho, yo estaba más nervioso que ella.

—Está claro que ha visto algo en usted —respondió.

—No tengo nada de especial. —No le importaba admitirlo.

—Se equivoca, señor Lancaster —concluyó la mujer, mirándolo a los ojos.

Artemisa y Atenea no le quitaban la vista de encima, tampoco *lady* Belinda y la señora Blackbourne.

No tardó mucho en irse de allí. Inclinó la cabeza, se disculpó y se marchó rápidamente. Le había dicho a la señorita Hampton que no caería ante la insistencia de sus hermanas, pero empezaba a temer haberse equivocado.

Capítulo 12

No era la primera vez que Arabella veía cómo trataba el doctor Scorseby a sus pacientes. Su tía había acudido a él unos meses atrás por un dolor pulmonar. Su tío también, por un ataque de gota. Y la semana anterior había atendido a una niña que se cortó el dedo durante la misa.

Siempre mostraba su cara más amable. Incluso el pequeño lord Falstone, que pataleó al tener que bajarse de los brazos de su padre, permitió que el médico lo examinara después de hablar un poco con él. Caroline y Henry Jonquil también se sentían a gusto. Henry, que aún no había cumplido el año, no era consciente de lo que ocurría a su alrededor, pero solo se calmaba si el doctor Scorseby lo tomaba en brazos.

A Arabella le gustaba esa faceta suya. La amabilidad era una cualidad imprescindible para ella.

Lady Marion Jonquil, que estaba un poco inquieta, se calmó al ver cómo atendió a sus hijos. El duque, sin embargo, no dejaba de andar de un lado para otro. A primera vista parecía enfadado, pero, cuanto más se fijaba en él, mejor entendía que no era enfado, sino preocupación por alguien a quien amaba.

Apartó la mirada y volvió a sentir ese dolor viejo y familiar al ver un amor tan puro. Era lo que siempre había deseado: que la quisieran así.

Aquella mañana había salido a pasear antes de lo habitual, porque Philip y Layton, el hermano mediano, estaban en casa. Los recuerdos que le evocaban pesaban en su interior y prefería despejarse un poco.

Se alegró de encontrarse con el señor Lancaster. Su compañía siempre le alegraba. Con él se sentía diferente, como si hubiera encontrado a alguien que disfrutaba de su presencia, pero entonces, ¿por qué no dudó ni un segundo al decirle que se fuera con el doctor Scorseby? «No desatienda sus obligaciones por mí». No parecía importarle demasiado que se fuese de allí. Tal vez no le agradaba tanto su compañía, sino que solo se apiadaba de ella.

Arabella volvió en sí cuando el doctor Scorseby regresó a la pequeña mesa donde estaba apoyada. Se sentó y empezó a escribir unas instrucciones que posteriormente daría a los preocupados padres y a las niñeras.

—¿Sabe si la viuda *lady* Lampton se ha tomado lo que le receté hace quince días? —le preguntó.

—No sabía que estuviera enferma —dijo Arabella.

Él la miró.

—Es su dama de compañía, ¿no?

—Sí, pero no estoy al tanto de los aspectos más privados de su vida.—Era una forma sutil de decir: «No sirvo para nada en esta casa».

Seguía escribiendo, logrando de algún modo no distraerse con su conversación.

—Ya, no la vi muy convencida cuando le prescribí el tratamiento.

Arabella se alarmó.

—¿Se encuentra bien?

—No es nada grave, pero se sentirá mejor si se toma la medicación. Y eso le hará mejorar otros aspectos de su vida y ser más longeva.

No le daba buena espina.

—¿Qué le ocurre?

El doctor sacudió la cabeza.

—Nunca hablo sobre los asuntos privados de mis pacientes. Pensaba que, al trabajar para ella, estaría usted al tanto.

Qué vergüenza. Una dama de compañía que no sabía nada sobre la señora a la que servía. Sin embargo, estaba más preocupada por su salud que por las apariencias.

—¿Lo sabe su hijo?

El doctor Scorseby sonrió. Era atractivo. Seguramente había roto unos cuantos corazones en Collingham.

—¿Cuál de ellos? —preguntó.

Tenía razón. La viuda tenía unos cuantos.

—El conde.

El doctor asintió.

—Le aconsejé que se lo dijera, aunque no sé si me habrá hecho caso.

Fuera lo que fuese, era lo suficientemente importante como para pensar que Philip debía saberlo. Cuanto más averiguaba, y eso que no era mucho, más convencida estaba de que, aunque intentara negárselo, se trataba de una cuestión importante.

El difunto conde falleció de una manera repentina e inesperada para todos. Cuando se percataron de los síntomas y del deterioro de su salud, ya era demasiado tarde. No podría soportar que le pasara lo mismo a la viuda por no seguir las indicaciones del doctor.

—Indagaré si está siguiendo el tratamiento o no.

—Se lo agradecería. Y, por favor, dígale que no dude en llamarme si alguna vez me necesita. —Terminó de escribir y se levantó de nuevo—. Ya me cuesta lo suficiente convencer a *lady* Lampton de que lo haga. Tratar a dos damas testarudas en la misma casa es todo un reto.

La llegada de lord y *lady* Lampton desvió la atención del doctor Scorseby hacia la condesa. Daba la sensación de examinar todo lo que veía, haciendo honor a su profesión. Arabella pensaba que también empezaría a hacerle preguntas sobre *lady* Lampton, pero no lo hizo. Se limitó a observar.

Para el ojo inexperto de Arabella, ella parecía más pálida de lo habitual, y eso ya era difícil. Caminaba con una cojera más pronunciada y se apoyaba con más fuerza en el bastón.

Philip estaba normal, aunque «normal» no era la palabra más acertada para referirse a él. Antes no era así. Hubo un tiempo en que estaba lejos de ser ese conde pretencioso en el que se había convertido. Sin embargo, con su esposa mostraba esa parte responsable que aún quedaba en él. Así que si seguía pavoneándose y acicalándose como siempre, *lady* Lampton no podía estar tan enferma como parecía estarlo.

—¿Cómo están sus hijos? —preguntó *lady* Lampton a *lady* Marion y a la duquesa.

—Aún no se han recuperado del todo —dijo *lady* Marion, tomando la mano de la pequeña Caroline—, pero el doctor Scorseby dice que se pondrán bien.

—Puede confiar en él. —*Lady* Lampton hablaba con seguridad pero sin ganas. Así era ella. Arabella no lo achacaba a una falta de sentimientos o a que no le importaran las desgracias ajenas, sino a que simplemente hablaba con franqueza. Era todo lo contrario a su marido.

—Caroline. —Philip se acercó a la niña, que aún tenía las mejillas rojas por la fiebre, balanceando de un lado a otro su monóculo—. ¿Es que te has pasado toda la noche bailando? A mí también me pasa. —Ella le dedicó una débil sonrisa—. El truco está en encontrar unos buenos zapatos. —El hombre adoptó una pose arrogante y engreída, digna del mismísimo príncipe regente—. El calzado inadecuado es lo peor que ha podido pasarle a nuestro país... ¡Ahora la gente se cansa más!

—No estaba bailando, tío Flip —respondió, con un tono cansado pero alegre.

Lady Marion pareció algo más aliviada.

—Ah, ¿no? —Philip sacudió la cabeza en una exagerada muestra de incredulidad—. Pensaba que sí, pensaba que estabais bailando todos juntos.

—¿Henry también? —preguntó Caroline, divertida.

—¡Sobre todo Henry! A los Jonquil nos encanta bailar.

Sin querer, Arabella desvió la mirada hacia el duque de Kielder y tuvo que taparse la boca con la mano para ocultar una sonrisa. Estaba muy enfadado. Tuvo que esforzarse para no decir nada sobre esos placeres del baile que Philip mencionaba una y otra vez.

Caroline, a pesar de su malestar, soltó una risita y, lo que era aún más sorprendente, la estirada e intimidante *lady* Lampton, también. Rio y suspiró a la vez.

—Quizá sea eso lo que le pase a lord Falstone: está agotado después de una noche de juerga —dijo lord Lampton, volviéndose hacia el pequeño en brazos de su padre—. ¿Acaso...?

—Si le llena la cabeza con sus tonterías, le juro que...

—Adam. —La duquesa interrumpió a su marido para que no amenazara violentamente a su anfitrión.

—Está acusando a mi hijo de bailar, Perséfone. No lo toleraré.

—Algún día bailará —respondió ella—. ¿Qué piensas hacer entonces?

—Repudiarlo. —El duque estaba de mal humor, no podía ocultarlo.

Philip no se dio cuenta o, tal vez, no le preocupó en absoluto.

—Si necesita algunos consejos de baile, estaré encantado de...

—No le tiente, Lampton. —Hablando de esa forma la duquesa se parecía a su marido, quien la miró con cierta satisfacción—. No podré ayudarle si sigue metiendo el dedo en la llaga.

—Estamos todos un poquito alterados. —Al parecer, *lady* Lampton pensó que era necesario intervenir—. Philip, es mejor que entretengas a tu sobrina para que Marion pueda atender a Henry, y así su alteza quizá pueda evitar cortarte la lengua con una tijera de podar oxidada.

Fuera esa o no la amenaza que el duque había pensado en un principio, la aceptó con gusto, asintiendo con firmeza en respuesta a la mirada curiosa de Philip.

—Doctor Scorseby, gracias por su ayuda —dijo *lady* Lampton—. Si necesita algo más, no dude en decírmelo.

—Sí, señora.

La imponente mirada de *lady* Lampton se clavó en Arabella.

—¿Puedes venir conmigo un momento?

Arabella hizo una reverencia, notando como se le hacía un nudo en la garganta. ¿Qué había hecho? ¿Había olvidado hacer alguna tarea? De todos los miembros de la familia de Lampton Park, *lady* Lampton era la más temible.

El doctor Scorseby la detuvo tocándole sutilmente la mano y luego, en voz baja, dijo:

—Espero poder pasar a verla de nuevo.

Ella no sabía muy bien cómo responder. Le gustaría volver a verlo, sobre todo después de que terminara aquella fiesta y la viuda y ella se mudaran a la residencia privada, sin tener más compañía que ellas mismas. La mera idea de volver a verlo le puso nerviosa, así que solo consiguió contestar asintiendo con la cabeza, a lo que él respondió con una tierna sonrisa.

Arabella se encontró con *lady* Lampton en el pasillo, nada más salir de la habitación. La condesa no esperó ni un momento para decirle eso tan importante.

—Aunque eres la dama de compañía de madre, espero que puedas hacerme un favor. —Había tanta autoridad como incertidumbre en su voz. Era una combinación extraña, pero la hacía menos intimidante—. Veo que te llevas bien con el doctor Scorseby.

Asintió. No se equivocaba.

—¿Puedes preguntarle si podría atenderme en su casa en los próximos días?

Los médicos solían ir a ver a sus pacientes, no al revés.

—¿No podría preguntárselo usted misma?— Esperaba que su respuesta no le resultara tan impertinente como le pareció al pronunciarla.

—Podría, pero entonces mi marido lo oiría, y eso es precisamente lo que quiero evitar.

¿Le estaba pidiendo que le ocultara información a Philip?

—¿Tampoco puede saberlo la viuda?

—Tampoco. —*Lady* Lampton debió de percibir su incertidumbre, así que le aclaró la situación—. No es nada inapropiado, te lo prometo. Solo necesito un chequeo médico del doctor Scorseby, porque tengo algunas molestias. Pero como conozco a mi esposo como la palma de mi mano y sé que va a preocuparse de más, no quiero que se entere de nada hasta que yo sepa si es algo grave o no. Y madre no es capaz de ocultarle nada a su hijo.

Arabella sabía ahora que eso no era del todo cierto: no le había contado que el doctor Scorseby le había puesto un tratamiento para alguna dolencia misteriosa.

—Se lo preguntaré entonces, cuando haya terminado con los niños —dijo Arabella.

Lady Lampton agachó la cabeza y se marchó por el pasillo. Poco después, la señorita Hampton hizo lo mismo.

Philip se enfrentaba cada vez más al duque, con la esperanza de que su esposa abandonara su aislamiento para defenderlo. *Lady* Lampton le ocultaba algo a su marido. La viuda les ocultaba algo a todos los demás. Charlie se sentía abandonado y excluido.

Puede que Arabella no formara parte de la familia, pero cada vez estaba más al tanto de sus secretos.

Con la cabeza gacha y ensimismada en sus pensamientos, chocó contra algo. La fuerza del golpe la hizo retroceder unos pasos, trastabillando, pero alguien la detuvo e impidió que se cayera. Todo pasó tan rápido que no tuvo tiempo de entender qué había pasado, con qué había chocado y quién la había salvado.

—Lo siento mucho, señorita Hampton. —se disculpó el señor Lancaster—. Voy sin mirar por dónde piso.

Ella se quedó estupefacta con la perfección del rostro del hombre, sus luminosos ojos verdes y el rizo dorado que descansaba sobre su frente. Estaban tan cerca que podía oler el aroma a canela que desprendía. La estaba rodeando con el brazo, por eso no se había caído. Aquel simple contacto irradiaba calidez. Se le quedó la mente en blanco y luego oyó el sonido de sus propios latidos.

—¿Señorita Hampton? —La observaba preocupado—. ¿Se ha hecho daño? —Ella negó con la cabeza—. ¿Se encuentra mal?

Una vez más, movió la cabeza de un lado a otro. La había abrazado. Sintió un impulso inesperado e innegable de dejarse caer en sus brazos y apoyar la cabeza en su hombro. Confundida y un poco alarmada, dio un paso atrás, soltándose del brazo salvador.

—Tendré más cuidado la próxima vez —consiguió decir ella, reuniendo algo de fuerza, aunque la cabeza le seguía dando vueltas sin parar.

—Ya sabe lo que dicen las novelas de terror sobre los peligros que acechan en los pasillos.

Le gustaba verlo bromear.

—¿Lee muchas historias de terror?

—No leo otra cosa, como buen marinero que soy. —No lo decía en serio, siempre bromeaba cuando quería relajar el ambiente. Sin embargo, no consiguió aliviar la tensión de su postura y sus palabras, ni la que casi podía cortarse entre los dos—. ¿Seguro que no se ha hecho daño?

—Solo ha sido un susto —aseguró ella.

—Yo también me he asustado un poco.

La sinceridad de su confesión le volvió a acelerarle el pulso.

—Debería... debería ir a ver si la viuda necesita algo.

—Por supuesto. —Se despidió con una reverencia rápida y algo torpe.

Arabella hizo lo mismo y se marchó. No dirigió sus pasos hacia el salón, donde estaba segura que se encontraba la viuda, sino a su habitación. Cerró la puerta y, con el corazón desbocado, fue hacia la silla situada junto a la ventana.

Se sentó y, por primera vez desde que se encontró envuelta en los brazos de Linus Lancaster, respiró con algo de calma.

Capítulo 13

Linus estaba completamente aturdido. Aquella misma mañana se había felicitado por haber superado el nerviosismo que sentía junto a la señorita Hampton, pero, al estar tan cerca de ella, rodeándola con el brazo, había vuelto a tener esa sensación. Ahora sabía que, en algún momento de los últimos días, se había encariñado con ella y que, a juzgar por lo fuerte que seguía latiéndole el corazón pasados unos minutos, quizá fuese algo más que cariño.

¿Cómo había sucedido? ¿Cuándo? Necesitaba ir a un lugar tranquilo y pensar.

Se dirigió a una de las terrazas traseras, pero Artemisa y Charlie ya estaban allí. Ella hablaba por los codos y él permanecía sentado en silencio y con evidente desinterés. Se detuvo antes de volver entrar, decidiendo si quedarse o seguir buscando un lugar donde pudiera estar solo.

—Quizá vuelva a Londres para la próxima temporada —dijo Artemisa—. Para entonces, ya será algo mayor.

—Y usted, más aún, ¿no? —murmuró Charlie, encorvándose en su silla.

La muchacha se irguió, irritada.

—Tenemos la misma edad.

—Mala técnica, amigo mío —intervino Lancaster, llamando su atención—. Nunca aluda a la edad de una dama.

—Ella se estaba burlando de la mía —replicó el muchacho.

—Es de caballeros aguantar, no pagar con la misma moneda.

El joven Jonquil puso los ojos en blanco.

—Créame, aquí no hay nada recíproco.

Artemisa abrió los ojos de par en par.

—¿No le gusta hablar conmigo?

—¿Hablar «con» usted? Eso es mucho decir. Yo no he dicho ni una palabra. Ni siquiera estoy seguro de que se moleste en respirar, y mucho menos en escuchar.

Ella levantó la barbilla con un gesto exagerado.

—Que sepa que hay montones de caballeros que disfrutan mucho hablando conmigo; incluso lo buscan. Llegan en tropel, esperando que les conceda un poco de atención.

Charlie apoyó la cabeza en la mano.

—¿Y no podría encontrar a uno de ellos ahora para hablar con él? Me duele la cabeza.

Artemisa apretó los labios y se inclinó hacia él de una forma casi amenazante.

—Es usted un desagradecido, Charles Jonquil. —Volvió a recomponer su postura y tono de voz—. ¿Prefiere que le llame «Charlie»? Es un apodo de lo más infantil. Es ridículo que se aferre a él de esa manera.

El chico la miró, no con gesto airado, sino con evidente cansancio.

—¿De verdad quiere que compitamos sobre quién tiene el nombre más ridículo, Artemisa?

Ella se puso en pie; era la viva imagen de la dignidad ofendida.

—Artemisa, cálmate. —La joven no hizo ningún caso a su hermano.

—Mi nombre es bonito e interesante —repuso—. No como usted, que tiene un nombre aburrido porque es una persona aburrida. Incluso su propia familia lo piensa.

Charlie también se levantó, replicando su postura desafiante.

—Yo también he visto como la mira su familia. Es cierto, nunca olvidan que está presente, pero desearían que estuviera en cualquier otro lado.

—¡Ya está bien! —El gruñido de Adam resonó en todo el jardín trasero. No era la primera vez que Linus lo veía furioso, pero esta vez su tono autoritario y amenazador le produjo escalofríos. Su cuñado cruzó la terraza hacia donde estaban los jóvenes con ese porte de duque terrible tan temido en sociedad—. Artemisa, discúlpate.

La joven lanzó a Charlie una sonrisa falsa.

—Siento haber herido sus sentimientos diciéndole algo que ya sabe.

—Otra vez —insistió Adam.

Artemisa tensó la mandíbula y apretó los puños.

—Siento haber sido tan grosera.

—Otra vez. Seguirás hasta que consigas resultar creíble.

Linus se preguntaba a menudo si Adam era el indicado para tratar con su hermana menor, a veces resultaba agotadora. Empezaba a darse cuenta de que lo mejor para ella era tener un tutor firme y al que le importara muy poco cómo lo percibieran. Artemisa no podía doblegarlo a su voluntad como hacía con los demás.

Después de respirar exageradamente hondo, la muchacha hizo un tercer intento.

—Señor Jonquil, le pido disculpas por todo lo que le he dicho. Ha sido muy inapropiado.

—Mejor —aceptó el duque, volviendo la mirada hacia el chico—. Ahora, usted.

Que le hubiera ofrecido a Charlie la oportunidad de disculparse en lugar de llamarle la atención o despellejarle vivo era una suerte inmensa, aunque el joven no lo apreciara. Que no le temblaran las piernas era una muestra de fortaleza, pero ya no osaba mostrarse tan desafiante como antes.

—No importa lo que me haya dicho, mis comentarios son inexcusables —dijo—. Espero que acepte mis disculpas, no quería herir sus sentimientos.

Ambos jóvenes ofrecieron gestos de disculpa breves y rígidos, aunque ninguno miró al otro ni dio muestras de verdadero arrepentimiento.

—Artemisa, ven conmigo —dijo Adam—. Tenemos que hablar.

—No quiero —contestó ella, tan digna como siempre.

—No te he preguntado si quieres o no, te he dicho que vengas.

La joven puso los brazos en jarra.

—Ya no soy una niña.

—Sí lo eres —atajó él—. Y ese es precisamente el problema. Ven conmigo antes de que pierda los papeles.

Siguió a su cuñado hacia el interior de la casa, con la cabeza alta y derrochando prepotencia. Linus esperaba que Adam y Perséfone pudieran ayudarla a recapacitar sobre su actitud, pero sin obligarla a perder su esencia. Ese papel les correspondía a ellos, él no la conocía lo suficiente.

Era su propia hermana y, aun así, era casi una desconocida. Evander nunca se habría permitido distanciarse tanto de su familia.

Charlie volvió a dejarse caer en la silla.

—Lo siento —murmuró—. Sé que es su hermana, pero no la soporto.

—¿Le sorprendería que le dijera que probablemente es la única persona a la que le pasa eso?

Charlie le lanzó tal mirada de incredulidad que Linus no pudo contener una carcajada.

—¿Cómo es posible que alguien soporte su palabrería y su porte engreído? Me saca de quicio.

Linus se pensó un momento la respuesta.

—La palabrería es algo común en sociedad, es lo que se espera de una joven. De eso se nutren sus conversaciones la mayor parte del tiempo. Sin embargo, es cierto que no suelen ser tan engreídas.

—Es desquiciante.

—Lo sea o no, hay que ser más amable al hablar con una dama. Es lo que haría un caballero.

El muchacho apoyó la cabeza en el respaldo de la silla.

—Por lo visto, mi padre solía decir cosas así sobre tratar a las jóvenes, a las señoras y a las damas de la manera correcta. Mis hermanos lo repiten constantemente.

—¿No lo conoció?

—Sí. Pero no lo recuerdo bien. Si estuviera aquí, podría preguntarle qué hacer con mi vida y cómo actuar cuando no sé qué rumbo tomar... —Se le quebró la voy y se quedó en silencio unos segundos—. Habría tenido tiempo para mí. Sé que lo habría tenido. Él nunca se habría olvidado de mí.

¿Sabría Artemisa lo inapropiadas que habían sido sus palabras, clavadas como puñales? Linus sabía lo que era sentirse solo; lo que era no sentirse parte de su propia familia.

—Tal vez... —dijo Lancaster, deseando que apreciara lo que estaba a punto de ofrecerle— podría venir a visitarme a Shropshire en lugar de venir aquí. Mi casa no es nada especial y, comparada con la suya, es bastante humilde, pero es agradable y tranquila.

—¿Lo dice de verdad? —Charlie lo miró dubitativo—. ¿Quiere que le visite?

—Me encantaría.

Por primera vez desde su riña con Artemisa, Charlie parecía más animado, pero, tan rápido como se alegró, volvió a sentirse hundido.

—¿Estará allí doña Estirada?

Linus negó con la cabeza.

—Vive en Northumberland con el duque y la duquesa. Yo vivo solo.

Charlie sonrió con ironía.

—A veces yo también.

—Espero que se anime a venir. A los dos nos vendría bien algo de compañía.

Hablaron sin parar sobre lo que podrían hacer si se decidía a visitarlo. Y cuanto más hablaban, más le apetecía recibir esa visita. Recordó un sentimiento de camaradería y hermandad que no había experimentado desde que perdió a Evander.

Lord Lampton salió a la terraza y miró a su hermano.

—Me he cruzado con su alteza en el pasillo.

Charlie gruñó en voz baja.

—Ahora sí que estoy en un lío.

—Creía que ya no eras así —dijo el mayor.

—No lo puedo reprimir, es mi gran talento —respondió con sarcasmo.

Lampton fue hacia donde estaban sentados y se inclinó sobre su hermano.

—Cuando madre se entere de esto, te va a matar. —Movió la cabeza de un lado a otro—. No paras de darle disgustos.

—Todos tenemos nuestro papel en la familia —murmuró el joven.

Esta vez, el lord se volvió hacia Linus.

—Su cuñado no piensa llamarle la atención, ¿verdad?

—No —respondió—. Los jóvenes ya se han pedido disculpas.

Lampton miró a Charlie y suspiró al darse la vuelta.

—¿Qué vamos a hacer contigo?

—Lo mismo de siempre —murmuró el muchacho cuando su hermano se alejó—. Desentenderos.

❋ ❋ ❋

La velada transcurrió entre conversaciones y a una partida de *whist* en una mesa arrinconada. La lista de invitados, sin embargo, era bastante más extensa que la de las noches anteriores. Entre ellos se encontraban lord y *lady* Marsden y *lady* Belinda, así como el señor Stroud y la señora Blackbourne. También asistieron el señor y la señora Widdleston, acompañados de su hija; y el joven señor Carter y su hermana.

Los invitados hablaron entre ellos, pero ninguno lo hizo con la señorita Hampton. Linus no entendía por qué; él desearía haber pasado toda la velada con ella si se lo hubieran permitido. Así son las cosas. En lugar de eso, se pasó la noche evitando encontrarse con sus hermanas y sus retorcidas intenciones.

Aun así, Perséfone lo acorraló.

—¿Cómo está Oliver? —preguntó él, sin querer dar pie a ningún otro tipo de conversación.

—Descansando. Su padre, en cambio, sigue hecho un desastre.

Linus sonrió ante lo absurdo de la situación.

—El hombre que hace temblar a toda la sociedad con su mera presencia y que, con una simple mirada, infunde pavor en la Cámara de los Lores, está «hecho un desastre» por culpa de un niño de tres años.

—Adam perdió a su padre siendo muy pequeño. Aún no puede hablar de él sin emocionarse. Desde que murió, ha vivido tan aterrorizado por la idea de perder a la gente que quiere que pone todos sus esfuerzos en no querer a nadie. Pero, aunque lo disimule, tiene un buen corazón y, cuando ama, ama de verdad.

—Por eso lo quieres tanto.

Asintió, pensativa.

—Entre otras muchas cosas.

—¿Qué piensa de Artemisa?

—Lo trae de cabeza. —La risa de Perséfone acabó en un suspiro—. Cuando tenga su propio hogar y su propia familia y deba marcharse, creo que se entristecerá más de lo que piensa. Lloró como un niño cuando Dafne se fue de casa, pero ni se te ocurra decirle que te lo he contado.

—Tienes mi palabra, no es el primer secreto que te guardo.

—Ojalá sea una niña —comentó Perséfone bajando la voz—. Me encantaría ver a Adam criar a una hija.

—La encerrará en la torre cuando tenga edad de presentarse en sociedad.

Su hermana enarcó una ceja.

—¿No te parece divertido?

—Se os ve felices. —Linus intuyó esa felicidad el primer día que vio a su cuñado, pero le gustaba comprobar que nada había cambiado.

—¿Y tú, Linus? ¿Hay alguien con quien pudieras ser feliz?

—No te hagas la tonta —protestó él—. Sé que Atenea, Artemisa y tú habéis estado jugando a celestinas. La única razón por la que no incluyo a Dafne en mi lista negra, donde obviamente figuráis vosotras, es que no está aquí y, por lo tanto, no puede participar.

—Te he estado observando esta noche. Haces todo lo posible por escapar de nosotras.

Esperaba que eso fuera todo lo que hubiera notado.

—Ya habrá tiempo de encontrar el amor. Tiempo al tiempo.

—¿Te refieres, tal vez, a cuando se vaya el doctor Scorseby?

El médico estaba sentado junto a la señorita Hampton.

—¿A qué te refieres?

—No estoy ciega, Linus. Te has fijado en ella; tal vez incluso le tengas algo de cariño.

¿Cómo había podido ver su hermana algo que él acababa de comprender?

Perséfone entrelazó su brazo con el de su hermano y cruzaron juntos la estancia.

—No te preocupes por Artemisa y Atenea. Han estado demasiado distraídas con sus intenciones como para darse cuenta de lo que pasa, y no pienso decirles nada a ninguna de las dos.

No tenía sentido negárselo a Perséfone, pero no le daría demasiada importancia.

—No hace más que un par de días que la conozco —le recordó a su hermana—. Me lo he pasado bien hablando y riéndome con ella.

—¿Os habéis reído?

—Ninguno nos sentimos especialmente cómodos aquí, así que decidimos crear un «club de marginados». —Dicho en voz alta sonaba un poco pueril, pero él disfrutaba del juego con Arabella—. Sé que es ridículo, pero, por muy absurdo que parezca, me reconforta haber encontrado a alguien que entienda cómo me siento.

—Eso es fantástico, Linus —celebró ella—. Ya no bromeas ni te burlas tanto como antes.

—He encontrado una amiga, Perséfone. No te hagas ilusiones.

—No voy a enviar a Adam a pedirle la mano ni nada por el estilo. Solo estoy diciendo que parece una dama agradable.

—Lo es —confirmó.

—Entonces te deseo suerte y algo aún mejor.

Al joven le picaba la curiosidad.

—¿El qué?

Ella le soltó el brazo y dijo:

—Valor. —Le dio un empujón firme pero suave, situándolo frente a la señorita Hampton, y luego se marchó.

—Lugarteniente Lancaster. —Scorseby se levantó y le tendió la mano. Linus la estrechó con firmeza.

—¿Cómo están sus pacientes? —preguntó.

—Mejor —respondió, sin soltarle la mano.

—Me alegro. Estoy seguro de que los padres de los niños también están mejor.

El médico le apretó con más fuerza.

—Eso espero. Hago todo lo que puedo por ellos.

Linus apartó la mano del médico y, después de una rápida inclinación de cabeza, se volvió hacia la persona con la que realmente quería hablar.

—Señorita Hampton. —Hizo una reverencia—. Todavía no he tenido la oportunidad de hablar con usted esta noche. ¿Cómo está?

—Bien, ¿y usted? ¿Ha leído alguna otra novela de terror?

Sonrió, pasando por alto la expresión de sorpresa del doctor.

—¿Qué iba a hacer si no en mi tiempo libre?

—Barquitos de papel con un niño pequeño —respondió—, elegir a una niña de buen corazón como compañera de bolos, hacerse amigo de un joven que tiene problemas... —La dulce mirada que le regaló le produjo un sinfín de sensaciones—. Yo creo que emplea su tiempo bastante bien.

—Qué halago, señorita Hampton.

Arabella bajó la mirada hacia sus manos entrelazadas.

—Le ha sacado los colores —intervino el doctor Scorseby—. Eso no ha estado nada bien por su parte.

Su intención no había sido avergonzarla, sino mostrarle su agradecimiento. Pocas cosas le pesaban más que sentirse indiferente ante los demás, y saber que ella pensaba lo contrario significaba mucho para él. No debía corresponder a su amabilidad haciéndola sentir incómoda.

—No le robaré más tiempo —dijo—. Tengo que volver a mi colección de libros de terror.

Lo miró con un brillo en los ojos, y Linus sintió que no le importaba nada más en el mundo.

—Disfrute de la lectura —dijo—. Pensaré en las normas de nuestro club.

—Una podría ser «excluir a los niños de tres años», porque, si no, Oliver será nuestra perdición.

—Lo tendré en cuenta. —Se rio.

Nunca se reía con Scorseby. Apenas sonreía. ¿Por qué él no intentaba que le brillaran los ojos, que sintiera esa alegría? Ella se merecía ser feliz. El doctor debería esforzarse por alegrarla.

—Buenas noches, señorita Hampton.

—Buenas noches.

Se despidió de ella con una rápida reverencia y de él con una breve mirada. Se marchó, pero sus pensamientos quedaron atados a ella. Tenía que encontrar la manera de verla más a menudo, de día y de noche. Podría sacarle una o dos sonrisas, y ella también a él.

Ya echaba de menos su compañía. ¿Sentiría Arabella lo mismo?

Capítulo 14

Arabella acompañó a *lady* Lampton a casa del doctor Scorseby dos días después de su conversación. No sabía por qué había preferido que fuera ella quien la acompañara en ese viaje. Tal vez la condesa temía que los criados de la familia Jonquil fuesen tan sumamente leales que no pudieran guardar su secreto.

¿Eso era lo que le deparaba el futuro? ¿Ser la guardiana de los secretos de la familia e involucrarse en asuntos que se ocultaban los unos a los otros? No era lo que había imaginado durante años, desde que le confesó al conde que deseaba formar parte de su familia. Eso no era «formar parte» de nada. Quizá lo lograra algún día.

Esperó en el salón principal de la casa del doctor Scorseby, mientras *lady* Lampton hablaba con él en la consulta contigua sobre sus molestias. El salón daba a la calle. Aunque la casa no estaba muy cerca del mercado, había mucho trajín de gente por la calle. Conocía a muchos de los que pasaban, porque se los había cruzado cuando salía a pasear. A veces, el conde la llevaba con él en su coche de caballos y, durante esos paseos, fantaseaba con que eran un padre y una hija disfrutando de una tarde tranquila. Se imaginaba cómo volvían a Lampton Park y recibían la calurosa bienvenida de su familia.

En ocasiones observaba a la gente de Collingham, como esa tarde, y se sorprendía buscándolo, aunque un instante después se recordara a sí misma que ya no estaba.

Reconoció los rostros de dos caballeros desde la ventana. Charlie Jonquil tenía el mismo aspecto que todos sus hermanos: delgado, alto y rubio, aunque su pelo tenía un matiz cobrizo bastante singular. A su lado estaba el señor Lancaster, a quien podría haber distinguido sin esfuerzo entre la multitud, con andares rígidos y decididos, los rizos dorados, los hombros anchos y la perfecta sonrisa. Lo observó mientras caminaba y se lo imaginó en la proa de un barco.

No podía dejar de pensar en él. La hacía feliz y la tranquilizaba, y eso no lo conseguía todo el mundo. Anhelaba su compañía y se reía recordando sus bromas. Y, sobre todo, no podía olvidar los minutos que habían compartido en el pasillo; cuando la estrechó entre los brazos, aunque fuera solo por un instante. El corazón le latía desbocado al recordarlo. Cuántas veces había recreado ese momento en su cabeza, cuántas veces había imaginado que volvía a suceder... y cuántas veces se había sentido ridícula por ello. Había sido un accidente. Nada más.

Sin embargo, sabía que ni los paseos juntos ni las conversaciones habían surgido por casualidad. Él la buscaba. Con él nunca se sentía sola.

A través del cristal vio cómo el señor Lancaster le decía algo a Charlie. Él sonrió y el joven se rio. Siguieron caminando con el mismo porte imponente. Era muy amable con el menor de los Jonquil. Lo era con todos. E ingenioso. Y divertido. Y atento.

Cuando por fin desapareció calle arriba, comprendió que estaba enamorada. No se moría por él, pero sentía en su corazón un amor probablemente no correspondido, y no podía luchar contra eso.

Ella no era más que una pariente pobre que ahora trabajaba como dama de compañía por mera compasión. Él era un hombre de la Marina, con su propio patrimonio y bien posicionado. «No seas ridícula», se dijo.

Se abrió una puerta al fondo del pasillo y oyó el claqueteo de unos zapatos. *Lady* Lampton regresó al salón y el doctor Scorseby apareció tras ella. Arabella se levantó y le acercó el abrigo y los guantes a la condesa, que le dio las gracias sin apenas mirarla. *Lady* Lampton tenía la cabeza ocupada con otros asuntos; tanto que se acercó a la ventana y se quedó allí un momento, distraída.

Scorseby se acercó a Arabella.

—¿Le ha podido preguntar a la viuda si se está tomando lo que le receté?

—No he encontrado el momento —respondió ella—. Siempre que lo he intentado, he acabado pensando que no debía inmiscuirme en su vida privada. Si ella no ha querido compartirlo conmigo...

Él asintió.

—Se lo preguntaré yo mismo esta noche. *Lady* Lampton me ha invitado a acompañarlos en la velada de hoy.

Arabella se alegró. Su presencia siempre resultaba agradable y, además, así podría asegurarse de que la viuda estaba bien.

—Espero verla —añadió.

—Allí estaré.

Pareció decepcionado por su respuesta, pero, aun así, confesó que estaba deseando que llegara la noche. Arabella, en cambio, no estaba tan ilusionada como él. Disfrutaba viendo cómo se reunían los invitados y las familias en los últimos días, y le agradecía a la viuda que la hubiera invitado, pero echaba de menos la tranquilidad de otros días. Los esfuerzos de las hermanas Lancaster por encontrarle una prometida a su hermano ya no le resultaban tan divertidos. Ya sabía que Linus, antes o después, encontraría a la mujer adecuada.

—Deberíamos irnos, Arabella —dijo *lady* Lampton.

—Claro.

El médico las acompañó hasta la puerta y un lacayo de Lampton Park las ayudó a subir al carruaje.

—Parece que el doctor Scorseby te tiene un gran aprecio —dijo *lady* Lampton. Ese había sido el comentario más personal que la condesa le había hecho nunca, pero no lo dijo en un tono indiscreto, sino, más bien, amistoso.

—Es un buen hombre.

—No se debe subestimar la bondad de un hombre, ni tampoco su amabilidad. Son muchos los que menosprecian a sus esposas.

—Perdóneme si es un asunto demasiado personal, pero conozco a su marido desde hace mucho tiempo y diría que también es un hombre bueno y amable. —Todos los hermanos Jonquil lo eran, como su padre.

La expresión de la condesa se suavizó. Nunca antes se había mostrado así.

—Es el mejor hombre que hubiera podido imaginar.

O al menos uno que soportaba el temperamento de un hombre verdaderamente temible solo por complacer a su esposa.

—Parece que su alteza no opina lo mismo.

Lady Lampton se encogió de hombros y levantó la barbilla.

—No conoce a mi Philip tan bien como yo.

—Quizá ni lord Lampton se conozca a sí mismo tan bien como usted. Creo que... —Dejó de hablar antes de decir algo inoportuno, pero la condesa quiso saber más.

—¿Qué es lo que crees? —Arabella negó con la cabeza; no quería meterse en problemas—. Me gustaría saber tu opinión. Prometo no enfadarme contigo.

Tomó aire y se armó de valor.

—Creo que a veces se pregunta si usted todavía es feliz. No en su vida... sino con él, con la vida que están construyendo juntos.

Lady Lampton bajó la mirada.

—Seguro que sabe que sí lo soy —dijo en voz baja.

La señorita Hampton sospechaba que Philip se había comportado de una manera aún más pueril porque sus últimos enfrentamientos con su alteza no habían inspirado ninguna reacción en su esposa. Arabella interpretó el comportamiento de *lady* Lampton como una muestra de que no le importaba lo que un desconocido pensara de ella, pero sabía que Philip lo veía de otra manera.

—He crecido junto a esa familia —dijo—. Aman con pasión, y eso significa que también pueden sentirse profundamente heridos. Los corazones son vulnerables.

Lady Lampton no contestó. Pasó el resto del camino en silencio, con el ceño fruncido. Arabella no se había quedado del todo tranquila después de sincerarse con ella. «Aman con pasión», unas palabras que retumbaban en su cabeza. Los había visto amarse los unos a los otros. Deslizó los dedos por su colgante. Nadie podía culparla por desear formar parte de esa familia. Todo lo que siempre había querido era ser amada.

❅❅❅

Linus estaba dispuesto a estrangular a su hermana Artemisa en cuanto tuviera la más mínima oportunidad. Dejó que su hermana menor eligiera a una de las damas para torturarlo una noche más. La señora Blackbourne no le había quitado los ojos de encima en toda la noche. Le resultaba... agresiva. Tanto que incluso se sentía intimidado.

No es que prefiriera a las mujeres tímidas ni demasiado calladas. Nada de eso. Pero aquello pasaba de castaño oscuro. Se sentía acorralado.

Decidió quedarse en uno de los laterales del salón durante la velada, pero eso no impidió que la señora Blackbourne siguiera clavándole la mirada. Y estaba seguro de que, aunque no lo hiciera, sabría dónde estaba en cada momento. No habían hablado tanto ni pasado tanto tiempo juntos como para que se comportara de ese modo. Estaba obsesionada; algo muy diferente al cariño.

La única dama de la fiesta a la que realmente deseaba ver no aparecía por ninguna parte. ¿Dónde se habría metido Arabella? Estaba un poco preocupado. La vida no había sido justa con ella, pero, aunque su situación no fuera ideal, siempre seguía adelante. Admiraba su fortaleza y se sentía identificado con ella; cuando no estaban juntos, se le hacía imposible alejarla de sus pensamientos.

La señora Blackbourne, que no estaba sentada lo suficientemente lejos como para que él disfrutara de la velada tranquilamente, se removió en la silla, y eso quería decir que iba a levantarse.

Linus era un militar, sabía cuándo era necesaria una retirada. Con una rapidez que probablemente privó a su huida del mínimo rastro de sutileza, se dirigió hacia la puerta de la sala y cruzó el pasillo. Torció a la izquierda, luego a la derecha, subió rápidamente las escaleras de dos en dos y llegó al rellano de arriba sin perder un solo segundo. En esa planta se encontraba la biblioteca. Podía refugiarse allí, buscar el libro sobre la gestión de bienes inmuebles que le había recomendado lord Lampton y retirarse a su alcoba, donde podría cerrar la puerta con llave o, mejor aún, asegurar la puerta colocando una silla bajo el picaporte. Una reacción algo exagerada, tal vez, pero cualquier presa que deseara sobrevivir conocía la importancia de huir de su depredador.

No había hecho más que entrar cuando oyó una tos y aguzó el oído. Miró hacia el lugar de donde provenía y, al no ver a nadie, se dirigió a la zona de la chimenea y el sofá, perfectamente colocado frente a ella. Otra tos le corroboró que no eran imaginaciones suyas. Al rodear el sofá, sintió una punzada en el estómago; era Arabella, tumbada y hecha un ovillo. Estaba tosiendo, así que no podía estar dormida.

Se arrodilló junto a ella.

—¿Arabella? —Le tocó la mano con suavidad. Ardía. Le tocó las mejillas y la frente. ¿Tenía la misma fiebre que los niños? Le apartó el pelo húmedo de la cara. Estaba sudando y, al mirarla más de cerca, pudo ver que temblaba.

Consiguió abrir los ojos y le dedicó una sonrisa dulce y tranquilizadora; despertarse en un lugar extraño podía haberla desorientado. Volvió a toser, pero no le dijo nada.

—¿Se encuentra mal? —Nada más formular la pregunta se dio cuenta de la obviedad de la respuesta.

—Bastante. —No contestó con voz ronca ni débil; eso era buena señal. Se llevó la mano al colgante. Qué adorno tan sencillo y, a la vez, tan importante para ella. No había día que no se lo pusiera—. Me duelen los pulmones al respirar —dijo.

—El doctor Scorseby está aquí. Le diré que venga a verla.

La joven volvió a toser.

—No tengo cómo pagarle.

Linus le tomó la mano.

—Lord Lampton se encargará de eso.

—No quiero molestar a nadie. —Le apretó la mano, haciéndole sentir una caricia en lo más profundo del corazón.

—No molestaría ni aunque se esforzara por conseguirlo. —Le acarició los dedos—. Aunque me gustaría verla en plena acción. —Ella sonrió—. Siento mucho que esté enferma. Ojalá pudiera ayudarla.

—¿Qué pasa aquí? —La señora Blackbourne irrumpió en la biblioteca con los ojos abiertos como platos.

Linus no quiso que la viuda malinterpretara lo que había visto.

—La señorita Hampton está muy enferma. ¿Puede llamar a alguien? Rápido.

La viuda aceptó la respuesta y cerró la puerta. Linus permaneció de pie.

—El doctor Scorseby vendrá ahora mismo —tranquilizó a Arabella—. Se recuperará muy pronto.

—Ojalá hubiera notado el malestar antes —dijo ella en voz baja—. Así podría haberme visto mientras estaba en su casa.

—¿Estuvo en su casa? —La señora Blackbourne formuló en voz alta la pregunta que Linus tenía en la cabeza.

—Fui por un recado para *lady* Lampton —aclaró.

Linus sintió un gran alivio. Por un momento pensó que su visita había sido por motivos personales, y esa posibilidad le rompía en mil pedazos; el doctor Scorseby no había ocultado sus intenciones.

Después de un breve silencio, sonó una cuarta voz: lord Lampton.

—¿Y qué recado estaba haciendo en nombre de mi esposa?

Estaba de pie tras el sofá. Había entrado sin hacer ruido y, desde luego, nadie esperaría que el extravagante conde de Lampton llegara a ningún sitio sin llamar la atención.

Arabella volvió a cerrar los ojos. Le había subido la fiebre y no podía dejar de temblar.

—¿Hay alguna manta por ahí? —preguntó Linus a lord Lampton.

El conde asintió y se acercó a un pequeño baúl apartado en un rincón. Sacó una manta y regresó junto a ellos para entregársela a su invitado, que alargaba el brazo para alcanzarla. Con cuidado, y con la esperanza de poder aliviar su malestar, la extendió sobre Arabella.

—Le vi salir corriendo —susurró Lampton—, y luego vi a la señora Blackbourne ir detrás, así que pensé en venir a salvarlo—. Su tono divertido desapareció cuando volvió a mirar a Arabella—. No tiene buen aspecto, ¿verdad?

Linus negó con la cabeza.

—Tiene mucha fiebre.

—Mi madre está muy preocupada por ella —dijo el conde—. Todos lo estamos.

¿Es que llevaba enferma unos días? No lo había notado.

Una de las doncellas entró. Philip tomó las riendas de la situación, dejando a un lado su habitual actitud pueril.

—Avisa a la viuda y al doctor Scorseby de que se les necesita inmediatamente en la biblioteca. —La doncella hizo una reverencia y se apresuró a salir de la estancia—. Señora Blackbourne, ya puede volver al salón y seguir disfrutando de la velada.

Linus había olvidado su presencia por completo.

—No quisiera dejar desatendida a la señorita Hampton —dijo ella, acercándose un poco más.

—No se preocupe, está en buenas manos. —Lampton se dirigió a ella en un tono severo, algo que pareció sorprender a la joven viuda tanto como a Lancaster—. Esta familia ha cuidado de ella toda su vida. No le permitiré que dude de nuestra lealtad a hacia ella.

—No pretendía insinuar tal cosa. —Aunque, a decir verdad, era justamente eso lo que había insinuado.

El conde agachó la cabeza.

—Eso espero.

—Iré a buscar a su madre y al médico. —La señora Blackbourne lanzó a Linus una mirada mucho más insegura de lo habitual. ¿Habría conseguido espantarla su frívolo anfitrión?

—Acaba de darme tanto miedo como mi cuñado —dijo Linus cuando ella salió de la habitación.

—No creo que nadie sea tan terrible. Ni siquiera él.

Linus lo miró con el rabillo del ojo.

—¿Duda de la aspereza del duque?

Lampton se rio.

—Dios me libre. Pero sí pienso que todos tenemos nuestro papel, sea cual sea.

Lancaster había llegado a Nottinghamshire esperando encontrar al más superficial de los caballeros y, en cambio, descubrió a un hombre complejo y lleno de grises. Su cuñado se equivocaba.

Arabella volvió a toser. Se arrodilló a su lado y volvió a tomarle la mano. Seguía ardiendo, pero ya no temblaba como antes. Tal vez la manta hubiera servido de algo.

—Tenía que habérnoslo dicho —le reprochó el conde—. Mi madre la habría metido en la cama para que descansara, y habría hecho que le llevaran todos los tés y tisanas que hubiera necesitado para mejorarse.

El lugarteniente se tranquilizó ante esas palabras.

—No todas las damas de compañía tienen ese privilegio.

—Arabella es mucho más que eso. Crecimos juntos. Para nosotros era casi como una hermana. Mi padre la adoraba. Bueno, todos la adorábamos.

—¿De verdad? —Linus sabía que Arabella se sentía excluida de aquella familia. ¿Qué podría decir Lampton al respecto?

—Nos distanciamos cuando murió mi padre. No sé si se alejó ella o fuimos nosotros. O ambos. Pero nos alegra mucho tenerla aquí de nuevo.

La viuda llegó con más curiosidad que alarma. Entonces vio a su dama de compañía.

—¿Qué ha pasado?

—Tiene fiebre —dijo Linus—. Y está tosiendo. Vine a buscar un libro y la encontré aquí. Está dormitando, pero no descansa del todo.

La viuda le acercó la mano a la frente.

—¿Han llamado al doctor Scorseby?

—Sí —dijo Lampton.

La viuda asintió.

—Él la ayudará más que nosotros. Pero, mientras tanto, sé que a Arabella no le gustará saber que está rodeada de tanta gente en un estado tan vulnerable. —Tenía razón—. Philip, quédate aquí para acompañar al doctor Scorseby a la habitación de Arabella. Señor Lancaster, ¿sería tan amable de llevarla hasta allí? Yo iré con usted.

Linus retiró la manta que cubría a Arabella y se la dio a la viuda. Deslizó un brazo bajo la espalda y otro bajo las piernas y la levantó con cuidado, estrechándola contra él.

Ella se agitó.

—Descansa, querida —le dijo en voz baja.

Sin protestar, ella apoyó la cabeza en su hombro y la señora Lampton le arropó el brazo con la manta. Lo que más inquietaba a Linus en ese momento no era su alta temperatura, sino lo poco que pesaba.

—¿Come bien? —preguntó a la viuda en voz baja camino a la habitación.

—Está en los huesos, ¿verdad? —La mujer miró a la joven, preocupada—. Eso es de tanto pasear. Sabíamos cuándo se ponían las cosas difíciles en casa de su tío. Salía a caminar durante horas todos los días, solo para pasar un rato fuera de allí. Los últimos meses estaba realmente demacrada, y aun así no paraba de deambular. Para eso hay que comer bien. Es un milagro que no haya caído enferma hasta ahora.

Entraron en un pasillo lleno de dormitorios. Sin duda, era el ala familiar.

—Hace casi un año empecé a contemplar la posibilidad de traerla aquí —confesó la viuda—. La hermana menor de Sorrel y nuestro Stanley se habían casado y la casa estaba prácticamente vacía. —La mujer torció los labios en un gesto de decepción y frustración a partes iguales. Aunque no habló más alto, sus palabras resultaron más vehementes—. Debería haber seguido ese impulso mucho antes.

—Bueno, ahora está aquí —respondió Linus—. Se recuperará muy pronto.

—¿Por dentro también? —La señora Lampton parecía haberse hecho esa pregunta a sí misma.

El joven no supo qué responder. No sabía que estaba tan triste.

La mujer señaló la última puerta del pasillo.

—Esa es su habitación.

Linus la llevó al interior de un cuarto casi vacío. Los muebles eran elegantes y estaban bien cuidados, y las sábanas no estaban desgastadas, pero todo lo demás le recordaba a su propia casa durante los años de escasez.

La viuda pareció leerle el pensamiento.

—Sus tíos no le dejaron traer muchas cosas.

Linus se acercó a la cama y acostó a Arabella con cuidado. La viuda la arropó con otra manta, porque volvió a temblar. Lancaster le llevó una silla junto a la cama y ella se sentó.

—Gracias.

Linus permaneció un rato más junto a ella, observándola. Sabía que no estaba descansando, aunque lo pareciera. Esperaba que su malestar no durara demasiado. Tuvo que esforzarse para no tomarle la mano una vez más. Con la viuda allí, resultaría un poco extraño. Llamarla por su nombre de pila y estar con ella a solas, aunque fuera porque se encontraba indispuesta, ya había sobrepasado todos los límites, y sabía que la anfitriona estaba al tanto de todo, aunque no hubiera hecho ningún comentario.

Finalmente llegó el doctor Scorseby. A Linus no se le ocurría ninguna excusa para quedarse, y no estaba dispuesto a admitir la razón por la que odiaba marcharse. Miró a Arabella durante un momento, deseando acariciarle la mano o sentarse a su lado para ofrecerle consuelo.

Salió de la habitación sin hacer ruido. De camino a su propio dormitorio, reflexionó sobre todo lo que estaba pasando a su alrededor: sus hermanas hacían las veces de celestinas para encontrarle una dama que le gustara y mientras tanto, y sin previo aviso, una dama completamente diferente le había robado el corazón.

Capítulo 15

Arabella no recordaba haber estado nunca tan enferma y alegre al mismo tiempo. Linus había conseguido lo imposible.

—¿Por qué tengo la sensación de que no le interesa ni un poco? —Levantó el libro sobre gestión de bienes inmuebles y la miró con una expresión de desdén imposible de creer—. ¿Acaso no le resulta absolutamente fascinante?

La criada, que estaba sentada cerca de la puerta por razones de decoro, tampoco se molestó en ocultar que se estaba divirtiendo.

—He de decir —comentó Arabella— que la parte que habla de que el tipo de suelo influye en la frecuencia con que se cambia el cultivo me ha parecido muy conmovedora.

—De acuerdo, me estaba durmiendo en esa parte.

Ella sacudió la cabeza.

—Nada de eso. Estaba bastante concentrado.

—Sobre todo porque era como leer en chino. —Dejó el libro en el suelo, junto a la silla—. No parece que vaya a ser muy buen terrateniente, ¿verdad?

La señorita Hampton volvió a toser. La tos aún persistía. La hermana de Linus, que vivía en Lancashire, había enviado recetas de tisanas y tónicos para aliviar la enfermedad de los niños, e información sobre cómo ajustar las dosis en caso de que los adultos también cayeran enfermos. Arabella había mejorado mucho desde que empezó a tomarlos, pero no estaba restablecida por completo.

—Puede que me esté metiendo donde no me llaman —dijo, con la voz y la respiración ya recuperadas—, pero no parece muy entusiasmado con sus responsabilidades.

—Y puede que parezca demasiado irresponsable, pero... no lo estoy. —Agitó los dedos de la mano, como si quisiera restarle importancia a sus palabras—. Esto nunca debió ser «mi» responsabilidad, pero parece que no tengo alternativa.

—Durante nuestro paseo por el jardín, me dijo que era el hijo menor.

—Mi hermano y yo servimos a la Marina durante la guerra, pero solo yo sobreviví —confesó en voz baja.

—¿Cuándo ocurrió?

—Hace casi once años, aunque a veces me parezcan once días. —La miró con la certeza de que a ella le habría parecido ridículo sentir tal dolor.

—Alguien a quien quería con toda mi alma, alguien verdaderamente especial para mí, murió hace once años. Y, aunque más o menos he dejado ya de esperar encontrarlo allá donde voy, lo sigo extrañando tanto como entonces.

—¿Su padre?

Ella intuyó que no era eso lo que quería preguntarle realmente.

—Ya le dije que mis padres murieron cuando yo era una niña de seis años. ¿Cree que tengo diecisiete?

Linus sonrió.

—No se me da bien adivinar la edad de una dama.

—Ni siquiera recuerdo bien a mis padres —lamentó ella—. Yo le hablo de alguien que... —Nunca antes había intentado contar lo que realmente significaba para ella—. Era un sustituto. Era mi familia, la única familia que he conocido.

—¿Y sus tíos?

La joven bajó la mirada y el tono de voz.

—Ellos nunca me consideraron parte de la familia.

—Los Jonquil sí que la consideran como de la familia. Lord Lampton se ha preocupado mucho por usted y la viuda estuvo interrogando al doctor Scorseby durante al menos quince minutos la noche que enfermó. Charlie condujo hasta Collingham para conseguir las mejores hierbas para sus tisanas y *lady* Lampton ordenó que ninguno de los invitados subiera a molestarla si usted no lo pedía expresamente.

«¿*Lady* Lampton también?», pensó ella, sorprendida.

—Esta dichosa enfermedad no me ha dejado ser de mucha ayuda en la casa.

—Arabella, para ellos, es mucho más que alguien que «ayuda en la casa». Es mucho más que eso para... —Se aclaró la garganta, pero no terminó de decir lo que pensaba.

La señorita Hampton comenzó a fantasear con el final perfecto para la frase, pero se quitó ese pensamiento de cabeza. La vida la había decepcionado demasiadas veces como para sufrir aún más.

—¿Más que eso para el club? —Bromear era mejor que romperse el corazón en mis pedazos por un amor no correspondido.

—¡Sí! —Enfatizó su respuesta de manera desproporcionada—. Al fin y al cabo, es la encargada de redactar las normas. El club depende de usted.

—Cumpliré con mis obligaciones en cuanto pueda.

Incluso sentado, forzó una teatral reverencia.

—No lo dudo.

—Se lo agradezco, lugarteniente Lancaster.

Linus torció el gesto.

—Echo de menos que me llamen así —confesó con nostalgia.

Ella quiso ponerle remedio.

—Una de las normas de nuestro club podría ser que se le trate como «lugarteniente Lancaster» durante las reuniones.

Linus le devolvió una sonrisa de gratitud.

—¿Y cómo habría que dirigirse a usted?

—Nunca me han llamado de otro modo que no fuera «señorita Hampton» o «Arabella».

—Podría ser la «capitana Hampton». —Se rio—. Aunque resulta un poco raro.

—Si soy una capitana, ¿tendré un rango superior al suyo?

—¿Eso quiere decir que va a empezar a darme órdenes?

—Por supuesto. Seré insufrible.

—Excelente.

Arabella se alegró al verlo sonreír.

—¿Y cuál es su primera orden, capitana?

—Que se relea el capítulo sobre los cambios de cultivos —dijo—. Me han llegado rumores diciendo que se estaba durmiendo...

Abrió los ojos con una mueca de resignación.

—Habría preferido cincuenta azotes.

—¿Tanto le disgusta el asunto?

El joven suspiró con fuerza.

—Probablemente me interesaría un poco más si no tuviera que enfrentarme a ello yo solo.

—Si tan mal va a sentirse... —No sabía cómo terminar la frase. No quería animarlo a abandonar sus obligaciones, pero no soportaba la idea de que fuera infeliz.

—Eran las tierras de mi padre. La casa de mi familia. No lo dejaré al cuidado de otro. Haré lo que me corresponde.

—Pero no será feliz.

—No soy un hombre de muchos talentos, pero tengo un don para encontrar una tabla de salvación incluso en los peores momentos. Me las arreglaré.

—¿Preferiría volver al mar?

Se lo pensó unos segundos.

—A riesgo de parecer terriblemente inconformista...

—Tarde, lugarteniente.

Linus resopló.

—Es usted un poquito difícil, ¿lo sabía? —Era un comentario desenfadado.

—¿Cuál es esa postura «terriblemente inconformista» sobre volver al mar?

—Solo creo que sería más feliz si pudiera elegir mi propio rumbo. Nunca se me ha concedido esa posibilidad. Me fui a la mar hace tantos años porque mi familia estaba hundida en la miseria, y he vuelto a tierra firme porque soy el único varón que queda de los Lancaster.

Entendía su dolor.

—La vida es más difícil cuando nos vemos obligados a seguir un camino que no nos corresponde.

Él asintió lentamente.

—Me gustaría tener al menos otra opción.

—Puede que no tenga alternativa —aceptó ella—, pero puede elegir cómo vivir esa realidad que se le impone. Encuentre la forma de construir su propia vida, de hacerla más acogedora y familiar, de crear un lugar donde pueda sentirse a gusto.

Él hizo un gesto meditativo.

—¿Sería muy difícil reconstruir la casa familiar como un navío de línea?

—Mucho —respondió riendo.

—¿Sabe qué? Empiezo a dudar de la viuda. Me dijo que era una muchacha tímida, pero nunca mencionó lo divertida que es.

Arabella se sonrojó.

—Sí, la mayoría de la gente piensa que soy tímida, creo que nadie me ha descrito como «divertida». —Notó cómo se sorprendía— Quizá sea porque ahora paso mucho tiempo con usted.

Él intentó contener una sonrisa.

—¿Me está llamando «ordinario»?

—Desde luego, no estoy diciendo que sea «divertido».

Él se rio. Le encantaba verlo alegre, sobre todo si era ella quien se lo provocaba. Durante la convalecencia habían creado una relación muy estrecha. Él la visitaba todos los días, hablaban y reían y, a pesar de sentirse enferma, sonreía más que nunca. ¿Qué sería de ella cuando tuviera que marcharse a Shropshire?

—Está pensando algo, seguro que es en las tierras de cultivo. Puedo leérselo de nuevo si quiere. —De repente, se entristeció un poco—. O puedo irme si prefiere descansar.

Arabella negó con la cabeza. Casi en un susurró, dijo:

—Me gusta su compañía.

A Linus le brillaron los ojos y se inclinó hacia delante en la silla para rozar los dedos de la joven con los suyos. Ella intentó respirar, pero los pulmones parecían no responder al esfuerzo. Él deslizó la mano sobre la de la joven y entrelazó sus dedos. Ella sentía latir su corazón como nunca antes.

Permanecieron así unos minutos, con las manos entrelazadas, hablando, sonriendo y disfrutando de la compañía del otro. Linus solo se levantó para acercarle la tisana prescrita. Al verlo marchar, se le partió el corazón. Clavó la mirada en la puerta, como si esperara que volviera a entrar. A medida que pasaban las horas, anhelaba más y más su compañía. Ella, que había estado tan sola durante tanto tiempo, había encontrado a alguien con quien se sentía a gusto.

❊ ❊ ❊

En circunstancias normales, Linus habría disfrutado de la velada de baile con los demás invitados. Aunque no era el caballero más sociable de todos los presentes, apreciaba las conversaciones agradables y la buena compañía.

Sin embargo, la señorita Blackbourne llevaba horas tras él, así que tuvo que dedicar más tiempo y esfuerzo del que habría deseado a esquivarla. Empleó la energía que le quedaba en ayudar a Harry a aliviar el sufrimiento de su otro cuñado, que, a su vez, estaba muy preocupado por Perséfone. Hubiera preferido pasar la tarde hablando con Arabella, acariciándole las manos y viéndola sonreír.

Las visitas de los últimos días le habían parecido lo mejor de la fiesta. Ella disfrutaba con sus historias de alta mar y, aunque nunca hubiera salido de Collingham, era tan observadora que había podido compartir con él historias fascinantes sobre las personas y la naturaleza. Ella lo ayudó cuando lo necesitaba, y él, a cambio, esperaba haberle ofrecido algo de consuelo.

Habían pasado cuatro días desde que cayera enferma, ya se había recuperado lo suficiente como para haberse animado a disfrutar de la velada, pero prefirió quedarse sentada para descansar. Scorseby no la dejó sola ni un segundo durante toda la noche, ocupando el único asiento junto a ella. Linus no confiaba del todo en él, así que decidió no alejarse demasiado.

Estuvo pendiente de Arabella toda la noche. Aún no estaba lo suficientemente repuesta, o eso indicaba la palidez de su rostro. Metió las manos bajo la manta, como si quisiera calentárselas. Parecía muy cansada. ¿Es que el doctor no lo veía? Era un hombre inteligente. ¿No se daba cuenta de que estaba molestándola? ¿O es que no le importaba su bienestar?

Una pareja se acercó a Arabella y Scorseby para entablar una conversación que Linus no consiguió oír. ¿Quiénes eran? La señorita Hampton no parecía haberse alegrado mucho de verlos.

El doctor se levantó, haciendo una reverencia a la pareja y otra a Arabella. Después, se marchó, dejándola en compañía de la dama y el caballero que no había conseguido identificar. Él sabía que no estaba cómoda, así que se acercó con la intención de ayudarla.

Charlie cruzó por delante de él justo en ese momento, y Linus lo detuvo.

—¿Quiénes son los que están hablando con la señorita Hampton?

—Sus tíos.

Así que por eso estaba tan seria. Recordaba lo que le había dicho sobre ellos y sobre su arisca actitud.

Le dijeron algo que le cambió la cara. Sacudió la cabeza con vehemencia. Su tío la señaló con el dedo y su tía se inclinó sobre ella para decirle algo más. ¿Qué podía hacer por ella?

Quizá la viuda pudiera intervenir.

El tío de Arabella la tomó del brazo, tiró de ella para que se levantara y la manta cayó al suelo. Intentó agacharse para recogerla, pero su tía la empujó, alejándola de la silla. La joven recorrió la habitación con la mirada; seguramente buscando el modo de escapar. Su expresión de incomodidad se había transformado en preocupación.

Linus no podía soportarlo más: la alejaría de sus tíos. Haría todo lo que estuviera en sus manos para que nadie la hiciera sufrir.

Vio a Adam y fue hacia él, decidido. Era un hombre de la Marina, comprendía la importancia de reunir a los camaradas adecuados. La urgencia debió de reflejarse en su rostro, porque el duque se levantó de su asiento nada más verlo.

—Los tíos de la señorita Hampton la han sacado a rastras de la habitación —dijo Linus—. Varias personas me han advertido lo desagradables que pueden llegar a ser.

—No digas más. —Adam miró a Harry y, con un movimiento de la mano, indicó a su cuñado que se uniera a la misión de rescate.

Se encontraron a lord Lampton cuando se disponían a salir.

—¿Qué ocurre? —preguntó, mirándolos uno a uno.

—Vi cómo sacaban de aquí a la fuerza a la señorita Hampton —respondió Linus—. Y parecía muy asustada.

El conde miró a los invitados que quedaban en el salón.

—¿Dónde están sus tíos?

—Ellos se la llevaron —aclaró Linus con gesto de preocupación.

Lampton asintió con firmeza y se unió a la brigada.

Salieron al pasillo. Oyeron la voz distorsionada de una mujer a lo lejos. No entendían lo que decía, pero hablaba con un tono muy agudo.

Lancaster avanzó con paso decidido. Si los Hampton le habían hecho daño a Arabella, no podría contenerse.

Lord Lampton le agarró el brazo para detenerlo.

—Por el bien de la señorita Hampton, será mejor que sea yo quien se encargue —advirtió—. Nos conocemos desde niños y esta es mi casa... así que tengo todo el derecho de hacer lo que quiera, levantaré menos sospechas. Pero... —continuó el conde, volviéndose hacia Adam— su capacidad de intimidación me servirá de gran ayuda.

—Nunca he abandonado a una dama en apuros —replicó entre gruñidos el duque—. No empezaré ahora.

Linus y sus cuñados escoltaron a su anfitrión. Los tíos de Arabella estaban de espaldas a los caballeros, y ella, de frente. Su gesto pedía auxilio. Linus tuvo que recordarse a sí mismo que era mejor que lord Lampton se encargara de todo. Él apoyaría sus palabras, pero necesitaba contenerse y no hacer nada de lo que pudiera arrepentirse. «Más vale prevenir que curar», se dijo.

Se habían acercado lo suficiente para oír lo que decía la tía de Arabella.

—Sabía que serías una decepción. Lo sabía. Sigues vagando por el campo como un alma en pena, ganándote las burlas de todos. No has hecho nada útil en toda la noche. Y encima les has hecho pagarte un médico... ¡Y no llevas más que quince días aquí! —La joven estaba verdaderamente avergonzada por la regañina de su tía—. Ya te han dado mucho más que tú a ellos. Te pondrán de patitas en la calle en un santiamén.

—No lo harán —contestó Arabella.

—No todo está perdido —continuó su tía—. El hermano de la duquesa ha mostrado cierto interés por ti. Pronto todo el mundo hablará de ello. —Adam miró a Linus con curiosidad, no sabía si era cierto lo que decía. La señora Hampton continuó—: Espero que entables una relación con él antes de que agotes la paciencia de lord Lampton.

Lampton dio una palmada en el hombro del tío de Arabella que sonó lo suficientemente fuerte como para interrumpir la perorata de su esposa.

—Faltan algunos invitados en el salón. —El conde habló con autoridad. Bajo su sonrisa fingida se escondía algo mucho más amenazador. Incluso Adam parecía un poco impresionado.

—Lord Lampton —saludó el tío de Arabella mientras entrecerraba los ojos, observando al grupo de caballeros—. Alteza. Señor Windover. Teniente Lancaster.

Linus se esforzó por no corregirle. Si pudiera, le demostraría cómo era en realidad un lugarteniente.

La señora Hampton hizo una reverencia.

—Un placer, señores.

—¿Son ellos los invitados que buscaba? —preguntó Adam con impaciencia.

—Imposible —respondió lord Lampton—. Los invitados bien educados nunca cuestionarían la gentileza de su anfitrión.

Los Hampton se miraron avergonzados. Arabella fijó la mirada en Linus, y él la tranquilizó todo lo que pudo sin decir nada.

—Si hemos dado la impresión de cuestionar su gentileza, lord Lampton, no era nuestra intención —se excusó el señor Hampton.

El conde no se inmutó.

—Usted ha criticado que su sobrina haya recibido los cuidados médicos que necesitaba e insistió en que ella no era más que una empleada en esta casa. Ha puesto en duda mis principios como caballero y ha dudado de la capacidad de mi madre como anfitriona.

El conde no mencionó las inoportunas insinuaciones sobre la búsqueda de un partido ventajoso por parte de Arabella.

La expresión de la señora Hampton se volvió casi desesperada.

—Solo estábamos teniendo una conversación familiar. No pretendíamos insultarle.

—Entonces quizá fuera a mí a quien pretendían «insultar» —dijo Adam. Los rostros del señor y al señora Hampton palidecieron—. Han insinuado que permitiría que mi familia se relacionara con unos pésimos anfitriones. Nadie sale impune al cuestionar mis desvelos por el bienestar y la felicidad de mi familia.

Harry no pudo evitar intervenir:

—Estoy emocionado. Hace siglos que no soy testigo de uno de los duelos del duque terrible.

—Como buen anfitrión que soy, les ofreceré una escapatoria —dijo Lampton—. Su carruaje les está esperando en la entrada.

—Yo los acompañaré —se ofreció Windover—, aunque preferiría haber presenciado un duelo con pistolas al amanecer.

Se volvió bruscamente y caminó hacia la entrada de la casa con determinación. Quería asegurarse de que el carruaje de los Hampton estuviera allí.

El señor Hampton miró al conde y luego al duque. Linus le oyó tragar saliva.

—Aproveche la bondad de Lampton —advirtió Adam—. Yo no soy tan generoso como él.

—Querida. —El señor Hampton ofreció el brazo a su esposa—. Quizá lo mejor sea que volvamos a casa.

—Excelente —respondió lord Lampton, antes de que ella pudiera decir nada más—. Les acompañaré a la salida.

Caminó con los Hampton con una actitud más propia de un guardia que vigila los pasos de sus prisioneros que de un anfitrión que despide a sus invitados. El duque parecía impresionado. Linus dudaba de que aquello arreglase las diferencias entre ambos, pero estaba seguro de que algo cambiaría a partir de ese momento.

Adam miró a Arabella.

—Siento no haber llegado antes para evitarle este mal trago, señorita Hampton. Lancaster nos avisó lo más rápido que pudo.

—Gracias —susurró ella.

Linus miró a Adam a los ojos y este le devolvió una rápida inclinación de cabeza antes de volver al salón.

La joven respiraba entrecortadamente. La miró más de cerca.

—¿Está llorando?

Ella se frotó las mejillas.

—Estas últimas semanas he cambiado. Ya no me da igual su crueldad.

Le puso las manos con delicadeza sobre los brazos.

—Entonces, ¿así era su vida con ellos?

Ella asintió.

—No suele afectarme tanto, es solo que estoy muy cansada. No me encuentro bien y ahora mismo no tengo fuerzas para... —Se le quebró la voz.

A Linus se le encogió el corazón al verla sufrir. No le cabía duda de que había soportado reprimendas peores, pero la enfermedad, la preocupación y el nerviosismo agotaban a cualquiera. Soportaba mucho peso ella sola.

Allí, en la quietud de aquel pasillo, rodeó a Arabella con los brazos y la estrechó con ternura. Ella se envolvió en su abrazo. El lugarteniente sintió una satisfacción hasta entonces desconocida para él. Aquella joven calmaba su soledad y su angustia. ¿Eran sus abrazos diferentes a los de otra persona? ¿O solo necesitaba a alguien junto a él? No estaba seguro de estar preparado para afrontar la respuesta a esa pregunta. Todavía no.

Tampoco quería pasar por alto lo que había dicho su tía sobre él. La gente ya había empezado a hablar, ya había rumores sobre él y Arabella, sobre sus intenciones. ¿Ella también los habría oído? ¿Estaría molesta?

Linus no pretendía causar ningún problema. Le ofrecería ese abrazo a modo de consuelo, pero luego no mantendría más que una relación amistosa y cordial con ella. La reputación de ambos lo exigía. Y su futuro también.

Como había dicho Arabella: «La vida es más difícil cuando nos vemos obligados a seguir un camino que no nos corresponde». Él no quería suponerle un quebradero de cabeza, la vida ya le había dado demasiados.

Capítulo 16

Ni Oliver ni Caroline se habían recuperado por completo. Linus se sentó con ellos en la terraza trasera de Lampton Park, con el pequeño en el regazo y la niña apoyada en el costado. La fiebre ya casi había desaparecido, aunque seguían algo destemplados.

Quería que salieran de casa para que les diese un poco de aire fresco. Perséfone lo miraba con curiosidad, y no era la única. El doctor Scorseby había venido a ver cómo estaban Arabella y los niños, y su actitud con Lancaster fue bastante fría. Cuando el antiguo lugarteniente mencionó a la señorita Hampton en una conversación con la viuda, notó cómo se intercambiaban miradas los allí presentes. Necesitaba respirar.

—Lampton Park es muy bonito —dijo a los niños y se dijo a sí mismo.

—Farland Meadows es mejor —replicó Caroline—. Tenemos un techo de árboles. Y hay un sitio en el río donde están todas las hojas. Y el vivero es mágico.

Aunque más tranquila de lo que Artemisa había sido nunca, no podía dejar de ver reflejada en ella cómo era su hermana antes de que él se fuera de casa.

—¡Qué bonito! —exclamó él.

—Me gusta el castillo —intervino Oliver, intentando no quedarse dormido.

—Claro que te gusta. El castillo tiene una horca... y a tu padre y a ti os gustan mucho esas cosas.

—No se lo digas a mamá. —El pequeño apoyó la cabeza en el hombro de su tío.

—¿Qué es una horca? —preguntó Caroline.

Desde luego, no se le daba nada bien elegir temas apropiados para niños.

—Una horca es algo que los duques muy gruñones tienen en sus castillos para recordar a la gente que los visita que son duques muy gruñones.

—Yo no creo que el duque sea un gruñón.

Linus acababa de recuperarse de la impresión de oír a lord Lampton defender a Adam, diciendo que no tenía tan mal carácter, cuando otra más de los Jonquil salía en su defensa.

—Ah, ¿no?

—Creo que está triste. —Caroline cambió de posición para acomodarse en su costado. Linus pasó a Oliver al otro brazo y rodeó los hombros de la niña con el que dejó libre—. Cuando estaba en la sala de juegos con su sobrino en brazos, había notado celos en la pequeña.

—Puede que esté triste porque su hijo está enfermo. Eso entristece a los padres.

Caroline lo pensó por un momento.

—Mi papá estaba triste porque Henry y yo estábamos enfermos. Y mamá estaba más triste todavía.

Lancaster se echó un poco hacia atrás para acomodarse en el sofá de mimbre.

—Seguro que los dos estaban igual de tristes, solo que tu madre lo mostraba más. Eso a veces pasa con las madres y los padres.

—Pero la duquesa no parecía tan triste como el duque —dijo Caroline.

Linus se rio.

—El duque y la duquesa son un poco especiales.

—¿Tú estabas triste porque estábamos malos, Minus? —Ese era el nombre que había elegido para él. No sabía si era porque no sabía pronunciarlo o porque le gustaba más.

Él le apretó los hombros.

—Mucho. Echaba de menos hacer barcos contigo en el río. Echaba de menos verte montar en tu poni, porque me ha dicho un pajarito que lo haces muy bien, y echaba de menos verte sonreír.

—¿Me quieres? —preguntó en voz baja.

—Mucho. ¿Cómo no iba a quererte?

La niña se enderezó para alejarse un poco de él y, con expresión de disgusto, le dijo:

—No puedes casarte conmigo.

—Ah, ¿no? —Contuvo la risa para que no creyera que se burlaba de ella.

—Voy a casarme con Edmund. —Caroline frunció el ceño, preocupada—. Aunque él dice que no quiere. Y eso me duele aquí —Se dio un golpecito en el pecho.

Se acercó a ella. No sabía quién era Edmund ni si se había negado a casarse con ella por ser demasiado mayor para ser el marido de una niña de seis años; pero tampoco iba a aplastar unas esperanzas que se desvanecerían por sí solas con el tiempo. Tal vez era un niño muy pequeño, pensó, y siendo joven y varón la idea del amor y el matrimonio produce rechazo. Pero no quiso restarle importancia a los sentimientos de Caroline. Él no había estado ahí las primeras veces que le rompieron el corazón a Artemisa, ni había podido calmar su llanto.

—Si Edmund no da la talla, mi querida Caroline, no tienes más que venir a verme a Shropshire y yo mismo me casaré contigo.

Ella soltó una risita.

—No puedes casarte conmigo.

—¿Por Edmund?

—No, porque sé con quién vas a casarte. Y no puedes casarte con las dos.

El lugarteniente bajó la vista para contemplar aquella carita de sabelotodo.

—¿Y quién es esa dama misteriosa? —Ella cerró la boca, aunque sin dejar de sonreír—. ¿Lo tengo que adivinar? —La pequeña asintió—. ¿Es amable? —Volvió a asentir—. ¿Es guapa?

—Sí. —afirmó rotundamente.

—¿La conozco?

La niña volvió a soltar una risita.

—Sí.

—¿Es Artemisa?

—¡¿Qué dices!? No puedes casarte con tu hermana. —Esa reacción era lo más vivo que había visto en ella desde que enfermó.

—Es verdad. Mmm... —La acurrucó contra él mientras trataba de pensar en más preguntas—. ¿Y a mí me gusta?

—Janey dice que la quieres.

—¿Que quiero a Janey?

Caroline sacudió la cabeza con divertida exasperación.

—Que quieres a la dama con la que deberías casarte. Lo dice todo el mundo.

«Lo dice todo el mundo». Linus sabía de quién hablaba «todo el mundo» últimamente, así que haría bien en dirigir los pensamientos de la niña hacia otra parte en lugar de avivar las ascuas de ese fuego.

—¿Es madre? —Utilizó el nombre que usaba la familia; no estaba seguro de que la conociera como «la viuda» o «la antigua condesa».

Ambos se rieron, hasta que ella empezó a toser. Él le frotó la espalda y trató de calmarla. Caroline estaba agotada cuando la tos cedió.

Volvió a apoyarse en él.

—No me gusta estar enferma —dijo.

—A mí tampoco me gusta que lo estés. —La abrazó con ternura, deseando poder consolarla mejor.

Oliver dormía profundamente y Linus se alegraba de que estuviera descansando.

Quiso guardar aquel momento en su memoria: una vista hermosa, los niños en sus brazos, paz y, por fin, una sensación de hogar. ¿Cómo sería sentir eso mismo en su propia casa y con sus propios hijos? Aunque detestara ocuparse de la finca, momentos como aquel harían que el sacrificio mereciera la pena. La mera idea le hacía desear volver a casa en vez de sentirse obligado a hacerlo. Volvería a tener un hogar. Una familia.

Arabella apareció de repente, caminando por el sendero de guijarros que conducía a la terraza desde uno de los jardines. Llevaba los zapatos de andar por casa y una cofia. ¿Estaba huyendo? ¿Y ahora de quién? ¿O de qué? Los murmullos y conjeturas harían querer huir hasta al más frío de los corazones.

Subió los escalones de la terraza, recorrió el lugar con la mirada y sonrió nada más verlo allí sentado.

—¡Vaya! La famosa Caroline.

La niña levantó la cabeza para mirarla.

—Estoy enferma.

Arabella se inclinó hacia ella y le tocó la mejilla.

—No tienes fiebre. Eso es bueno.

Tan cerca como estaba, Linus podía distinguir las motas marrones de sus ojos azules, el leve desvío de su nariz y sus preciosos labios. Era hipnotizante. Estaba preocupada por algo; lo notaba en la pesadez de su rostro y en la incertidumbre de su mirada. Y por su palidez y sus ojeras entendió que aún no se había recuperado del todo.

Caroline alzó la manita y enganchó un solo dedo a la cadena que colgaba del cuello de Arabella.

—¿Qué es esto?

Linus también sentía curiosidad, aunque nunca se hubiera atrevido a preguntarle.

—Es un collar —respondió ella.

—La cuenta es muy bonita —dijo la pequeña, deslizándola por la cadena. Tenía curiosidad.

—¿A que sí? —Hizo un pequeño esfuerzo por apartarse, pero la niña no tenía intención de soltarla.

—¿Te lo han regalado?

Linus observó cómo la golondrina subía y bajaba por su garganta.

—Sí —respondió en voz baja.

Caroline apretó las manos.

—¿Un pretendiente?

Arabella consiguió erguirse por fin.

—No; una buena persona.

Linus se animó a participar en la conversación.

—¿Sus padres?

Ella negó con la cabeza.

—El abuelo de Caroline.

La niña se incorporó.

—¿El papá de papá?

Arabella apretó la palma de la mano contra la cuenta y sonrió con una expresión de alegría mezclada con una inmensa tristeza.

—Lo conocí cuando era pequeña. Siempre se portó muy bien conmigo.

Lord Lampton le había contado lo mucho que su difunto padre quería a Arabella. El cariño había sido mutuo.

—¿Lo echas de menos? —preguntó la pequeña.

—Muchísimo. —Ver a la señorita Hampton tan triste apenó a Linus. Estaba seguro de que el difunto conde de Lampton había sido un pilar importantísimo de su vida. Arabella miró hacia la casa que tenían detrás. Qué tristeza. Cuánto dolor—. ¿Sabes que vivía aquí?

—Mi papá vivía aquí.

La joven se esforzó por sonreír.

—Lo sé. Tu padre y yo nos conocemos desde niños.

—¿Y el tío Flip?

—También. Era amiga de todos tus tíos.

Caroline suspiró con satisfacción, como si le consolara saber que la señorita Hampton estaba conectada con su familia de algún modo. Linus entendía ese sentimiento. Había estado tanto tiempo separado de su familia que a veces parecían extraños, así que él también se aferraba a cualquier cosa que pudiera unirlos.

—Y ahora vives aquí —dijo Caroline.

—Tengo mucha suerte. —Arabella miró a Linus. No se sentía muy cómoda hablando de ese asunto—. Intento no ser una molestia para nadie, ni siquiera para mí misma.

—¿Ha tenido muchos problemas? —preguntó él.

—Más de los que pueda imaginarse.

Seguro que había oído los rumores, y no parecía querer dar pie a que continuaran.

—Estoy seguro de que todo saldrá bien —repuso él.

—Eso espero —respondió—. Bueno, no les molesto más. Espero que se recupere pronto, señorita Caroline.

Entró en la casa rápidamente. Estaba preocupada. Y él también. Quizá lo mejor sería guardar las distancias. Los rumores desaparecerían si no los alimentaban. Y ambos se sentirían más tranquilos.

—¿Me cuentas un cuento? —preguntó la niña—. Mamá siempre me cuenta uno.

Abrazó a los pequeños y se sintió reconfortado. Dejaría para más tarde sus pensamientos sobre Arabella Hampton.

—Había una vez una niña llamada Caroline, que vivía bajo un techo de árboles...

Capítulo 17

Contaba la leyenda que el río Trent estaba tan repleto de peces que no había que esforzarse para pescar, así que Lord Lampton invitó a los caballeros de la fiesta a comprobar si era cierta o no. Él, sin embargo, estaba mucho más interesado en contar historias que en una caña de pescar.

—Imaginen mi horror cuando Carrington llegó, y recuerden que les estoy hablando de un baile, ¡con un nudo en el *cravat* parecido a un collar de caballo! —Hizo una mueca de desagrado y sacudió la cabeza—. No pude soportar mirarlo en toda la velada. Me quitaba las ganas de vivir. Me aguó la fiesta, se lo aseguro.

—Imbécil —murmuró Adam.

El duque fijó la mirada en el balanceo de su reflejo en el agua, pero la tensión de su postura desmentía la despreocupación que quería aparentar. El duque terrible estaba disgustado.

—Por si te cabe alguna duda —dijo Linus— ahogar a alguien entra dentro de la categoría de asesinato, y le juraste algo a tu esposa.

Adam miró a su anfitrión por el rabillo del ojo.

—Fue Lampton quien nos invitó a venir, así que siempre puedo alegar que quería bañarse.

—Que quería bañarse... a la fuerza.

—Mientras se calle...

Los enfrentamientos entre el duque y el conde habían ido a menos desde lo ocurrido con los tíos de Arabella. ¿Qué había cambiado?

—¿Estás así porque Harry ha desertado?

Para más inri, Harry se rio cuando Lampton imitó la torpeza con la que caminaba el príncipe regente. Se habían hecho amigos y ahora se animaban entre sí a hacer payasadas. Se habían pasado la noche anterior intercambiando comentarios cada vez más histriónicos. Linus tuvo que esforzarse por contener la risa, y el duque, igual que en ese momento, solo tenía ganas de ahogarlo.

—Harry puede hacer lo que quiera.

Lancaster volvió a lanzar el sedal cerca de un remolino en el río.

—¿Entonces es que estás celoso?

—Para nada. —Bajo la actitud malhumorada del duque se escondía una sinceridad innegable, incluso algo de humor—. Al menos distrae a Harry. Tal vez eso sea lo único que realmente me gusta de ese conde idiota.

Linus lo miró de reojo.

—Creía que querías que nuestro cuñado distrajera a Lampton, no al revés.

—Yo lo que quiero es que los dos me dejen en paz.

Una brisa fresca sacudió los árboles más finos y removió el agua.

—Nadie te ha obligado a venir hoy —le recordó—. Sin Lampton ni Harry en casa, seguro que allí están la mar de a gusto.

Adam se cambió de mano la caña.

—Me gusta pescar. Y no es algo que pueda hacer muy a menudo.

—¿Por qué no? Tienes un lago enorme en el castillo.

—Y también tengo responsabilidades enormes —replicó mientras tiraba lentamente del carrete—. Cuando estoy en casa no tengo mucho tiempo para relajarme.

«Qué ironía», pensó el joven Lancaster.

—Sin embargo yo me aburro desde que dejé la Marina.

—Espera a volver a tu finca. Ya verás como estarás siempre ocupado. —El duque cambió de postura.

Estaba en paz, y eso era raro en él. Parecía que realmente disfrutaba de la pesca. ¿Lo sabía Perséfone? Seguramente insistiría en que dedicara tiempo a algo que le gustara y le relajara. Quizá debería mencionarlo.

El cebo de la caña de Linus fue a parar un poco más allá de donde él quería, así que lo recogió y volvió a lanzarlo. Charlie, por su parte, parecía haber perdido todo el interés: había abandonado la caña en la orilla y caminaba por un afloramiento rocoso apartado de los demás. Estaba solo, pero eso no parecía importarle demasiado; probablemente se sintiera fuera de lugar entre aquellos extraños mucho mayores que él. Ya no era un niño, pero tampoco un hombre. Estaba en una etapa complicada.

Harry permanecía sentado en una roca cerca de ellos, y su cebo flotaba en el agua sin llamar la atención de ningún pez.

—Si no pesco nada, pienso echarle la culpa a usted, Lampton. Seguro que mi caña está maldita.

—Yo le echaré la culpa al tiempo —respondió el conde, balanceando su monóculo de un lado a otro. ¿Quién se llevaba un monóculo cuando salía a pescar? Era una persona muy extraña—. El verano ha sido demasiado fresco.

—No es que sea un experto en cuestiones de pesca, pero diría que no ha pescado nada porque su caña está apoyada en ese árbol y no en el agua —bromeó Windover.

Lord Lampton se estiró los puños y se arregló el *cravat*.

—Los peces estarán tan impresionados con el nudo que llevo que no necesito ni anzuelo ni cebo para que vengan a mí.

—Y saltarán a la orilla de pura alegría, ¿no?

Pues sí... Harry ya estaba en el otro bando.

—En efecto. —El conde se apoyó en una roca un poco más alta, adoptando una pose digna del más dramático de los retratos—. Si el tiempo sigue así, tendremos unas buenas heladas este invierno. Encargaré una escultura de hielo que plasme todo lo que voy a pescar hoy. Estoy seguro de que la madre naturaleza ha enviado este tiempo para retarme. ¡Qué bonito!

—No hay nada que celebrar de este mal tiempo —replicó Adam—. Todos los campesinos del reino se quejan de las malas cosechas. La gente estar sufriendo. Debería estar rezando para que esta ola de frío acabara cuanto antes, no para que siguiera así.

—Pero imagínese la escultura de hielo —insistió lord Lampton.

El duque se volvió hacia él.

—Ya sabe lo que opinan de esto en la Cámara de los Lores. ¿O es que no escuchó cuando dijeron que las familias escapaban de Gales en masa, hambrientas y destrozadas por las pérdidas; o cuando hablamos de la hambruna que provocaría este clima en Irlanda? No se lo tome tan a la ligera.

—Amigo mío... —Lampton se acercó un poco más—. Estoy encantado de compartir mi escultura de hielo con cualquiera que desee disfrutarla.

El duque arrojó con furia su caña a la orilla y se acercó al conde. No parecía estar de muy buen humor. Linus miró a Harry sin saber muy bien si debían intervenir.

—Entré por primera vez a la Cámara de los lores a los veintiún años. —La voz del duque se volvía más firme con cada palabra—. Su padre me acompañó durante seis años. Durante seis años lo tomé como ejemplo de cómo debe cumplir con sus deberes un caballero. Lo admiraba profundamente. —Algo de la bravuconería del conde se apagó en aquel instante y dejó una tensión impropia en él—. Por su bien —continuó Adam— me he mordido la lengua, pero usted no ha hecho más que pavonearse y acicalarse ante todos ellos. He mantenido la esperanza de que con el tiempo decidiera estar a la altura de su legado. Pero nunca lo está. Su padre era un caballero digno de ese título, pero usted, señor, es una desgracia para su memoria.

—¿Cómo se atreve? —respondió lord Lampton con su tono más serio—. ¿Cómo se atreve a venir a las tierras de mi padre a cuestionar mi legado?

—Mientras este legado esté en manos de gente como usted, no dejaré de cuestionarlo. —Los dos hombres se encararon, y Lancaster dejó su caña de pescar entre dos rocas para acercarse, listo para intervenir si era necesario. Harry también se preparó—. Sé lo que es entrar en los lores siendo poco más que un crío, sin un padre que me guíe, sin la mínima idea de cómo ser un hombre de valía. Hay otros en esa cámara en esa misma situación y le miran a usted, Lampton. Llama la atención, sin duda a propósito, y le ven. Ven el ejemplo que da, y les está enseñando a ser frívolos.

Por primera vez, a Linus le resultó amenazador el conde. Los ojos y la tensión de sus rasgos reflejaban dureza. Había algo en la postura de los hombros que, para alguien como el antiguo lugarteniente, familiarizado con la guerra, indicaba que estaba preparado para la batalla.

—Y usted, su alteza, les enseña a emitir juicios y calumnias sin molestarse en conocer la situación del otro. Porque ¿para qué molestarse en descubrir lo que hay bajo las apariencias, cuando puede pensar lo peor y juzgar en consecuencia?

Adam apuntó con un dedo acusador a la cara de Lampton.

—¿Cree que no veo lo que es usted? Le he visto echar de su casa a esos apestosos Hampton con la misma determinación que caracterizaba a su padre. Sé que cuando la señorita Hampton enfermó, se ocupó de ella sin pensárselo ni un segundo. He visto cómo cuida a su madre. Sabe ser valiente, sabe ser fuerte y capaz. Pero elige no serlo.

Lampton no se inmutó ni se retorció, como habrían hecho la mayoría de los hombres, sino que se limitó a enarcar una ceja como solía hacer Adam.

—¿Quiere que hablemos de máscaras? Todos piensan que usted es alguien duro y frío hasta la médula. Se le conoce como el «duque terrible». Todo el mundo le tiene miedo y, según dicen los rumores, es usted más despiadado que el mismísimo diablo, pero yo también sé observar. Le he visto ser tierno con su hijo. Mira a su esposa con un amor que contradice todas esas habladurías. Recuerdo muy bien la dulzura con la que trató a su cuñada cuando se presentó en sociedad. Puede que se sienta orgulloso al censurar mi frívolo comportamiento, pero usted, señor, es más falso de lo que yo seré jamás.

Linus se acercó a ellos. Mencionar a la familia de Adam era peligroso, aunque Lampton no lo supiera. Harry observaba a los caballeros, pero con más curiosidad que preocupación.

—Haga lo que quiera con el legado de su padre —repuso Adam—. Le corresponde disponer de él, pero no me quedaré de brazos cruzados mientras hace sufrir a gente inocente.

—Espero que pueda justificar por qué ha dicho eso —replicó el conde con firmeza.

—La vida ya ha sido suficientemente difícil para su esposa como para que usted la hunda aún más.

Lampton abrió las aletas de la nariz.

—No se atreva a mencionar a mi esposa.

—Me atrevo a defenderla —gruñó Adam—. Es una mujer infeliz, y usted, señor, la hace aún más desdichada con sus ridículos pavoneos. —Tenían las frentes casi pegadas.

—¿Así es como honra usted a su padre? —dijo Lampton entre dientes.

—Mejor que usted, sin duda.

En ese momento, se desató una pelea digna de una sórdida guarida de villanos. Hasta el mejor de los boxeadores habría quedado impresionado con la inmediata y despiadada ronda de puñetazos que siguió.

Lancaster dio un solo paso antes de que Windover lo agarrara del brazo y lo retuviera.

—Deja que resuelvan sus problemas. Lo necesitan.

—Pero Perséfone...

—Perséfone va a matarnos igualmente.

Tenía razón.

Charlie llegó un segundo después, con la mirada fija en los combatientes, en los puños y en los golpes regulares.

—Su cuñado no pelea sucio, ¿verdad?

—Claro que sí.

Esa rotunda afirmación le preocupó un poco.

—No creo que Philip se haya peleado con nadie desde que éramos niños. Lo va a matar.

—¡Adam, creo que un pez ha picado tu anzuelo! —gritó Harry.

—¡Cállate! —respondió.

Harry sonrió.

—Creo que puede estar tranquilo, señor Jonquil. Si Adam quisiera matar a su hermano, no se habría tomado la molestia de responderme.

Charlie miró a Linus en busca de ayuda.

—Sí que lucha sucio —admitió Lancaster—, pero solo cuando tiene que hacerlo. Esta pelea parece bastante justa. Además, creo que su hermano se está luciendo.

Era cierto. Ambos hombres parecían igualmente agraviados. No muchos caballeros habrían podido golpear al duque de Kielder sin acabar muertos. El conde, tan larguirucho y elegante, era en realidad más fuerte de lo que aparentaba.

—Bueno, miren —repuso Charlie en voz baja—, Philip sirve para algo después de todo. —Se quedó mirándolos un momento y, después, volvió hacia el río y las rocas por las que había estado deambulando antes.

—Hay un abismo entre esos dos hermanos —dijo Harry.

Linus asintió.

—Un abismo mucho más grande de lo que el conde se piensa, y el pobre muchacho no sabe cómo cruzarlo.

Volvieron a atender a la pelea que, aunque no iba a más, tampoco iba a menos. Obviamente, ninguno de los dos pretendía acabar con el otro. Parecía que Harry tenía razón y que solo estaban desahogándose. Les vendría bien.

Quizá debieran pelear también el conde y su hermano. Al menos así harían algo juntos; Charlie lo necesitaba desesperadamente, pensó el lugarteniente.

—¿Cuánto tiempo dejamos que sigan así antes de enviarlos a la guardería con los otros niños? —preguntó Harry con una sonrisa.

Justo cuando Linus abría la boca para contestar, un chapoteo lo interrumpió. Se giró inmediatamente para ver dónde estaba Charlie. Como temía, se había caído al agua.

Corrió hacia él quitándose el abrigo y la pelea terminó bruscamente. Lampton fue tras él mientras intentaba recuperar el aliento.

—Charlie nada muy bien, no hace falta que se tire al agua.

Efectivamente, el joven volvió a la orilla un poco más abajo, donde lo había llevado la corriente. El conde y el duque se acercaron a Linus, uno a cada lado.

—Debería haber sabido que Charlie iba a caerse —dijo el conde—. Siempre se está metiendo el líos, no puedo llevarlo a ninguna parte.

—¿Y a cuántos sitios lo lleva? —preguntó Lancaster en voz baja.

Lampton no contestó, sino que llamó a su hermano.

—Será mejor que vuelvas a casa y te cambies. Procura no caerte de nuevo por el camino.

Charlie atravesó a su hermano con una mirada fulminante, pero la vergüenza lo calmó. El joven se alejó con la cabeza gacha, los pasos lentos y pesados. «Pobre chico». Harry se unió a ellos en la orilla del río y miró a Adam y a Lampton.

—Igualitos a dos gatos después de una pelea en un callejón.

El duque torció el gesto.

—Ni una palabra de esto a Perséfone.

—Ni a Sorrel —añadió Philip—. Si mi mujer se entera, hará que esta pelea parezca un vals.

—Lo mismo digo. —Adam se volvió hacia su contrincante y le tendió a mano—. No volveremos a hablar de esto.

El conde la estrechó con firmeza.

Harry sonrió y se volvió hacia Linus.

—Nosotros tampoco diremos nada, ¿no? Aunque yo no tengo tanto miedo a sus esposas como ellos.

—Yo sí —repuso Linus—. Una de ellas es mi hermana mayor; y no sabes lo terrorífica que puede llegar a ser. Y *lady* Lampton tiene un bastón, y no creo que dude en usarlo.

Lampton sonrió. Le sangraba un labio.

—Desde luego.

—Pues no se hable más —propuso Harry—. Si alguien pregunta, una trucha gigante atacó a estos dos caballeros.

—Que sea una lamprea —corrigió el conde—. Resulta mucho más creíble.

—¿Y tú, Adam? —preguntó Harry—. ¿Con qué tipo de pez se supone que te has peleado?

El duque miró a Lampton durante un momento.

—Con un pececillo.

Todos se rieron. Adam incluso sonrió, y el conde amagó una breve reverencia de reconocimiento. Parecía que habían firmado la paz. Si lo hubieran hecho unos días antes, Linus podría haber pasado algo más de tiempo con Arabella. Aunque, a decir verdad, eso solo habría alimentado aún más los rumores.

No le causaría más molestias. Mantendría las distancias y la reputación de ambos intacta. No importaba el sufrimiento de negarse a sí mismo su compañía; haría lo que fuera por ella.

❀❀❀

—Gracias por venir, lugarteniente Lancaster.

Linus se detuvo en la puerta de una pequeña sala de estar e hizo una breve reverencia. Había recibido una nota de *lady* Lampton, que pedía verlo. Lo que no se esperaba era encontrar a Perséfone junto a ella.

—Siéntese, por favor. —La condesa señaló una silla frente al sofá que ocupaban las dos damas.

Obedeció sin pensárselo dos veces, aunque no entendía qué se proponían las mujeres.

—¿Qué puedo hacer por usted?

—Hoy ha estado en el río, ¿no es así? —*Lady* Lampton, con postura rígida, mirada inflexible y tono firme y desprovisto de amabilidad, resultaba bastante intimidante.

—Sí.

Las damas intercambiaron una mirada durante unos segundos. Perséfone tomó la iniciativa.

—Háblanos de las lampreas, por favor. Hemos oído unos rumores muy extraños.

«¡Jesús, María y José!», rezó Lancaster. Se habían enterado de la pelea, o al menos lo intuían. Al parecer, el ridículo plan de culpar a los peces no había dado resultado.

—Solo puedo decir que los peces no son muy inteligentes.

Lady Lampton no se inmutó.

—¿Y cuál le obligó a guardar el secreto? ¿La lamprea o el pececillo?

—He librado muchas batallas —atajó Linus—. Y he aprendido a mantenerme al margen siempre que puedo.

—Entonces, ambos —concluyó Perséfone. No había secretos para su hermana. Nunca los había habido—. Me prometió que se comportaría. —Tensó los labios con frustración—. Le pedí que por una vez no hiciera huir a todo el mundo despavorido.

—Créeme, Lampton no huía.

Sus palabras provocaron curiosidad en ambas damas, aunque solo Perséfone parecía sorprendida.

—Philip es más que capaz de defenderse —dijo la condesa—. Imagino que no se quedaría de brazos cruzados.

Aunque sabía que estaba fallando a su palabra, se sintió obligado a contarle lo sucedido a las damas.

—No quisiera meterme donde no me llaman, *lady* Lampton, pero su marido no fue el atacado.

Ahora sí. Ahora ambas estaban sorprendidas.

—Llevaban mucho tiempo tensando la cuerda, desde antes de la fiesta, y la cuerda terminó por romperse en el río y empezaron a discutir. Adam le expresó su preocupación por su negligencia y las desgracias que a veces causa. —Linus miró a Perséfone a los ojos—. Sabes muy bien lo que piensa tu esposo al respecto.

Ella asintió, con tanto cansancio como orgullo.

—Sí, sé que nunca ha soportado que nadie sufriera. Necesita defender a todo el mundo. Y, a veces, no se para a pensar antes de actuar.

—Pues esta vez tampoco lo hizo, y Lampton se enfadó por lo que había insinuado sobre él y le pegó. Adam, que todos sabemos cómo es, le devolvió el golpe —Se encogió de hombros.

—¿Y por qué no los paraste? —preguntó su hermana.

—Para empezar, habría recibido yo los golpes y, para seguir, son dos hombres adultos que no necesitan a ninguna niñera.

—Pues lo bonitas que están sus caras ahora dice lo contrario —respondió Perséfone cortante.

Lady Lampton, que había dejado de hablar hacía rato, lo miró atentamente.

—¿Y a quién dijo su cuñado que maltrataba mi Philip?

Para alguien que había decidido crear el «club de los marginados», la situación se había vuelto demasiado peligrosa.

—Preferiría no decirlo, *lady* Lampton.

—Dígalo —le pidió ella—. Tengo derecho a saber qué ha molestado tanto a mi marido como para provocar este escándalo.

A partir de ese momento, Linus se propuso ejercer como miembro de ese club más que nunca. Los que no formaran parte de él, que se las apañaran solitos. Arabella y él serían perfectamente felices sin navegar por esos mares revueltos.

—Le advierto —insistió la condesa—que soy tan decidida como impaciente, y no tengo ningún inconveniente en utilizar a su hermana para sonsacarle la verdad.

—Y yo le ayudaré encantada —aceptó Perséfone—. Quiero saber qué es eso que dijo Adam. ¿A quién dijo que estaba maltratando lord Lampton?

Linus se desplomó en la silla. ¿Cómo había acabado allí?, lamentó en silencio.

—A *lady* Lampton —respondió—. Adam le reprochó que haga infeliz a su propia esposa.

Perséfone se volvió hacia la condesa, cuyo rostro palideció como el de un fantasma. Tenía el ceño fruncido por la propia confusión, y los ojos llenos de preocupación y dolor.

—No debería haber dicho eso. —Perséfone puso su mano sobre la de *lady* Lampton—. No tiene malas intenciones, pero no siempre sabe cómo decir las cosas.

El hombre se levantó silenciosamente de la silla. Se encontró con la mirada de su hermana y le hizo un gesto discreto señalando la puerta. Ella asintió.

Suspiró aliviado al salir al pasillo, pero maldijo su suerte por verse en una situación tan incómoda. Tal vez su hogar, incluso con su soledad, no fuera tan malo después de todo.

Capítulo 18

No había ningún evento especial planeado para esa noche. La viuda manifestó que quería que sus invitados fueran libres de escoger en qué invertir su tiempo por una vez. Linus pensó que seguramente estuviera cansada y que el peso de ser anfitriona durante dos semanas le estaba pasando factura. Arabella, sentada al lado de la señora Lampton, parecía aún más cansada. A pesar de sus ganas de acercarse, prefirió quedarse al otro lado de la habitación; ya se había metido en bastantes líos como para añadir el de «alimentar rumores» a la lista.

Aquella noche el conde estaba un poco raro: decía cosas sin ton ni son, todas ellas divertidas, tal vez a propósito. Después de la refriega de aquella tarde, Lancaster estaba aún más seguro de que la excesiva frivolidad del anfitrión era, en gran parte, una mera pose.

—Es que se lo merece —murmuró Adam, después de la cena, tras haber sido objeto de los comentarios durante la comida y la «actuación» de después. Tanto él como Lampton tenían el rostro lleno de cortes y magulladuras mal disimulados—. Hay pocas cosas peores que ver a un caballero completamente válido optar por parecer un estúpido.

Lancaster lo miró de reojo.

—¿Y qué hay de quien elige ser odioso cuando puede llegar a ser incluso amable?

—Ya ves como acabó Lampton. Si empiezas tú también, te arrastraré de vuelta al río y te daré un bañito a la luz de la luna.

A Linus le fascinaba el ingenio de Adam para amenazar a cualquiera.

—¿Estás queriendo decir que me ahogarías?

—Primero a ti y luego a Harry. Y luego a Lampton. Y luego a tu hermana la dramática. Me iba a quedar bien a gusto.

Ese gesto de irritabilidad le recordó a su cuñado las palabras de Caroline: «el duque no está enfadado, sino triste».

Lo había observado durante toda la velada y reconoció cierto grado de tristeza en su expresión. Perséfone había sugerido que Adam aún no había superado del todo la muerte de su padre, y también que le produjo un gran dolor ver a Dafne casarse e irse de casa, y que ahora temía que ocurriera lo mismo con Artemisa. ¿Cuánto de la seriedad del duque no era más que tristeza o dolor?

Comprendía su desconsuelo por su propia experiencia. Su madre había muerto hacía mucho tiempo, pero no pasaba un solo día sin que la echara de menos. La pérdida de su padre había sido más lenta y, en cierto modo, más trágica. Sintió cierto alivio cuando el dolor de un declive tan lento terminó por fin, pero eso no evitó que se resquebrajara en mil pedazos.

En medio de aquel inesperado torrente de emociones, no pudo evitar un sentimiento que intentaba soslayar: perder a sus padres había sido difícil y amargo, pero no tanto como la muerte de Evander. Habían estado tan unidos como solo dos hermanos podían estarlo, incluso antes de que el mar forjara un vínculo aún más fuerte. Evander fue su mejor amigo, su único confidente, la única pieza de su familia que tenía a su lado. Se había aferrado a él por ser todo lo que quedaba de la vida que tanto había amado.

Ese hilo se rompió un nefasto día de noviembre once años atrás. Eso era lo que hacía la guerra: robar cosas que nunca podrían recuperarse.

Su recuerdo le pesaba en el corazón. Y, para colmo, no podía sentarse con Arabella para que le levantara el ánimo.

Se acercó a la viuda con la intención de excusarse. La reunión de la noche ya no le interesaba lo más mínimo.

El «buenas noches» que pretendía ofrecer a su anfitriona se quedó en el aire al ver la preocupación en los ojos de la joven Hampton. Miró a la viuda un poco más detenidamente. No estaba cansada; estaba enferma.

Arabella se acercó a él.

—¿Puede sentarse con ella? —susurró—. Tengo que ir a buscar a lord Lampton.

—Por supuesto.

Él ocupó su asiento, observando cómo se dirigía lentamente hacia el conde.

La viuda estaba sentada con los hombros caídos hacia delante. Sacudió lentamente la cabeza con la boca apretada. Parecía saber que su enfermedad había salido a la luz y le disgustaba preocupar a los demás.

Le habló con suavidad.

—Parece que la abuela no se ha resistido a la compañía de sus nietos enfermos.

Ella suspiró con cierto fastidio.

—El doctor me advirtió que no me acercara demasiado, pero me advierte de tantas cosas...

—Que al final no le hace caso.

La viuda levantó la comisura derecha de su boca arrugada.

—Nunca se me ha dado bien obedecer órdenes.

—Hay pocas cosas que me resulten más extraordinarias que una mujer tenaz —alabó él—. Y basta con mirar a mis hermanas para saber de lo que hablo.

187

La viuda sonreía como acostumbraba, pero débilmente.

—Señor Lancaster, tal vez usted pueda resolver un asunto que me ronda la cabeza desde hace días.

—Prometo ayudarla en todo lo que pueda.

—Se ha mostrado muy atento con nuestra Arabella en los días que lleva aquí. ¿Por qué ahora parece evitarla?

No se andaba con rodeos.

—Por lo que dicen sobre nosotros y mis intenciones. Es cierto que echo de menos su compañía, pero intento acallar los rumores.

—Eso es difícil.

Linus asintió.

—Lo sé.

—Y usted es un caballero ejemplar; espero que también lo sepa.

Lord Lampton llegó. Aunque no apartó por completo su prepotencia, Linus vio otras cualidades en él: una resolución inquebrantable y una mandíbula firme. En aquel momento no era ridículo en absoluto. Recordó las palabras de su cuñado: «Hay pocas cosas peores que ver a un caballero completamente válido optar por parecer un estúpido».

—Has venido a mandarme a la cama, ¿verdad? —La viuda no quería marcharse de allí.

—He venido a decirte que Sorrel se hará cargo de lo que queda de velada, y eso es casi un milagro —pronunció esto último en voz baja.

—¡Vaya! Debería haber enfermado hace meses —repuso la viuda.

Lord Lampton la ayudó a levantarse. Linus también se levantó. Arabella miraba.

—Vamos, madre —la animó el conde—. Te has ganado dormir un poco más esta noche.

—¿También me he ganado una taza más de chocolate por la mañana? A mí me parece que sí.

Lord Lampton rio mientras se alejaban.

La señorita Hampton se quedó allí viéndolos marchar.

—Me temo que estando enferma yo también, no seré de mucha ayuda.

—Lo entenderá —aseguró—. De hecho, puede ofrecerle algo que nadie más puede. —La joven se volvió hacia él con curiosidad—. Empatía. Sabe mejor que nadie cómo se siente.

La joven bajó la vista antes de volver a mirarlo a los ojos.

—He oído lo que dicen sobre nosotros. Siento haberle causado problemas.

—No soy el único perjudicado por esos rumores —señaló.

—Yo no soy más que una sobrina pobre que trabaja como dama de compañía. Tengo mucho menos que perder. —¿De verdad pensaba que él sufriría más que ella?— Ha sido muy amable conmigo, y ahora se lo pagan así. Causándole dolor.

—Saldremos de esta —prometió él—. Yo tendré que volver a mi casa, y ahora usted vive aquí.

La señorita Hampton tocó su collar. Linus pensó que quizá lo hacía inconscientemente.

—Será mejor que vaya a ver si la viuda necesita algo. Gracias de nuevo por haberme acompañado cuando estuve enferma. Fue un placer.

—Al contrario, gracias por escuchar mis problemas con tanta paciencia.

Ella asintió.

—Para eso están los amigos, Linus Lancaster.

«Amigos». Esa no era precisamente la palabra que él quería oír, pero la amistad era lo único permitido entre ellos.

Capítulo 19

Probablemente la viuda fuera la enferma más fácil de cuidar del mundo entero. Arabella asumió la tarea de velar por su comodidad y le resultó bastante sencillo. Le daba las gracias todo el tiempo y no reparaba en pedirle lo que necesitara. Si era así como pasaría sus años de dama de compañía, lo haría encantada. Se sentiría útil y apreciada.

Su vida allí era mucho más agradable que en casa de sus tíos. De hecho, cuando se atrevieron a acudir a Lampton Park a echarle una regañina, apareció un verdadero ejército tras ellos dispuesto a defenderla. Allí estaría siempre a salvo, incluso cuando los invitados se marcharan. Cuando Linus se marchara. No quería pensarlo demasiado; no le gustaba la sensación de vacío que sentía al hacerlo.

Estaba convencida de que su tía estaba detrás de todos esos rumores que habían acabado separándolos. Ningún caballero deseaba sentirse forzado a pedir la mano de ninguna dama. Si no hubiera sido por eso, habría seguido sentándose a su lado y acariciándole la mano, haciéndole reír y provocándole ese torrente de sentimientos que tanto le alegraba el corazón. La fiesta aún no había terminado; quizá pudieran recuperar todo eso en los días restantes. «Ojalá», pensó.

Lady Lampton llegó a la habitación de la viuda a media mañana y, con un gesto de comodidad y familiaridad, tomó asiento junto a su suegra. Se llevaban bien, a pesar de sus diferencias.

—Tienes a Philip hecho un flan —dijo *lady* Lampton—. Así que... gracias.

La viuda sonrió.

—Entonces imagino que no estará dando ningún espectáculo «para» nuestros invitados.

—No tantos. Algo es algo. —La condesa no parecía especialmente molesta. De hecho, Arabella vio en su rostro el mismo cariño que cuando habló de lo afortunada que era por tener un marido de buen corazón—. Cualquiera pensaría que después de lo que pasó en el río, se andaría con más cuidado para no enfadar a su alteza, pero nada de eso: sigue provocándolo.

La viuda y Arabella se miraron. Las dos sabían por qué actuaba de esa manera, pero como sus razones implicaban a Sorrel, prefirieron no decir nada.

Ella las miró con desconfianza.

—Vaya, parece que alguien sabe algo.

—Mis labios están sellados —dijo la suegra.

Sorrel se volvió hacia Arabella.

—¿Y bien? ¿Sabes todos nuestros secretos?

Miró a la condesa y ladeó la cabeza. Lady Lampton sabía perfectamente que ella estaba al tanto de muchos secretos.

La viuda se dio cuenta de lo que estaba queriendo decir.

—¿Cuántos de nosotros te hemos contado nuestras cosas?

—Todos —admitió.

Sorrel se sorprendió.

—¿Charlie también?

La joven asintió.

A pesar del cansancio achacado a la enfermedad, la viuda se incorporó lentamente.

—¿Qué le preocupa tanto a ese muchacho? Se lo noto en la cara y en la postura. No es nada nuevo, ya lo noté hace tiempo, pero últimamente más aún. No quiere hablar con ninguno de nosotros.

Arabella no quería desvelar lo que le había contado, pero deseaba aliviar algunas de las preocupaciones de su madre.

—Bueno, ya sabe que tenemos una relación bastante especial desde que arruinó mi mejor vestido llenándolo de barro espeso y maloliente.

La viuda se rio al recordarlo.

—Me enfadé tanto con él... Se ha metido en tantos líos... Recordarás que hice sus maletas y las de Caroline, que estaba aquí pasando unos días, y los mandé a Havenworth.

—Mis otros vestidos se lo agradecieron —bromeó Arabella.

La diversión de la viuda se convirtió en arrepentimiento.

—En esa ocasión me enfadé más aún, porque sabía que tu tío no te daba el dinero suficiente como para reemplazar lo que Charlie había arruinado.

—Esa vez sí me lo dio —matizó ella—. Y le aseguro que ni yo ni mi tía nos lo esperábamos. Ella, de hecho, se puso pálida como un fantasma. No podía soportar que me diera de su dinero.

—No sabía que tu tío no te lo hubiera dicho.

—¿Qué no me hubiera dicho qué?

La viuda sonrió.

—Yo te compré ese vestido. No podía soportar la idea de que sufrieras porque ese hijo mío no parara de hacer de las suyas.

—¿Lo compró usted? —¿De verdad se preocupaba por ella incluso antes de invitarla a vivir en Lampton Park? —Se lo agradezco de todo corazón.

—Y debería haber hecho mucho más. —Sus palabras se tiñeron de tristeza y culpa.

Arabella aceptó su trabajo pensando que se lo ofrecían por mera amabilidad, pero detestaba que fuera por pena.

—Ha hecho mucho por mí —la tranquilizó—. Soy mucho más feliz aquí de lo que he sido en mucho tiempo. —En once años, exactamente.

—Lo mismo digo —*lady* Lampton habló con emoción—. Mi vida en casa estaba repleta de rechazo y dolor. —Tragó saliva antes de volver a hablar—. Ser inválida significaba sufrir un desprecio y un rechazo constante, incluso por parte de mis propios padres. Sin embargo, desde que formo parte de esta familia solo he recibido aceptación, cariño y amabilidad. —Tomó la mano de su suegra—. No me habéis abandonado nunca.

—Mi esposo siempre deseó tener hijas —recordó la viuda—. No hubiera cambiado a sus hijos por nada del mundo, pero anhelaba tener niñas. —Su voz denotaba nostalgia y dolor—. Solía imaginarse esta casa con una familia de mujeres fuertes, cariñosas y valientes. Y veo que ese sueño suyo ahora se hace realidad a mi alrededor.

La viuda apretó la mano de su nuera y, para sorpresa de Arabella, también la suya. Quería pensar que el difunto conde se habría alegrado de verla allí. Al fin y al cabo la había imaginado como parte de su hogar.

—Y por el bien de mis hijos, me alegra que compartan el aprecio que tenía su padre por las mujeres inteligentes y fuertes. Se parecen mucho a él.

—Creo que a Charlie le vendría muy bien saber que piensa eso de él —la joven esperaba no estar traicionándolo—. Dígaselo lo más claramente posible.

La viuda volvió la cabeza hacia ella, con los ojos rebosantes de dolor.

—Charlie no se acuerda de él, ¿verdad?

—No mucho. —No le gustaba decir cosas que pudieran entristecerla—. Por eso creo que le vendrá bien hablar sobre él y, sobre todo, saber que se parecen más de lo que piensa.

La viuda le apretó la mano.

—Lo haré.

—¿Y también empezará a tomarse lo que le recetó el doctor Scorseby?

La mujer abrió los ojos de par en par, igual que *lady* Lampton.

—Ya les he dicho que a mí me cuenta cosas todo el mundo —añadió Arabella.

La viuda, con un tono de indignación fingida, replicó:

—Entonces puedes decirle a ese médico entrometido que, aunque no se lo crea, he estado tomándome esos polvos tan desagradables... y que están funcionando.

—¿Ha estado enferma? —preguntó *Lady* Lampton—. ¿Antes de que la contagiasen los niños?

—No es nada —insistió—, solo un poco de dispepsia. El doctor Scorseby lo convierte todo en un problema. Creo que disfruta atemorizando a sus pacientes.

La condesa sonrió.

—Es un poco dramático, ¿no?

«¿Es dramático?», «¿Disfruta atemorizando a sus pacientes?»... Arabella no se había dado cuenta de nada de eso. A lo mejor, a pesar de haber estado con él tantas tardes, tampoco lo conocía tanto.

—¿Qué es eso tan «dramático» que ha dicho sobre tu salud? —preguntó a su nuera.

—Nada. Solo que no sufro más dolor del que cabe esperar de alguien con el cuerpo completamente destrozado. Y que no espera que mi situación mejore, aunque también me ha dicho que no pierda la esperanza.

—La esperanza es un arma poderosa —observó la señorita Hampton. Había sido su consuelo en los días más oscuros.

—Como lo es un amigo y un confidente a quien puedes contarle tus secretos —agregó *lady* Lampton—. Y hemos tenido la suerte de encontrar eso en ti, Arabella.

Le resultó conmovedor que la llamara por su nombre de pila. Por primera vez en mucho tiempo, sintió que por fin había encontrado un lugar.

Llamaron a la puerta de la habitación, que permanecía ligeramente entreabierta. Las tres volvieron la cabeza y el lugarteniente Lancaster se asomó.

«Linus». Arabella contuvo la respiración.

—Perdonen que las interrumpa —se disculpó.

—Qué tontería, señor Lancaster. —La viuda hizo un gesto invitándolo a entrar—. Los enfermos siempre necesitan compañía.

—No se la ve tan mal. —Entró haciendo rápidas inclinaciones de cabeza a *lady* Lampton y a Arabella antes de tomar las manos extendidas de la viuda entre las suyas—. Parece que está un poco mejor.

—Sea cierto o no, le agradezco el cumplido—. Le indicó que ocupara el único asiento libre: el que estaba justo al lado de Arabella.

Lo hizo y, sin mirarla, dijo:

—Me sorprende que el doctor Scorseby no esté aquí cuidándolas. Anoche preguntó por usted al menos veinte veces.

Ella le devolvió la broma.

—A mí me sorprende que la señora Blackbourne no esté aquí cuidando de... usted. Anoche vino a verlo al menos veinte veces en el primer cuarto de hora que estuvo aquí.

La viuda sonrió, y *lady* Lampton también, aunque con una expresión más apagada que la de su suegra.

—¡Vaya! —Linus miró a su alrededor—. Veo que me he entrometido en sus chismorreos.

—No chismorreábamos hasta que ha llegado usted —replicó la viuda—. A ver si no va a ser tan bueno como pensábamos...

—Bueno, he venido a contarles algo, así que presten mucha atención, señoras.

Arabella se estaba divirtiendo. Sabía levantarle el ánimo como nadie. Consiguió incluso hacer reír a *lady* Lampton, y eso era algo extraordinario.

—Desgraciadamente —añadió—, la primera novedad es un poco triste. He recibido noticias de mi finca... hay un problema que tengo que solucionar de inmediato. —Dirigió toda su atención a la viuda—. Tengo que marcharme dentro de una hora.

Se iba. En menos de una hora. La señorita Hampton trató de tragar saliva, pero no fue capaz. Tenía un nudo en la garganta y los ojos le escocían.

—No me diga eso. —La anfitriona hizo un gesto de disgusto—. ¿No puede aplazarlo?

—Hablé con mis cuñados y también con sus dos hijos mayores; ellos tienen más experiencia que yo en esos asuntos, pero todos estuvieron de acuerdo en que debo ir yo personalmente y que el tiempo apremia.

La viuda y *lady* Lampton expresaron su decepción. Arabella, en cambio, no fue capaz de reaccionar.

Se marchaba.

Ya no podrían recuperar la incipiente amistad surgida entre ellos, ni tendrían la oportunidad de llegar a algo más. No quería admitirlo, pero lo había esperado desde hacía mucho tiempo. Aún lo hacía.

—Bueno, ¿y qué más tenía que contarnos? —preguntó la viuda—. ¿Es tan triste como esto?

—Puede que para usted lo sea. Pero, en realidad, es algo bueno.

—Me tiene en ascuas —dijo *lady* Lampton.

—Ya se lo he contado a su hijo mayor, y me ha dicho que le parece una buena idea y que se lo comente a usted. —Hizo una breve pausa—. Me gustaría que Charlie se viniera conmigo a Shropshire.

—¿Charlie? —A la viuda le pareció tan sorprendente como a Arabella.

—He disfrutado mucho de su compañía durante estos días. Es un joven bueno y sensato, pero está un poco perdido. Creo que le vendría bien pasar algún tiempo lejos de la sombra de sus hermanos. Necesita orientación, y no parece dispuesto a aceptarla si viene de ellos.

—No va a parar de meterse en líos —advirtió la señora Lampton—. No será fácil.

Linus no parecía preocupado.

—Yo creo que muchas de sus trastadas son fruto del aburrimiento, y en la finca hay mucho trabajo por hacer. Estará ocupado y pasará tiempo solo. Creo que eso es lo que necesita ahora.

La viuda entrelazó las manos y se llevó los dedos a los labios, pensativa. Arabella la observaba, dispuesta a ayudarla si la conversación la desconcertaba; pero, al contrario de lo que muchos pensaban, aquella dama tan extraordinaria estaba hecha de otra pasta.

—Ser el hermano menor siempre ha sido difícil para él —dijo la madre—. Y ahora que todos han crecido, más aún. Tienen éxito, son hombres respetados y, en muchos sentidos, muy importantes. Esa es, como has dicho la sombra que proyectan sus hermanos en él y de la que él intenta escapar. He intentado ayudarlo por todos los medios. Philip también, pero lo ha hecho sin saber que él es parte del problema.

—Sé que Charlie tiene que volver a Cambridge cuando empiece el curso —admitió Linus—, y me encargaré yo mismo de que lo haga, pero creo que será bueno que pase un tiempo lejos de sus estudios y sus... inseguridades.

—¿Haría eso por nuestro Charlie? —A la mujer se le quebró un poco la voz.

—No lo hago solo por él —respondió, quitándole hierro al asunto—. Su compañía también me hará bien a mí. La finca está muy vacía y es muy solitaria... Charlie siente que tiene demasiada gente a su alrededor; y yo, en cambio, no tengo a nadie.

La viuda se acercó y le dio unas palmaditas en la mano.

—Os echaremos de menos a los dos cuando acabe la fiesta, pero creo que es una idea excelente.

—Y yo —repuso él.

—Buen viaje —dijo *lady* Lampton—. No deje que Charlie conduzca el carruaje.

Linus rio e inclinó la cabeza, y luego se volvió lentamente para mirar a Arabella.

—¿Me concede un momento, señorita Hampton?

No se lo esperaba. Se levantó y, un poco perpleja, lo acompañó hasta el pasillo.

—Parece que renuncia a ser miembro de nuestro club, capitana Hampton.

—¿Qué quiere decir, lugarteniente Lancaster?

Señaló a las damas desde el otro lado de la puerta.

—A mí me parece que ya es una más. Creo que está encontrando su lugar en esta familia.

—Creo que sí. —No fue consciente hasta ese mismo momento—. Es verdad.

Linus expresó un alivio inmenso con la mirada.

—No sabe cuánto me alegro. Se merece toda la felicidad del mundo, señorita Hampton.

—¿Y usted? Estará solo allí, en su finca.

Sonrió.

—Tendré a Charlie, que, según su familia, me mantendrá muy ocupado.

—Pero pronto volverá a Cambridge —le recordó ella.

—Para entonces, espero haber puesto en práctica sus buenos consejos y haber encontrado el modo de que me guste la vida que se me ha impuesto.

—¿Será feliz?

—Seré feliz.

Eso la consolaba un poco. Se iba, pero se iba más esperanzado de lo que había llegado.

Él le tomó la mano y se la acercó a los labios. El corazón le latía con fuerza, y se le cortó la respiración cuando se la besó.

Linus dio un paso atrás y le soltó la mano.

—Adiós, señorita Hampton.

Con esas tres palabras, le rompió el corazón.

Capítulo 20

Linus recordó con claridad el momento en que vio por primera vez el barco que lo llevaría lejos de Inglaterra, lejos del único hogar que había conocido. Era poco más que un niño y sentía tanto miedo como emoción.

Volvió a experimentar la misma mezcla de sentimientos al detenerse ante el camino de guijarros que desembocaba en la finca de su familia. Estaba ansioso por volver a su hogar, por asegurarse de que la herencia de su hermano estaba protegida, pero, a la vez, de buena gana se daría media vuelta y se alejaría de allí para siempre. Sus recuerdos dolían más ahí dentro; allí no podía escapar de ellos.

—Su casa es de la época de los Tudor —observó Charlie cuando se acercaban.

—Y también mucho más pequeña que Lampton Park —reconoció Linus—. Seguramente le parecerá... «peculiar».

—Las cosas no tienen que ser impresionantes para ser bonitas. —El joven estaba sentado con la cara casi pegada al cristal de la ventanilla del carruaje, por la expresión de entusiasmo parecía un niño de nueve años en vez de un hombre que rozaba la veintena.

Si Linus no tuviera más que recuerdos agradables de su hogar y su familia, ¿estaría ansioso por llegar? ¿Lo habría estado alguna vez?

Charlie se volvió para mirarlo.

—¿Los ingresos de un erudito como su padre eran suficientes para mantener una casa y una finca de este tamaño?

En lugar de repetir los detalles del declive de su padre y la necesidad de conseguir dinero como fuera para la familia, se limitó a asentir. Si su progenitor no hubiera enfermado, sus ingresos habrían sido suficientes, aunque no vivieran holgados.

Charlie volvió a inspeccionar la casa ante la que se habían detenido.

—Aquí podría vivir una familia.

—Aquí vivía una familia —susurró él.

El lacayo abrió la puerta del carruaje y el joven invitado bajó de un salto. El lugarteniente permaneció sentado un momento, armándose de valor. ¿Cómo era posible que un hombre de la Marina, que había librado innumerables batallas, que había surcado los mares durante tantos años, temblara ante una situación tan apacible como entrar en su propia casa?

No podía quedarse en el carruaje para siempre. No era la primera vez que volvía a casa desde la muerte de Evander. Lo había soportado otras veces, así que no tenía por qué ser distinto. Sin embargo, en ese momento no acudía de visita antes de regresar a su deber. Aquel era su deber.

Respiró hondo antes de ponerse en pie y bajarse. Caminó por el sendero de guijarros y levantó lentamente la mirada para contemplar la vivienda. Durante un momento, la vio tal y como había sido: las ventanas rotas, la madera carcomida, la pintura blanca agrietada y descascarillada. El terreno estaba tan descuidado como la casa. La hierba había crecido demasiado y los jardines parecían salvajes. Solo habían cuidado los huertos.

Era la sombra de lo que un día fue, pero seguía siendo muy bonita. Adam y James, el marido de Dafne, se habían encargado de restaurar la casa familiar Lancaster y lo habían logrado. A Evander le habría encantado verla así. Se pasaba las horas hablando de su deseo de arreglar la vivienda y la finca, así que él solo esperaba no estropearlas. Le debía mucho a su hermano.

El señor y la señora Tuttle, el mayordomo y el ama de llaves, lo esperaban a ambos lados de la puerta. Charlie aún no había entrado; no quería adelantarse a Linus. Los criados, alineados junto a la señora Tuttle, tampoco apartaban la vista de él. Ahora era el amo de la finca. Pensó que todo aquello le venía demasiado grande.

Se esperaba de él que llegara con fuerza y dirigiera la finca. Todos esperaban su reconocimiento, sus palabras de aprobación, sus instrucciones. ¿Por qué? El personal conocía sus funciones mejor que él. Prefería llegar, preguntarles cómo les iba y dejar que cada uno se ocupara de sus asuntos.

«Encuentre una forma de construir su propia vida». Recordó las palabras de Arabella.

Alterar significativamente las rutinas y las tareas afectaría a los empleados. Después de todo lo que habían trabajado en los últimos años para ayudar a restaurar la casa de su familia, no les pagaría con esa moneda. Podía hacer ajustes en otras cosas, pero no en esa.

Pasó junto a Charlie y se dirigió a la puerta. Los Tuttle le ofrecieron una reverencia que recibió agradecido.

—Bienvenido a casa, señor Lancaster —dijo el mayordomo.

Por cortesía habría tenido que decir lo contento que estaba de volver, pero prefirió no mentir.

—Espero que hayan recibido la nota que les envié advirtiéndoles de que venía acompañado.

—Así fue, señor —confirmó el ama de llaves—, pero no especificó en qué habitación deseaba que se instalara el señor Jonquil.

Hemos intentado decidir por nuestra cuenta, pero nos gustaría que nos aconsejara. No quería llevarlo a la habitación de los niños. —Linus miró a Charlie con una sonrisa, y él hizo un dramático gesto de alivio—. Y el dormitorio de la señorita Dafne es demasiado femenino para un caballero; no se sentiría cómodo —añadió convencida la señora Tuttle. Y tenía razón—. La habitación principal es la suya —continuó—. Y no creo que sea adecuado instalarlo en la de la señora.

—Desde luego que no —admitió Lancaster entre risas.

El ama de llaves asintió.

—Entonces, las únicas opciones que quedan son las habitaciones de las señoritas Perséfone y Atenea o la que compartía con...

—La habitación de mis hermanas. —Se volvió hacia Charlie y le hizo un gesto para que acompañara a la mujer—. Ahí estará bien.

—Señor Lancaster. —La señora Tuttle habló antes de que Linus pudiera entrar a la casa—. Este dormitorio es...

—Más que suficiente.

Con la determinación en la toma de decisiones aprendida en el barco en los momentos difíciles, cruzó el umbral de la puerta para dirigirse a la escalera principal. Los fantasmas del pasado lo siguieron hasta allí, susurrándole al oído y colándose en sus pensamientos. Ahí estaba Dafne, sentada en un rincón con un libro entre las manos. Artemisa, que corría y reía a carcajadas por los pasillos. Perséfone, tan severa como siempre. Atenea y su esperanza. La lucha de su padre. La ausencia de su madre.

Sacudió la cabeza tratando de despejarla antes de que el último miembro de la familia Lancaster se abriera paso entre los recuerdos.

—Por aquí arriba —le dijo a su invitado, que estaba justo detrás de él—. La habitación da al prado. Ya verá cómo le gusta.

Subieron las escaleras sin detenerse. Probablemente estaba siendo un mal anfitrión por no dejar que el joven echara un vistazo y se familiarizara con la casa, pero era demasiado doloroso; quizá más tarde. El pasillo estaba silencioso, como siempre. Tener al pequeño de los Jonquil allí le ayudaría. Podría hablar con alguien y llenaría sus vacíos. Y no era cualquiera, era Charlie; disfrutaba de su compañía enormemente. Ayudaría a aliviar su dolor.

—Aquí es —señaló. Abrió la puerta del cuarto de sus hermanas mayores de un empujón. Estaba vacía. No había cama ni escritorio, solo una silla cerca de la ventana.

Charlie entró y echó un vistazo.

—La verdad es que es más sobrio de lo que esperaba. —Miró a Linus con gesto divertido—. ¿Es que quiere que me acostumbre a la humildad de un académico pobre?

—Tal vez quiera demostrarle lo buena anfitriona que es su familia.

El muchacho soltó una carcajada y asintió.

—De acuerdo, de acuerdo, ya lo he visto.

El ama de llaves se paró en la puerta.

—Eso es lo que intentaba decirle, señor Lancaster. Usted mismo permitió que lord y *lady* Techney donaran todo lo que había en esta habitación a la parroquia. No se compraron muebles nuevos.

—Discúlpeme por no hacerle caso, señora Tuttle. No estoy muy acostumbrado a ejercer de anfitrión.

La mujer sonrió con amabilidad. En ese momento, una doncella que pasaba por allí la llamó y ella se alejó.

Linus se volvió hacia su joven invitado.

—Entonces solo queda otra opción. A no ser que quiera dormir en el suelo.

—Lo haría si no quedara más remedio, pero no es una oferta muy tentadora.

Le dio una palmada en el hombro y lo sacó de la habitación. El recorrido fue corto, aunque a Linus se le antojó eterno.

Agarró el picaporte de la puerta que hacía tanto tiempo que no abría. No se sintió con fuerzas para girarlo; no era capaz. Tampoco lo hizo las últimas veces que visitó a su padre. Prefería dormir en la habitación de los niños. Pero, por mucho que le doliera, no podía pedirle eso a Charlie.

«Ahora esta será mi casa. No puedo vivir aquí con esta habitación cerrada para siempre», pensó. Giró el picaporte y empujó la puerta chirriante.

El corazón le retumbó en el pecho sin aire. Dedicó unos segundos a reconocer el espacio. Hacía años que habían cambiado los muebles y los habían movido de sitio, aun así sintió un dolor en el costado.

Aquella era su habitación. Entre aquellas cuatro paredes, Evander y él habían sido felices, pletóricos de expectativas. Durante años, hablaron de volver allí a descansar por un tiempo, a disfrutar de la libertad que supondría llevar dinero a casa. Nada de eso acabó sucediendo. Nada.

—Bueno, le dejo que se instale. —Se marchó, dirigiéndose aprisa a la alcoba principal, que ya no era de su padre, sino suya. La tristeza que le producía entrar a esa estancia, no era comparable con la que sentía en la que acababa de abandonar.

Cerró la puerta tras de sí, como si al hacerlo pudiera evitar que lo encontraran sus fantasmas. Aquel debía haber sido el hogar de Evander; cada rincón de la casa estaría lleno de él.

«Cuida de ellos». La voz de Evander resonó en su cabeza, así como el golpeteo de los cañones y el gemido de las voces. Sabía que, si cerraba los ojos, vería la cubierta del *Triumphant*, el humo espeso a su alrededor, y el rostro de su hermano cada vez más pálido y más gris; podría incluso volver a oler la ceniza en el aire. El olor metálico de la sangre. «Nuestras hermanas te necesitan, Linus. Y papá. No puede ocuparse de la finca él solo. Al marido de Perséfone podría no importarle lo que le pase. Tienes que ocuparte tú. Y las niñas... No dejes que Dafne se apague. No la dejes, Linus, la perderemos. Lo perderemos todo». Las palabras de su hermano volvían una y otra vez.

Carraspeó para deshacer el nudo que sentía en la garganta. Se había esforzado tanto por cumplir todo lo que su hermano le había suplicado en su último aliento... y, sin embargo, siempre había fracasado. Fueron Adam y Perséfone quienes cuidaron de las niñas. Dafne se apagó, como Evander tanto temió que sucediera. La finca la cuidaron otras personas. Él no supo ocuparse de nada de eso.

«No sé qué hacer, Evander. Esto nunca debió ser mío». La culpa lo carcomía. La culpa de no valorar la herencia que se le había confiado. La culpa de haber cambiado de opinión solo por estar sentado en la terraza de Lampton Park con dos niños acurrucados junto a él, disfrutando de la tranquilidad de la finca que se extendía en torno a ellos, y entonces ver acercarse a una dama bondadosa, inteligente y cariñosa que le había robado el corazón.

Sin embargo, aquellas vistas no eran las de su finca, aquellos niños no eran suyos, y Arabella no estaba allí. Movió el cuello de un lado al otro para destensar los músculos. ¿Qué pensaría ella de aquel lugar?

Se acercó a la ventana. Los terrenos no eran tan extensos como los de Lampton Park ni estaban tan bien cuidados, pero había muchos senderos que atravesaban el prado, los jardines y la arboleda; y muchos otros que se perdían por los alrededores. Arabella habría sabido apreciarlo y lo habría animado, como todos aquellos días atrás, a encontrar la manera de hacer suya esa vida que se le había impuesto.

Pero ¿y si su manera de hacer las cosas solo empeoraba la situación? ¿Y si lo destrozaba todo? No podía soportar la idea de fallarle a su hermano una vez más; no se quedaría de brazos cruzados.

De un modo u otro, tenía que sacar aquello adelante. No podía seguir con su vida hasta que lo consiguiera.

Capítulo 21

La viuda terminó de recuperarse la última noche de la fiesta. Los hijos que vivían lo suficientemente cerca como para asistir al baile de clausura lo hicieron, incluso Harold, cuya dedicación a sus deberes clericales le había impedido participar en cualquier otra actividad de aquellos quince días.

El salón de baile estaba decorado con un gusto exquisito. La cena colmaría las expectativas de los invitados más quisquillosos. El brillo de la luz de las velas sobre las piedras preciosas y los infinitos colores de los vestidos daban al espacio un aire de ensueño. Aunque el inmenso salón de Lampton Park hubiera podido acoger a más invitados de los que había en la lista, la viuda tenía la habilidad de considerar otros factores más allá del tamaño y el espacio. Solo había cursado invitación a aquellos que sabía que se sentirían a gusto en compañía de los demás y fueran verdaderamente agradables, así que, por primera vez, la fiesta era realmente exclusiva. Había planeado la velada perfecta para marcar el final de su etapa como señora de Lampton Park.

Arabella observó cómo se movía por la estancia. Su expresión rebosaba satisfacción y disfrute, aunque en sus ojos había un atisbo de tristeza mientras se preparaba para recibir a sus invitados. Los finales siempre son difíciles.

El duque, que no parecía tener muchas ganas de bailar, se sentó cerca de Arabella. La duquesa acompañaba a Artemisa, y no parecía muy contenta. La señorita Hampton no estaba al tanto de los pormenores de la relación familiar, pero percibía cierta tensión entre todos ellos.

Lady Lampton llegó unos segundos antes de que Philip se acercara, con la camisa abultada en la parte del pecho y las solapas del frac tan altas que no podía girar la cabeza.

—Es perfecto, ¿verdad?

—Tu madre ha acertado de pleno en el número ideal de invitados —corroboró su esposa—. Esto sí que es una reunión agradable. ¿Para qué invitar a más gente?

—¿Acaso no sabes, querida, que para que una fiesta salga bien debe describirse como «perfecta»? —Philip los miró a todos con los ojos muy abiertos—. Cualquier otra palabra indicaría fracaso.

—Su vestuario sí que es un fracaso —dijo el duque.

—Tonterías, amigo mío. —Philip señaló su colorido atuendo. Era el único de los caballeros que no vestía de negro o pardo. Él prefería colores más vivos que los elegidos por muchas mujeres—. Mi ayuda de cámara es un hombre de muchos talentos, y a él le gustó.

—Su ayuda de cámara necesita gafas —replicó Adam.

—Al contrario. —El conde se alisó las mangas del frac—. Lo que necesita es un título de caballero.

—¿Por aguantarle? —El duque se echó hacia atrás—. Eso, Lampton, debería convertirlo en santo. Todos los que viven en esta casa acabarán en los altares.

—Alteza, por eso estamos aquí —dijo *lady* Lampton con gesto sobrio.

Arabella miró a Philip. Sabía que el único motivo por el que se enfrentaba al duque era para despertar a su esposa de su letargo, pero, a la vez, no quería que nadie lo notara.

Estaba claro que el duque esperaba alguna mala respuesta y que no iba a dejarla pasar. Al fin y al cabo, era el «duque terrible».

—Aunque aplaudo su voluntad de defender a quienes cree que están siendo maltratados —dijo *lady* Lampton—, quiero que quede claro que no permito que nadie cuestione lo feliz o infeliz que me hace mi matrimonio. Ni siquiera a usted. —Señaló al duque con el dedo índice y, después, a Philip—. Ni a ti tampoco. Y si alguna vez me entero de que alguno de los dos ha vuelto a meterse donde no le llaman hablando de mi felicidad, juro que haré que vuestra pelea parezca una simple riña entre niños.

Arabella vio tanto alivio en el rostro de Philip que lo sintió en su propio corazón. En la expresión de la condesa, que decía lo que su boca callaba, apreció un dolor más profundo del que ella había imaginado.

Philip le tendió la mano a su esposa.

—¿Me acompañas al salón?

—Ya camino mejor, pero sabes que no puedo bailar. —El dolor que sentía era evidente.

Su expresión se suavizó.

—Lo sé, querida, no te pedía bailar, solo que estuvieras conmigo.

Ella también se calmó. Entrelazó un brazo con el de su esposo, agarró el bastón con la otra mano y se alejaron lentamente.

—Me gusta —aprobó el duque.

—Da un poco de miedo —admitió Arabella. Adam asintió con la cabeza.

—Por eso me gusta.

A ella empezaba a resultarle agradable ese hombre al que todos temían.

—¿Se está divirtiendo, señorita Hampton? —preguntó el doctor Scorseby al llegar donde estaban sentados.

—La verdad es que sí.

Se sentó a su lado.

—¿Por qué lo dice así? ¿Es que no esperaba divertirse?

—No estaba segura de estar del todo recuperada, así que no sabía si podría disfrutar la noche como se merece. Estoy muy contenta de haber mejorado.

—¿Está tan bien como para concederme un baile?

Estaba en un baile y la invitaban a bailar. Eso habría sido impensable hacía tan solo unas semanas. Se lo había imaginado la noche en que asistieron sus tíos, cuando los demás invitados habían bailado sin parar. Cada vez que veía a Linus, deseaba que se acercara y se lo pidiera, pero eso nunca ocurrió. Se distanció de ella cuando empezaron los rumores. Ella entendía su postura, pero le dolía esa situación.

¿La estaría echando de menos, aunque para él no fuera más que una amiga? ¿Le habría dolido su separación tanto como a ella?

—Veo que sigue cansada —continuó el médico—. Será mejor que no se mueva mucho.

No tenía el sentido del humor del lugarteniente Lancaster ni le alegraba los días como él, tampoco conseguía que el corazón le diera un vuelco con su mera presencia, pero el doctor era amable, y eso le gustaba.

—¿Ha estado muy ocupado? —preguntó—. Sé que ha habido mucha gente enferma por los alrededores.

—Apenas he dormido en los últimos cinco días. Nadie estaba muy grave, pero la fiebre es persistente. Creo que la única persona con más trabajo que yo ahora mismo es el boticario.

Parecía realmente cansado.

—Espero que no descuide su propia salud —dijo ella.

—Eso es difícil para un hombre solo, pero estoy haciendo todo lo que puedo.

—Le complacerá saber que la viuda está siguiendo su tratamiento.

—¡Fantástico!

—Y aunque *lady* Lampton no ha querido compartir conmigo los detalles de su visita a su casa, parece estar de mejor humor.

Scorseby asintió.

—Espero que se decida a hablar con su marido de las cosas que le preocupan. Seguro que le dará fuerzas. Eso es lo que hacen los matrimonios. —Se volvió hacia ella con una mirada cálida y colmada de intenciones.

Sabía por qué lo decía. Se pasaba las horas junto a ella, así que solo era cuestión de tiempo que los rumores que Linus se había esforzado por acallar se repitieran respecto al doctor. Y él, al contrario que el lugarteniente, no se opondría a ellos.

Una mujer de su estatus y situación tenía pocas opciones. Debería haberse puesto eufórica; debería haberse animado, pero, en el fondo, solo se sentía... decepcionada.

Capítulo 22

Charlie resultó ser una de las personas más trabajadoras que Linus había conocido, lo cual era bastante sorprendente teniendo en cuenta que había pasado más de la mitad de su vida alistado en la Marina. No había tarea que se le resistiera. Ayudó en la limpieza de una zanja, en la reparación de un muro e incluso en la reconstrucción de una casa de campo destruida por un incendio. Era una cualidad que nunca había podido demostrar en la casa de su hermano. Allí nadie lo necesitaba, así que se había acostumbrado a no hacer nada.

Tal vez Lampton tuviera una segunda finca que necesitara cuidados y pudiera encargar al hermano pequeño que la restaurara. Así, con responsabilidades y algo de independencia, seguro que prosperaría, auguró para sí Lancaster.

Al principio Linus pensó que lo mejor sería que ambos se ocuparan de los jardines; un trabajo que disiparía el aburrimiento y la frustración del joven Jonquil. Luego se dio cuenta de que se le daría bien gestionar la finca. Después de todo, él ya estaba acostumbrado al trabajo duro por haber vivido en un barco.

Había pasado una semana desde su llegada a Shropshire, y ambos estaban tan agotados como satisfechos. Se sentaron a cenar después de haber pasado el día revisando el drenaje de uno de los terrenos.

—Si me hubiera dado cuenta de que me traía aquí para servirle como mano de obra gratuita, no había venido —bromeó Charlie mientras engullía el estofado que había preparado la cocinera—. Es un anfitrión bastante exigente, ¿lo sabe?

—Tengo que arreglar esto sea como sea, y no voy a hacerlo yo solo.

—Claro, ya está mayor. —El joven sonrió divertido.

—¿Nadie le ha enseñado a respetar a los mayores?

—Es verdad. Los ancianos y los enfermos exigen cierto grado de respeto, como los árboles centenarios o las pirámides de Guiza.

La ironía era una de las cualidades de su personalidad que había sacado a relucir lejos de la presión de su familia. Charlie Jonquil resultaba divertido.

—Me gustaría seguirle a Cambridge para ver si allí también es así de simpático. —La broma de Linus no fue muy bien recibida.

Al muchacho se le borró la sonrisa del rostro y jugueteó con la comida en lugar de devorarla como siempre. No era la primera vez que ocurría. Cuando el lugarteniente hablaba de la universidad, el joven se apagaba.

—¿Quiere volver a Cambridge? —se atrevió a preguntar.

—Sí —respondió Charlie, para rectificar inmediatamente—: No. —Exhaló un suspiro—. Ni sí ni no.

—¿Le disgusta estar allí?

Sacudió la cabeza.

—La verdad es que no.

—Charlie...

Se encogió de hombros y apartó el plato.

—Pues supongo que sí; un poco sí.

Linus sospechaba que era más que «un poco». Al no obtener más respuesta, continuó.

—Yo no sé nada de universidades. No fui a Harrow ni a Eton. Me subí a ese barco demasiado joven. No puedo saber qué es lo que tanto le disgusta si no me lo cuenta.

—Los profesores conocen a casi todos mis hermanos. Siempre me están repitiendo lo buenos estudiantes que fueron, las buenas notas que obtenían y lo bien que eligieron sus caminos, que ellos sí que entendieron cómo prepararse para el futuro.

—¿Y no dicen lo mismo de usted?

—No, y no es justo. —Se echó hacia atrás cruzando los brazos sobre el pecho, no en un gesto de superioridad, sino más bien como si quisiera protegerse a sí mismo—. Todos mis hermanos sabían cuál era su papel. Es fácil elegir tus estudios cuando sabes dónde quieres llegar.

—¿Y usted no lo sabe?

El joven suspiró una vez más.

—A mí no me han encomendado ningún propósito.

Esa era una de las consecuencias de tener muchos hermanos mayores.

—Me dijo que le gustaban las matemáticas.

—Muchísimo. —Comenzó a nombrar una retahíla de físicos y matemáticos griegos, así como una larga lista de teorías científicas—. Cuanto más profundicemos en las propiedades y relaciones de los números, más podremos aprender del mundo que nos rodea —reflexionó, cada vez más animado—. Gracias a las matemáticas podemos resolver dificultades y ampliar nuestros fundamentos. Es importante y apasionante y...

—Exactamente lo que debería estar estudiando —sentenció Linus—. Está claro que le interesa más que cualquier otra cosa.

Charlie se desanimó de repente.

—¿Y qué iba a ser de mí después al acabar mis estudios? Más allá del ámbito académico... no hay nada.

Lancaster apartó su plato, igual que Jonquil, consciente de que su joven amigo necesitaba toda su atención.

—¿Y por qué descarta una carrera académica?

Charlie negó con la cabeza y bajó la mirada.

—Si me convirtiera en profesor, no podría casarme ni tener una familia propia. No es porque no ganase mucho dinero, que esa es otra cuestión, sino porque no está permitido.

—Lo sé —dijo Linus—. Mi padre era profesor antes de conocer a mi madre. Renunció a todo porque se enamoró de ella.

—¿Y se casó con él aun sabiendo que no tendría ingresos?

—Lo quería mucho. Los dos sabían que no tendrían una vida de lujos, pero encontrarían el camino. Él recibió la herencia de su padre, y su abuelo le legó esta finca sin desamortizar.

Charlie se mostraba reflexivo, pero no parecía tranquilo.

—Tengo algunos ingresos de la finca de Lampton, pero ninguna propiedad en la que pueda vivir, y no parece que eso vaya a cambiar de un día para otro.

No pintaba un panorama muy halagüeño.

—¿Y podría ser feliz en habitaciones alquiladas o en una casita modesta cerca de la universidad? Podría seguir estudiando matemáticas y dedicarse plenamente a las actividades académicas que tanto le gustan. Así tendría más oportunidades de asistir a conferencias o presentar proyectos.

Una leve sonrisa iluminó el rostro del chico.

—Eso estaría bien.

—Puede que luego cambie de idea —advirtió Linus—, pero así tendrá un objetivo, uno que nadie más en su familia ha perseguido.

—Un milagro.

Lancaster sufría por todo lo contrario: se le había impuesto un propósito que nunca había tenido la intención de alcanzar, que estaba intentando apreciar a toda costa.

—Cuando vuelva a Cambridge, márquese ese objetivo. Prepárese para encaminar así su vida. Puede que cambie de opinión, pero creo que se sentirá mejor si tiene una meta.

—Sí, tiene razón.

Linus se estiró los puños de la camisa.

—Como siempre.

Charlie se rio de nuevo. «Qué bien», se felicitó el lugarteniente. Esa casa, incluso en los años más duros de la familia Lancaster, había sido un lugar alegre. Siempre se encontraban motivos para reír, a pesar de las carencias. Cuando se marchó con Evander, él mismo se encargó de que su hermano conservara la alegría, aunque la vida a bordo resultase dura.

—Su padre siguió estudiando incluso después de dejar Cambridge y su puesto de profesor, ¿verdad? —preguntó el pequeño de los Jonquil, que recuperó el interés por el plato de comida.

—Sí. Publicó artículos y volvió un par de veces a la universidad para presentarlos. —Al menos mientras su lucidez se lo permitió, pensó—. Aquí tenía una habitación que dedicaba a los estudios. Imagino que quiso recrear el espacio de trabajo que tuvo que dejar atrás.

—Tenía lo mejor de ambos mundos, entonces. —El muchacho parecía haber recobrado un poco de esperanza.

Linus se levantó. Quería hacer todo lo que estuviera en su mano para que luchara por su sueño.

—Se lo enseñaré —propuso—. Lo mantenemos tal y como estaba.

—¿No le importa? —preguntó Charlie—. Imagino que es algo muy importante para usted... como lo era para su padre.

—Sé que alguien como usted sabrá apreciarlo. Y como lo tengo aquí esclavizado, le permitiré que sea feliz un momento antes de mandarlo a trabajar de nuevo.

Charlie rio y se levantó.

—¡Qué generoso!

—Lo sé.

Subieron las escaleras. El estudio de su padre estaba en la misma planta que los dormitorios de la familia. Perséfone estaba convencida de que había elegido ese lugar para que el trabajo no lo separara de ellos. Ojalá hubiera superado su enfermedad antes de que los años le pasaran factura, pero, a pesar de sus esfuerzos por mantenerse unidos, no hubo vuelta atrás.

Para llegar al estudio había que pasar por el dormitorio que Linus compartía con Evander. Mantuvo la mirada fija al frente, sin mirar siquiera a la puerta. Aunque estaba empezando a encontrarse a gusto llevando la finca, prefería no recordar a su hermano. Al llegar al final del pasillo, agarró el picaporte y miró a Charlie.

—Prepárese. Impresiona. —Puso los ojos en blanco. Sabía que para alguien que no lo mirara con sus ojos, ese despacho no sería más que un batiburrillo de libros y papeles.

—Haré lo que pueda.

Linus empujó la puerta. No se había preparado para el torrente de emociones que lo invadió. Su padre los había dejado hacía dos años, algo más si contaba el tiempo en que su mente enajenada los había convertido en extraños. Sin embargo, sintió el mismo dolor del primer día.

Se quedó en el umbral de la puerta cuando Charlie entró, aparentemente hipnotizado.

—¡Cuántos libros!

—Leía todos los días. Estudiaba esos libros una y otra vez. —Su padre siempre estaba leyendo, ansiaba aprender cosas nuevas—. Se especializó en latín y griego.

—Veo que era un enamorado de la mitología. —El joven echó un vistazo a las estanterías y leyó los títulos en lomos de los libros, recorriéndolos con los dedos—. ¿Qué es lo que más le gustaba?

—Intentó reunir versiones diferentes de cada mito. Aún recuerdo cómo se entusiasmaba cuando descubría algo nuevo, una forma de verlos o interpretarlos que nunca nadie había plasmado. —Siempre había encontrado fascinantes las interpretaciones de su padre, aunque no estuviera de acuerdo con ellas—. Eso era lo que más le gustaba: encontrar nuevos puntos de vista.

Charlie asintió con énfasis.

—Las matemáticas también son así. Hay miles de combinaciones posibles. ¡Cuántas cosas se descubrirían cada día si la gente trabajara con pasión!

Pasión. Esa era la mejor palabra para describir la forma en que su padre enfocaba sus estudios, pensó Linus. Le daba fuerzas, pero también acabó por consumirlo.

—Hay que saber encontrar un equilibrio —advirtió—. Es tan malo obsesionarse con el trabajo como con la vida personal.

El joven Jonquil no dijo nada. Linus ni siquiera estaba seguro de que lo hubiera escuchado. Estaba completamente absorto, imaginando, tal vez, un lugar similar pero lleno de números en lugar de nombres griegos y libros de matemáticas en lugar de mitología.

A su padre le habría gustado conocer a otra persona tan entusiasta como él. Cuando Evander le dijo que los dos iban a alistarse en la Marina, fue el mayor de sus pesares: se les negaría la oportunidad de dedicarse a los estudios. Estaba seguro de que su padre también lo echó de menos y se preocupó por él, aunque nunca se lo dijera.

A Evander no le importaba no poder estudiar, pero él lamentaba tener que renunciar a ello. Compartía el amor de su padre por la mitología y sus enseñanzas sobre la naturaleza y las experiencias humanas. Le habría gustado estudiarlos más a fondo y buscar sus propias interpretaciones.

Dio unos pasos más para entrar en la habitación y pasó una mano por encima de la silla del escritorio. Ya nadie iba allí. Quizá cuando Charlie se marchara para continuar su educación, él podría retomar la suya.

Capítulo 23

Arabella salía a caminar dos veces al día: por la mañana recorría los alrededores para aclarar sus pensamientos, y, por la tarde, paseaba con la viuda por los jardines de la casa. No estaba muy familiarizada con esa parte de la finca, porque no era allí donde solía ir a jugar con los hermanos Jonquil cuando era niña.

—Qué tranquilo está todo esto —comentó.

—Es horrible —dijo la señora Lampton. Su joven acompañante volvió la cabeza hacia ella con los ojos abiertos de par en par, y ella le respondió con una sonrisa—. Bueno, a lo mejor he exagerado un poco, pero es que me siento como un viejo caballo de batalla al que han olvidado en el establo porque ya no sirve para nada.

La señorita Hampton asintió.

—Eso explicaría que nos hayan dado avena para desayunar esta mañana.

La viuda se rio.

—Mi marido solía decir que te vendría bien salir de la casa de tus tíos. Tenía más razón que un santo.

Arabella había pasado horas y horas pensando en el conde, pero nunca supo si él también pensaba en ella o hablaba de ella cuando no estaba cerca. Ahora sabía que sí, al menos de vez en cuando, y eso la reconfortaba enormemente.

—Al señor Lancaster le sorprendió que yo pensara que eras tímida —dijo la mujer al doblar la primera esquina.

—A mí me dijo que le sorprendía que la gente no pensara que era divertida.

La viuda la miró.

—Con él eras diferente. No sé si te diste cuenta, pero estabas segura de ti misma en su compañía; estabas más a gusto. Parecías más feliz.

—Lo era. —Arrancó una hoja de un arbusto—. Pero al final quedó en nada.

La señora Lampton esbozó un gesto de fastidio. La entendía perfectamente.

—Las cosas no siempre salen como queremos.

—Dijo el viejo caballo de batalla abandonado.

La viuda tomó del brazo a Arabella.

—No te preocupes por mí. Tengo un plan.

—Ah, ¿sí?

Ella asintió con entusiasmo.

—Me voy a ir de viaje. Aún no sé adónde, pero será algún lugar nuevo e interesante. Por supuesto, tendría que convencer a mi dama de compañía para que viniera conmigo, y tendríamos que mantenerlo en secreto, mis hijos no podrían enterarse bajo ningún concepto; de lo contrario se preocuparían y... ¿qué íbamos a hacer entonces?

La joven disimuló su sorpresa.

—Para entonces ya estaríamos en un lugar nuevo e interesante.

La viuda le apretó el brazo.

—Ay, Arabella, cómo me gustas.

Justo cuando empezaba a pensar que nada podía salir mal, su tía apareció a lo lejos, por el mismo camino por el que paseaban.

—Parece que tenemos visita —suspiró.

—Seamos amables —dijo la señora Lampton—. Al menos un ratito.

Esa era una de las ventajas de ser la dama de compañía de la viuda: no le costaba deshacerse de las visitas irrespetuosas que se quedaban en casa más de la cuenta.

Intercambiaron reverencias para saludarse y siguieron juntas su paseo matutino.

—¿Le ha contagiado Arabella su manía de caminar? —preguntó la tía Hampton—. ¡Qué costumbre más extraña!

—¿Usted cree? —La viuda formuló la pregunta con fingida inocencia—. Informaré a las patronas del Almack's, quizá quieran dejar de caminar. Ya sabe, como son ellas quienes deciden lo que es o no es extraño en sociedad y quienes pueden o no ingresar en su club...

Aunque Arabella entendió a qué se refería, su tía pareció no comprenderlo.

—¿Las patronas del Almack's? ¿Habla mucho con ellas? —preguntó.

—Bastante —confirmó la señora Lampton.

—Quizá pueda presentármelas cuando vayamos a la ciudad durante la temporada. —Miró esperanzada a la antigua condesa—. Somos vecinas... y mi sobrina es su dama de compañía. Hicimos un trato.

—Me han dicho que tuvo que irse muy pronto la noche que vino a la fiesta. —El tono de voz de la viuda no cambió, pero adoptó una postura más rígida—. Es más, mi hijo y yo hablamos largo y tendido sobre lo que sucedió.

Arabella no sabía que habían hablado de sus miserias. Tampoco debería sorprenderle; no serían los primeros ni los últimos en hacerlo. Esas «conversaciones» eran las que habían ahuyentado a Linus. Ojalá hubieran tenido el mismo efecto en su tía.

—Fue un simple malentendido, se lo aseguro —respondió la señora Hampton de una forma casi desesperada.

La viuda no se relajó.

—No estoy segura de poder presentarle a las patronas a alguien con quien tengo ese tipo de «malentendidos».

La mujer trató de justificarse:

—Solo estábamos preocupados. Arabella estuvo enferma; y oímos rumores de que el hermano de una duquesa se estaba interesando por ella... Solo queríamos saber que estaba bien y que no se estaban aprovechando de ella. Resulta raro que un caballero de la posición del señor Lancaster se interese más por una simple dama de compañía que por una de sus invitadas de buena familia.

—Esa «simple dama de compañía» tendrá vales para la próxima temporada en el Almack's. —La forma en la que la señora Hampton se había referido a Arabella ofendió a la viuda. No era de extrañar que la joven se sintiera tan a gusto entre los Jonquil—. Además, espero no ser yo quien invite a un caballero con unos modales tan indecorosos como los que usted está insinuando.

—Perdóneme. Estábamos tan preocupados... No sé en qué estábamos pensando.

Sus tíos dependían de la posición de Arabella en Lampton Park para mejorar su estatus social. Cualquier traba para conseguirlo era para ellos un motivo de preocupación.

—Al final el tiempo nos dio la razón —prosiguió su tía, que no se acobardaba por mucho tiempo—. El joven lugarteniente se marchó sin mirar atrás.

Eso era cierto. Así fue.

Sin embargo, la viuda quiso defenderlo:

—Al contrario. La marcha sin incidentes del señor Lancaster es una prueba de que ustedes dieron un espectáculo sin motivo alguno. —Miró a Arabella y, con un gesto, le insinuó que era hora de volver a casa—. Nos vamos, señora Hampton, estoy cansada y me gustaría acostarme.

Avanzaron con paso decidido, dejando a la recién llegada sin otra alternativa que aceptar la despedida.

—Puede que tenga que decirle al ama de llaves que le diga a tu tía que no estamos en casa o, si no, caeré enferma de por vida por muchos tratamientos que me ponga el doctor Scorseby.

—No sé si eso es lo mejor... —respondió Arabella—. Si no viene, ¿cómo sabré yo si estoy depositando mis esperanzas en un caballero que probablemente no esté a la altura?

Aquello era más de lo que Arabella tenía intención de confesar. Hasta ese momento nunca había admitido sus esperanzas de que el futuro de Linus Lancaster y el suyo fuesen de la mano. La viuda no ahondó en el asunto.

—Entonces nos iremos de viaje a un lugar donde tu tía no pueda encontrarnos —respondió con tono risueño.

La joven sonrió.

—A un lugar donde no haya ni un solo caballero —añadió.

La señora Lampton la miró con picardía.

—¿Y qué gracia tendría eso?

Arabella no tenía ninguna duda: la vida junto a esa mujer, aunque no fuera como siempre había soñado, iba a estar llena de alegría.

Capítulo 24

—¿ero las Napper saben que solo tengo diecinueve años? —Aunque Charlie había ganado confianza en los últimos quince días, seguía teniendo muchas inseguridades.

¿Era algo normal en los hermanos pequeños? No creía que Artemisa fuera así.

—Pues claro —repuso Linus—. Su familia es muy conocida. Saben su nombre, su edad... y puede que incluso su color favorito.

—¿Mi color favorito? —Se rio—. ¿Cómo lo van a saber si no lo sé ni yo?

—Le voy a contar un secreto. —Linus se inclinó hacia delante en el carruaje—. No se imagina lo chismosas que pueden llegar a ser algunas damas.

—Ah, ¿sí?

—Pueden ver nuestro futuro. Bueno, siempre que nuestro futuro implique a alguna de sus hijas.

—O sobrinas, ¿no? —preguntó Charlie con fingida inocencia.

El muchacho no había presenciado cuando los Hampton habían insinuado las intenciones del antiguo lugarteniente respecto a Arabella, pero parecía haberse enterado por otros cauces.

—Así que los rumores no eran cosa mía.

—A no ser que también fueran cosa mía... —repuso el joven—. Y de Arabella.

—Empezó a salir a caminar mucho más a menudo. —Eso lo decía todo.

—Quería quitarse de en medio.

—Eso o encontró un mapa del tesoro y estaba buscando el cofre.

Charlie le lanzó una mirada de compasión.

—Y ni una de esas monedas será para usted. ¡Qué lástima!

—Ah, ¿no? Tenía que haber alentado esos rumores...

—Tenía que haberlos empezado.

Linus no pudo evitar reírse, algo que hacía muy a menudo en compañía del pequeño de los Jonquil. Durante aquellas dos semanas, el joven caballero se había sentido cada vez más a gusto y había dejado aflorar su verdadera personalidad. Aunque Linus no quería decirlo en voz alta, el muchacho le recordaba a lord Lampton: siempre sonriente, dispuesto a bromear y a entretener a sus acompañantes.

El carruaje aminoró el ritmo de la marcha. Un momento después, ambos se bajaron de buen humor.

Sus anfitriones les dieron una calurosa bienvenida. Las señoritas Napper, que eran tres, parecían ser aún más encantadoras que sus padres. El párroco, aunque era un hombre de cierta edad y ninguna de ellas estuviera realmente interesada en él, también había sido invitado, para que todas estuvieran acompañadas. En ese momento Charlie entendió que, en ciertas situaciones, ser joven era una ventaja.

Poco después fueron al comedor y se sentaron a la mesa; el pequeño de los Jonquil a un lado, entre la mediana y la menor de las hijas de la familia. Aunque al principio parecía no saber cómo actuar, acabó sintiéndose cómodo. No le costaba entablar conversación y, de hecho, llegó a coquetear con ellas con toda naturalidad. En unos años sería uno de los caballeros más cotizados en sociedad.

A Arabella le habría encantado ver a Charlie en aquella situación; ella solo tenía buenas palabras para los hermanos Jonquil. Quería que todos ellos fueran felices; al fin y al cabo, el padre de la familia siempre se mostró bondadoso con ella.

Arabella. Siempre se colaba en sus pensamientos. ¿La habría sabido proteger Lampton de sus tíos? ¿Habría encontrado ya su lugar en la casa de la viuda? ¿Sería feliz? ¿Lo echaría de menos? Si el doctor Scorseby había seguido tan persistente como en la fiesta, probablemente ni habría notado su ausencia.

Intentó volver al presente y disfrutar de la velada. Su acompañante era la mayor de las hermanas Napper. Hablaba muy poco, no sabía bien por qué. No parecía demasiado tímida ni daba la impresión de estar incómoda con él.

—Su familia ha sido muy amable invitándonos a venir esta noche —agradeció él.

—Teníamos muchas ganas de conocerles a usted y al señor Jonquil. —La señorita Napper volvió a concentrarse en el plato.

Su actitud no tenía nada que ver con la timidez, como en el caso de Dafne. Su hermana intentaba conversar, aunque la vergüenza la carcomiera por dentro. ¿Cómo debía actuar? No quería incomodarla, pero tampoco que se sintiera desatendida. Los demás hablaban sin parar.

El señor Napper se dirigió a Linus, atrayendo su atención.

—Tengo entendido que usted y el señor Jonquil han estado muy ocupados arreglando su finca. —Por su tono de voz, Linus no supo deducir si le parecía bien o mal.

No se avergonzaba del trabajo que tenían entre manos. De hecho, era lo primero que le entusiasmaba desde su regreso a Inglaterra.

—Fui miembro de la Marina, estoy acostumbrado a trabajar duro para sobrevivir en alta mar. Si tuviera que dedicar mis días al ocio... me volvería loco de atar.

Aunque el señor Napper no parecía muy de acuerdo, su gesto de asentimiento indicaba que, al menos, lo entendía.

No quería que le preguntara a Charlie por lo mismo, así que continuó hablando:

—El señor Jonquil me ha ayudado mucho. No se ha opuesto a trabajar conmigo en tareas que la mayoría de los caballeros considerarían indignas. Quizá le convenza para que haga carrera en la Marina.

La sugerencia provocó el delirio de las jóvenes señoritas Napper. Insistieron en que sería el mejor de los marineros y en lo bien que luciría el uniforme, aunque no ocultaron su temor a que corriera peligro en alta mar. La velada no podría haber ido mejor.

El trabajo de las últimas semanas había ayudado a Charlie a sentirse útil. Su amistad se había fortalecido, pero pocas cosas le harían tanto bien como los halagos de una joven. Ser el pequeño de una gran familia de hermanos, bastante atractivos además, no debía de ser nada fácil.

—Si ustedes dos disfrutan con ese tipo de trabajos... —intervino el párroco— hay unas cuantas tejas sueltas en mi tejado. Me harían un gran favor si subieran por mí.

Aunque bromeaba, Charlie aceptó sin dudarlo:

—Estaré allí mañana por la mañana.

Miró a Linus a los ojos, con confianza, y el lugarteniente sintió un gran orgullo. Esa era la persona que el joven Jonquil debería haber sido siempre: seguro de sí mismo y dispuesto a ayudar. Ojala él consiguiera lo mismo algún día, pensó.

Capítulo 25

Arabella y la viuda se empeñaron en mejorar el jardín trasero de la casa. Salían a pasear a diario y echaban en falta más flores y árboles. Como Philip concedió a su madre la plena potestad sobre su nuevo hogar, no tardaron en ponerse manos a la obra.

La señora Hill, el ama de llaves y doncella de la residencia privada de la viuda, se apresuró a entrar en el salón con una noticia.

—El doctor Scorseby viene a visitarlas a las dos.

—¿A las dos? —preguntó la señora entre risas.

Arabella se ruborizó. Sabía perfectamente que venía a verla a ella. Desde que la antigua *lady* Lampton se decidió a seguir sus consejos unas semanas antes, no había vuelto a necesitar ninguna otra consulta.

La joven no había tenido ningún pretendiente y no sabía decir con certeza qué sentía por Scorseby. Disfrutaba de su compañía y, en general, también de sus conversaciones, pero nada de eso podía compararse con lo que Linus consiguió hacerle sentir durante aquellas semanas. Tampoco notó con el doctor el aleteo de mariposas en el estómago ni se moría de ganas de volver a verlo.

No echaba de menos al doctor entre visita y visita, pero al lugarteniente lo extrañaba cada día desde que se había marchado a Shropshire. Sabía que era un amor no correspondido, pero no podía evitar sentirlo en lo más profundo de su corazón.

Se convenció de que tenía que vivir el presente y olvidar el pasado.

El médico hizo una educada reverencia al llegar, y la viuda lo invitó a sentarse.

—¡Qué visita tan agradable! ¿Qué le trae por aquí? —preguntó con picardía la señora.

El hombre respondió muy serio:

—He venido a ver a *lady* Lampton.

—¿Cómo está? —La expresión de la viuda denotaba preocupación.

—Parece que bien —aclaró él—. Está de buen humor, y eso siempre es buena señal. —Se volvió hacia Arabella—. Ayer recibí la visita de sus tíos. Fueron muy agradables. Están muy contentos por usted.

Tenía que responder algo. Le gustara o no, eran su familia, aunque supiera que no era su bienestar lo que les alegraba, ni tampoco que se hubiera recuperado del todo.

—Gozan de muy buena salud —agregó el doctor.

—Yo también me encuentro bien —respondió ella secamente.

Arabella no se dio cuenta de lo descortés de su comentario hasta que vio a la viuda intentando contener una carcajada. El egoísmo de sus tíos le dolía y acababa diciendo cosas inapropiadas.

—Perdóneme —se disculpó—. No sé qué me ha pasado.

El hombre adoptó lo que ella interpretaba como su pose «de médico».

—¿Tiene fiebre o se ha desmayado? ¿Ha dormido bien?

Efectivamente: médico. Sin embargo, sus preguntas le ofrecían una salida a una situación cada vez más embarazosa.

—Esta última semana no he dormido tan bien como me hubiera gustado. Tengo una tos muy persistente. —Era cierto, aunque no creyera que el agotamiento fuera la razón de su momentánea falta de modales.

—La tos puede llegar a ser muy molesta —admitió Scorseby.

Un fuerte golpe en la puerta principal resonó en toda la casa.

—¡Por el amor de Dios! —exclamó la viuda—. Quienquiera que esté llamando parece que quiera tirar la puerta abajo. —Se levantó y se acercó a la ventana para ver de quién se trataba—. Es Bill, el encargado de los establos.

Todos se volvieron para mirar la puerta del salón. Un momento después, se abrió y la señora Hill dejó entrar a Bill sin titubeos. De su gesto, mientras buscaba a la viuda con la mirada, se deducía que algo grave había ocurrido. Todos los allí presentes contuvieron la respiración.

—Señora —dijo sin apenas aliento—, han llegado noticias de Shropshire. Charlie ha tenido un accidente.

Capítulo 26

No conseguirá dormir con tanto dolor. —El pronóstico del cirujano al que Linus llamó para evaluar el estado de Charlie no parecía muy alentador. Tenía más experiencia que el médico local y era muy respetado.

—¿Qué podemos hacer para aliviarlo?

Aún no tenía noticias de Dafne. Le había enviado una carta, pero los mensajeros tardaban en ir de un condado a otro. Ella sabría qué tisana le vendría bien, pero su respuesta tardaría días en llegar.

—Escribiré las recetas para el boticario. Existen remedios que podrían ayudar.

Qué alivio. Charlie se había convertido en un hermano para él; no soportaba verlo sufrir tanto.

Antes de que pudiera pedirle más detalles al doctor, oyó un sonido que parecía producido por las ruedas de un carruaje. No podía ser la viuda. No le había dado tiempo a hacer el viaje. De hecho, probablemente su carta acabara de llegar a Lampton Park.

Se asomó a la ventana. Desde el dormitorio principal, donde ahora descansaba el joven Jonquil, se podía ver el camino. Reconoció al instante el elegante carruaje y la heráldica de Kielder. Al parecer, su familia había decidido pasar por Shropshire antes de regresar al castillo de Falstone.

Sintió un gran alivio. Perséfone sabría qué hacer.

Se excusó ante el cirujano, miró a Charlie, sumido en un estado de duermevela, y salió corriendo del cuarto hasta llegar a la escalera principal. Las voces de su familia inundaron el espacio y lo reconfortaron.

Cuando entraron, los criados se apresuraron a recoger los baúles y a despojar a los viajeros de abrigos y sombreros. Oliver estaba en brazos de su madre. No se le veía tan a gusto como en su última excursión.

Linus miró a su hermana mayor a los ojos. La sonrisa de emoción que iluminaba su rostro se transformó en un gesto de preocupación.

—¿Qué ha pasado? Ni que hubieras visto un fantasma.

Adam y Artemisa se quedaron mirándolo.

—Ha habido un accidente. Charlie está herido.

—¿Es grave? —preguntó Perséfone.

Linus asintió.

—Se ha roto las dos piernas y un brazo... y también varias costillas.

—Por el amor de Dios.

—Ya he avisado a su madre, el médico ha estado aquí y ahora lo está viendo el cirujano.

Perséfone asintió con la cabeza.

—¿Se lo has dicho a Dafne?

—Por supuesto.

La tensión vivida desde el accidente se desataba al contárselo a los recién llegados.

Perséfone estiró los brazos para que Adam se ocupara del niño y caminó con determinación hacia Linus. Tomó la mano de su hermano y tiró de él hacia un rincón de la estancia.

—¿Cómo de mal está?

—Tanto el médico como el cirujano creen que es cuestión de tiempo que sus heridas cicatricen. —El diagnóstico suponía un alivio, pero no un consuelo. El pánico que sintió al ver a Charlie inconsciente en el suelo no había desaparecido con el paso de las horas.

—Has dicho que se ha roto las piernas, un brazo y algunas costillas, pero ¿se ha hecho algo en la cabeza? —Su hermana siempre sabía mantener la calma en momentos como aquel. Él también solía hacerlo, pero la gravedad de la situación lo había desbordado.

—Está muy dolorido y habla menos de lo habitual; pero ha hablado, aunque haya sido poco, y lo que decía tenía sentido.

Llegaron al final de la escalera.

—¿Dónde está?

—En la habitación de papá.

Ella le soltó el brazo y lo miró a los ojos.

—Yo me ocuparé de todo mientras esté aquí. Tú necesitas descansar.

Linus negó con la cabeza.

—Es mi responsabilidad.

—Sí. Tu responsabilidad es dirigir esta finca y atender a tus invitados, incluidos los que acaban de llegar, y también asegurarte de no cansarte tanto que no puedas ocuparte de ninguna de esas tareas. —Le dio unas palmaditas en la mejilla, como hacía cuando era pequeño—. Déjame volver a ser tu hermana mayor, Linus, y que cuide de ti por una vez.

Sintió una mezcla de culpa y alivio.

—Ya estuviste demasiado tiempo haciéndote cargo de todo cuando éramos jóvenes. Ahora soy un hombre, no puedo dejarte sola.

Perséfone arqueó una ceja.

—Ahora soy duquesa, puedo hacer lo que quiera.

Él sonrió por primera vez en día y medio.

—Hablas como Adam.

—Perfecto. Ve a ver si los demás se han instalado ya. Yo cuidaré de él.

Permaneció en el pasillo un buen rato después de que su hermana entrara en el cuarto. Ver a Charlie tan malherido le había afectado profundamente.

Se frotó el rostro, cansado, intentando recuperar la compostura digna de un lugarteniente. Había mucho que hacer: ayudar al resto de la familia a instalarse, enviar las recetas del cirujano al boticario y prepararse para atender a la viuda cuando llegara.

Adam apareció en el pasillo con Oliver en brazos y Artemisa a su lado. Linus adoptó una expresión neutra, una que había ensayado mientras navegaba hacia la siguiente batalla.

Su cuñado apretó los labios y luego pronunció una de sus preguntas siempre directas:

—¿Qué le ha pasado al señor Jonquil?

—Se cayó de un tejado.

—¿Que se cayó de un tejado? —Artemisa respondió antes de que lo hiciera Adam. Para sorpresa de todos, a pesar de sus rencillas con el herido, parecía sinceramente preocupada—. ¿Se va a recuperar?

—Los médicos que le han atendido dicen que sí.

—Gracias a Dios.

Le resultó imposible dejar pasar la oportunidad de burlarse de su hermana. Necesitaba reírse.

—¿«Gracias a Dios»? Yo pensaba que rezabas cada noche para que le pasara algo así.

Su hermana elevó la barbilla ante él.

—Nunca le desearía el mal a nadie, por muy insoportable que sea.

Linus miró a Adam.

—Eso debe de aliviarte bastante.

—No me da miedo.

La joven sacudió la cabeza con evidente fastidio.

—Los hombres de esta familia sois insufribles.

El duque dejó a Oliver en el suelo.

—Ve con tu tía, te llevará a la guardería.

—A mí tampoco me da miedo, papá —dijo el pequeño.

—Muchas gracias, Adam. —Artemisa le tendió la mano al niño y les dio la espalda a su hermano y su cuñado.

—Hala, ya estás en su lista negra —sentenció Linus.

—Y tú.

—Y Charlie —añadió el lugarteniente.

—Y la mitad de la población mundial. —El duque exhaló un suspiro que sonó como un gruñido—. Va a acabar conmigo, lo sé.

—Mejor que acabe contigo a que acabe conmigo.

—Tú ocúpate del que se ha caído del tejado —replicó Adam—. Yo me ocuparé de la que probablemente lo hubiera empujado si hubiera estado aquí.

Linus cambió la expresión de alegría que por un momento le había asomado en el rostro.

—No sé si te he dicho alguna vez lo agradecido que estoy por todo lo que has hecho por mi familia. Has aceptado responsabilidades que no tenías por qué asumir. Soy su hermano. Debería haber hecho más por ella.

—Por un lado, tú no eras más que un niño. Y por otro, no hice nada de eso por ti.

El joven Lancaster conocía demasiado bien a su cuñado como para sentirse ofendido por su respuesta, tan franca como brusca.

—Sí que quieres a Perséfone.

—Haría lo que fuera por ella. Soporté la insufrible temporada de Atenea, la partida de Dafne y el continuo drama de Artemisa porque son su familia y su felicidad es la de ella.

—¿La mía también? —Bromeaba, pero, de algún modo, pareció una súplica.

—¿Por qué te crees que te obligué a venir a esa fiesta? —El duque mantuvo el tono severo—. Soy capaz de aguantar a Lampton yo solo, y Harry me ayudaría en lo que necesitara, pero a Perséfone le preocupaba que estuvieras solo y triste. —Se encogió de hombros—. Te hice venir para que ella viera por sí misma que estabas bien.

—Y antes de llegar al castillo pasasteis por aquí para que pudiera ver a la familia de nuevo en casa.

Adam no sonreía muy a menudo, pero lo hizo con una mueca incluso tierna, que dulcificó su semblante marcado por cicatrices.

—Desde que está conmigo nada me parece tan insoportable. Ella hace que mi vida merezca la pena.

«Nada me parece tan insoportable». Linus sí que hacía algunas cosas que podían parecerle insoportables.

—Creo que debería encontrar una Perséfone para mí; una que no sea de mi familia, claro.

El duque recorrió el pasillo con la mirada.

—No tengo intención de quedarme aquí parado mientras la buscas. ¿Dónde está mi esposa?

Señaló el dormitorio más cercano. Adam le dedicó una rápida inclinación de cabeza antes de entrar.

Perséfone aplacaba las tormentas de su marido. Y él haría lo que fuera por ella. Linus no se imaginaba a la señora Blackbourne ni a *lady* Belinda cruzando el reino por él ni soportando a alguien que no les gustase solo por su bien. La señorita Napper no parecía siquiera interesada en entablar conversación con él... y, a decir verdad, él tampoco cambiaría su vida por ninguna de ellas.

Arabella volvió a irrumpir en sus pensamientos, como sucedía tan a menudo. Había rescatado a Oliver, visitaba a los niños cuando estaban enfermos, hablaba largo y tendido con él sobre sus problemas y preocupaciones. Disfrutó visitándola durante horas cuando cayó enferma, la escuchó y deseó poder hacer algo más por ayudarla. Y se habían reído sin parar. Juntos desprendían alegría.

Aunque vivieran separados en condados diferentes, pensaba en ella, se preguntaba cómo estaría y deseaba poder tenerla más cerca. Sentía por ella lo que nunca antes había sentido por nadie.

En ese momento ya sabría que Charlie, a quien tanto apreciaba, que pertenecía a una familia que la consideraba una más de ellos, había estado a punto de morir mientras estaba a su cuidado. ¿Se lo echaría en cara? ¿Lo culparía de aquella terrible desgracia?

¿Lograría perdonarlo, aunque ni él estuviera seguro de poder perdonarse a sí mismo?

Capítulo 27

Los Lampton llegaron día y medio después que los duques de Kielder. Linus no se apartaba de Charlie ni un instante. Adam se asomó al dormitorio.

—Yo me quedaré con él. Será mejor que vayas a recibir a su madre y le cuentes lo que pasó. Deberías decírselo tú.

Tenía razón. Nunca huía de sus responsabilidades, por muy duras que fueran y, desde luego, no iba a empezar a hacerlo en ese momento. Se levantó, hizo un gesto de agradecimiento y bajó las escaleras.

La viuda entró a la casa justo cuando él bajaba el último escalón. Lo interrogó con la mirada.

—¿Cómo está Charlie? Dígame la verdad, no lo suavice.

Linus tomó las manos de la mujer entre las suyas.

—Está sufriendo mucho. Su cabeza funciona perfectamente, pero no puedo decir lo mismo de otras partes de su cuerpo.

La viuda, aunque mostraba preocupación, mantuvo la calma en todo momento.

—En su carta hizo hincapié en las heridas de las piernas.

Él asintió.

—Se ha roto las dos, y el brazo izquierdo también.

—Oh... Mi pobre muchacho.

—La cabeza, el cuello y la espalda están intactos —añadió Linus rápidamente—. Teniendo en cuenta a la altura desde la que cayó... eso es casi un milagro.

—¿Se recuperará?

—Sí. A mi hermana le ha impresionado mucho su mejoría.

—¿Su hermana?

—La duquesa —aclaró—. Pasaron por aquí de vuelta a casa al terminar la fiesta.

La mujer suspiró aliviada.

—Entonces, al menos ha tenido ayuda para cuidarlo.

—Otro milagro.

—Bueno, vamos a ver a mi hijo.

Linus le ofreció el brazo y caminaron juntos hacia las escaleras.

No tenía muchos recuerdos de su madre, pero en ese momento la vio nítidamente reflejada en la viuda. Podía imaginar con nitidez a sus padres subiendo aquellos mismos escalones, con Perséfone y Atenea a los lados, y Evander unos pasos más atrás.

Echaba de menos a su hermano.

Perséfone apareció en el rellano de arriba.

—*Lady* Lampton —saludó amablemente—, su hijo se alegrará mucho de verla.

—¿Está consciente como para reconocernos? —preguntó preocupada.

—¡Claro! —Le tendió la mano—. La acompaño. Linus se encargará de su equipaje.

La viuda aceptó el cambio de acompañante. Le reconfortaba que Perséfone estuviera ahí. Ella tenía el don de imponer calma, que Linus apreciaba cada vez más.

Volvió al vestíbulo. El mayordomo dirigía a un lacayo que llevaba un pequeño baúl de viaje, mientras el ama de llaves, siempre tan gentil, pensaba dónde podría instalarla.

Vio a Linus y se dirigió a él.

—¿Dónde ponemos el equipaje? Todas las habitaciones decentes están ocupadas.

—En mi nuevo cuarto. —No estaba del todo seguro. Con Charlie en el dormitorio principal, Linus había tenido que mudarse al dormitorio que un día compartió con Evander. Pero no era capaz de ocuparlo. No podía soportarlo. En realidad, sin decirle nada a nadie, se iba cada noche a dormir al sillón del estudio.

—Siguen faltando camas —dijo la señora Tuttle.

—Me las arreglaré —la tranquilizó—, como hice todos esos años en el mar.

—Le ruego que me disculpe, señor. No era su alojamiento lo que me preocupaba.

Linus contó rápidamente. Aunque hubiera llegado la viuda y no hubiera camas suficientes, si él se iba al estudio tendrían espacio de sobra.

—Creo que tenemos...

Alguien entró; alguien que detuvo su respuesta, sus pensamientos y casi su corazón.

Arabella.

Bajo el rayo de sol que se colaba por la puerta entreabierta, las motas de polvo doradas por la luz bailaban a su alrededor. Antes de mirarlo, se quitó la cofia de la cabeza.

Al encontrarse con su mirada, sonrió, pero no con la osadía de la señora Blackbourne, ni con la indulgencia con la que sonreían sus hermanas, ni con el gesto forzado de las señoritas Napper. La suya era una sonrisa genuina, alegre y, al menos para él, sincera. Se había alegrado de verlo. Ojalá fuera así. Él había sentido un batiburrillo de emociones al verla: alivio, ilusión, esperanza...

—Bienvenida. —Al oír su propia voz, se dio cuenta de lo ridículo que había resultado. No había venido de visita. Era un momento de preocupación y merecía otra actitud—. Puedo llevarla con Charlie. La viuda ya está allí.

Se detuvo un momento a pensar. Su pelo dorado brillaba como acariciado por el sol. Estaba sola, sin apoyo ni atención, pero no tenía mal aspecto. ¿Ella también estaría empezando a encontrar su lugar? ¿Había conseguido ser feliz?

La señora Tuttle se disculpó.

—¿Dónde llevo a la acompañante de la viuda? Para ella no he encontrado ningún sitio.

Arabella se sonrojó y bajó la mirada.

—Pregúntele a su alteza —le dijo Linus a la señora Tuttle—. Asegúrese de que sepa que el alojamiento de la señorita Hampton es una prioridad.

El ama de llaves hizo una reverencia.

—Por supuesto, señor Lancaster —contestó mientras se marchaba.

—¿Le gustaría ir a ver a Charlie? —preguntó de nuevo—. ¿O prefiere descansar de su viaje?

Arabella no contestó, pero volvió a mirarlo. Sintió que aquellos ojos azules le arañaban el corazón.

—¿Cómo está Charlie? —preguntó—. Responda sin miedo, yo soy fuerte.

—La viuda me ha dicho lo mismo.

—Puede que cada vez me parezca más a ella. Dentro de poco, me vestiré de negro y le prohibiré expresamente a las visitas indeseadas que entren en mi casa.

El comentario le intrigó.

—¿A quién se lo ha prohibido?

—A mi tía. Es un gran alivio, la verdad. Me estaba haciendo la vida imposible.

Él se acercó, luchando contra el impulso de tomarle la mano. Ella, en cambio, se apartó un poco para mantener las distancias.

—En su carta solo mencionó la caída y unas piernas rotas, nada más. —Nada en su voz indicaba que su reencuentro le hubiera conmocionado tanto como a él.

El lugarteniente intentó que no le temblara la voz, ocultar el efecto que la joven tenía en él.

—Escribí esa nota a toda prisa. El tiempo apremiaba y pensé que los detalles no eran tan importantes.

Ella asintió.

—Habla como todo un marino —dijo en tono cordial.

—No sé por qué será.

Le hizo un gesto para que subiera las escaleras. Aunque no le hubiera respondido, sabía que quería ver a Charlie.

—¿Cómo fue? —preguntó.

—Estábamos ayudando a reparar el tejado de la parroquia y resbaló.

Tenía grabado ese instante en la mente. Charlie al otro lado del tejado. Se volvió. La cara de pánico. La caída mientras lo perdía de vista.

Ella lo miró al subir las escaleras.

—¿Estaban juntos?

Linus elevó los hombros para aliviar la tensión.

—Hemos trabajado mucho estas últimas semanas. Viene bien para el cuerpo y para la mente, ya sabe, *mens sana in corpore sano*. Charlie estaba perdido y necesitaba encontrar su propósito en la vida... y volcarse en ese tipo de ocupaciones le ha ayudado mucho. Muchísimo, de hecho.

«Ayudado». Ahora estaba tumbado en una cama, dolorido y triste. ¿Cómo podía decir que le había «ayudado»?

—¿Se recuperará pronto?

Él asintió.

—He consultado con un médico y un cirujano, y ambos opinan que es cuestión de tiempo. Y esta mañana Dafne me envió instrucciones muy detalladas sobre tónicos y tisanas que le ayudarán, estoy segundo.

—También ha llamado a su madre. Creo que ha hecho por él todo lo que podía.

—Eso me reconfortaría si no fuera responsable de su situación.

—El sentimiento de culpa lo había invadido los dos últimos días. No se sentía capaz de hablar de aquello con nadie más.

—Le empujó para que se cayera, ¿verdad?

El comentario le sorprendió. Se detuvo con un pie en el rellano y otro todavía en el último escalón y, al mirarla, distinguió el gesto de ironía en su semblante. Le ofrecía una forma de aliviar su dolor, y él no se negaba a aceptarla.

—Soy pariente del duque de Kielder —dijo—. Tirar a la gente por los tejados es uno de nuestros pasatiempos favoritos. De hecho, el escudo de la familia es un tejado vacío.

—Qué majestuoso.

Se rio por primera vez desde el accidente de Charlie. Casi había olvidado lo bien que le sentaba la señorita Hampton. Los meses anteriores a la fiesta sentía que se ahogaba, pero durante aquellos días pudo olvidar la soledad y la angustia infinita que sentía. Aunque había encontrado un propósito en su casa y le alegraba estar con el pequeño de los Jonquil, echaba de menos a su querida Arabella. Cada día más.

—Debería ir a asegurarme de que la habitación de la viuda esté preparada para cuando quiera descansar. —La joven esbozó una sonrisa de disculpa—. Tengo órdenes estrictas de lord Lampton de que no se canse más de la cuenta.

—Sus hijos la cuidan mucho, ¿verdad? —Si su madre aún viviera, pensó, él también lo haría.

—Se parecen a su padre —confirmó—. Era muy cariñoso.

—Esa característica es propia en ellos, ¿no es cierto?

Su expresión se suavizó aún más.

—Era propia en él, pero sus hijos se le parecen mucho.

—Me gustaría haberlo conocido —dijo Linus.

—A mí también. —Apartó aquel pensamiento de la mente y volvió a concentrarse en su tarea—. ¿Podría indicarme dónde está la habitación de la viuda?

Señaló el cuarto que un día compartió con Evander.

Se quedó mirándola mientras se marchaba, pensando en lo que había dicho. La amabilidad era importante para ella; algo que nunca había disfrutado con su propia familia: bondad, lealtad, compasión.

Él también valoraba esas cosas y las percibía en Arabella. ¿Las vería ella también?

Capítulo 28

Tienes que bebértelo todo; órdenes de tu madre. —Arabella depositó cuidadosamente la taza de la amarga tisana sobre la mesita de noche—. Me ha dado permiso para taparte la nariz y hacértelo beber a la fuerza si es necesario.

Charlie sonrió sin fuerzas.

—No te preocupes. Me lo tomaré sin que lleguemos a las manos.

La señorita Hampton se sentó junto a la cama. La viuda se había retirado a descansar un poco.

El muchacho hizo una mueca mientras bebía obedientemente.

—¿Para qué se supone que sirve esto? —Miró lo que quedaba en la taza.

—Según la hermana del señor Lancaster, te aliviará un poco el dolor.

—¿Su hermana? —Por el tono, Arabella pensaba que iba a poner los ojos en blanco—. ¿Seguro que no es veneno? No le caigo muy bien que digamos.

—Algo me dice que el odio es mutuo.

Sorbo tras sorbo Charlie terminó la tisana y luego hizo un gesto de repulsión.

—Definitivamente, sabe a algo que prepararía la señorita Artemisa.

—¿Perdone? —Artemisa estaba en la puerta, con los brazos en jarra.

—Ya me he bebido ese té asqueroso. No tiene que gritarme.

—Yo no he tenido nada que ver con eso —respondió la joven dando un paso al frente—. Y no le estoy gritando.

—Molestándome, entonces.

Ella le lanzó una mirada de odio. Arabella pensó en mediar, pero le tranquilizaba ver a Charlie tan animado.

Artemisa sacudió la cabeza.

—Ya le dije a Adam que no deberíamos haber venido. Es usted el mismo amargado de siempre.

—Se me permite estar amargado —replicó él—. Me estoy muriendo.

La muchacha cruzó los brazos sobre el pecho.

—Ayer martiricé al pobre cirujano durante treinta minutos a base de preguntas y sé perfectamente que no se está muriendo.

—Siento decepcionarla.

La joven levantó las manos con un teatral gesto de desesperación.

—¿Por qué todo el mundo piensa que me alegraría saber que tiene un pie en la tumba? No soy ningún ogro, Charles Jonquil.

—Estoy demasiado cansado para discutir. —Dejó caer la espalda hacia atrás para recostarse sobre las almohadas. Para tener medio cuerpo hecho añicos, se había vuelto bastante habilidoso acomodándose. Suspiró, con una mezcla de cansancio y dolor—. ¿Arabella?

—Dime, Charlie.

—Si el brebaje de la señorita Artemisa resulta fatal, pídele a mis hermanos que me venguen.

—¿Y qué debo decirle al señor Lancaster?

Los párpados de Charlie se habían vuelto pesados y su habla más lenta.

—Dile que no se pudo evitar, que su hermana se lo buscó. —Se durmió antes de poder decir nada más.

Artemisa lo miraba con el ceño fruncido y los labios arrugados.

—No entiendo por qué le resulto tan antipática. —Se volvió hacia la señorita Hampton. Parecía realmente dolida—. ¿Usted lo sabe?

Negó con la cabeza.

—No, no lo sé.

Artemisa se apartó un rizo que le caía sobre la frente.

—Tal vez tenga que ver con esta habitación. Era de mi padre. A él tampoco le gustaba. —La emoción atravesó sus palabras. El aire de indiferencia que intentó transmitir mientras se marchaba no parecía auténtico.

Arabella comprendía el dolor de añorar el afecto de un padre. El suyo había muerto cuando ella no era más que una cría, y su tío no le había ofrecido nada parecido al cariño. Con el hombre al que había llegado a considerar como un padre, al que había amado profundamente, no tenía ningún vínculo familiar.

«Por favor, no me haga volver a casa de mi tío», le suplicó cuando tenía siete u ocho años. «Por favor, déjeme quedarme con usted».

«No es tan sencillo», le respondió él. «La familia debe estar con la familia».

Aunque encontraba verdad en sus palabras, oír de su propia boca que ella no pertenecía a la familia le rompió el corazón y le provocó heridas que aún dolían.

Se frotó la cara con el propósito de alejar aquellos tristes recuerdos.

Un momento después, Linus entró a la habitación. El corazón le había dado un vuelco al verlo el día anterior, algo completamente inesperado. En ese momento se le aceleró el pulso de nuevo. Habían estado muy unidos durante la fiesta, pero, en las dos semanas posteriores, se convenció de que lo mejor sería enterrar esos sentimientos.

Al parecer, el corazón hacía oídos sordos a lo que le dictaba la cabeza.

—¿Cómo está nuestro paciente? —preguntó Linus.

—No le gusta mucho su hermana. Pensé que iban a llegar a las manos aquí mismo.

Linus sonrió. «Dios mío...», exclamó para sí la señorita Hampton. Aquella sonrisa, los ojos verdes esmeralda, el rizo dorado que le caía sobre la frente... Tenía una belleza innegable.

—A Artemisa tampoco le gusta demasiado.

Miró al joven dormido.

—Y piensa que podría ser una asesina.

—¿Que piensa qué? —La risa de Linus sobresaltó a Charlie, que se removió, aunque sin despertarse del todo. El lugarteniente acercó una silla para sentarse junto a la joven—. Quería preguntar cómo fue el resto de la fiesta. ¿Se portó bien mi temible cuñado?

—Sí, por desgracia.

El hombre sonrió.

—Es bastante divertido cuando se enfada.

—Me dio un poco de miedo cuando lo vi por primera vez en Lampton Park —admitió ella.

—Y a mí cuando lo conocí en su inmenso castillo. —Sonrió al recordarlo.

—¿Cuántos años tenía? —preguntó.

—Trece.

—¿Trece? ¿Y se enfrentó al terrible duque de Kielder?

—Yo ya formaba parte de la Marina Real, y él acababa de casarse con mi hermana. Tenía que asegurarme de que él era lo suficientemente bueno para ella y de que la hacía feliz.

—¿Y qué habría hecho si hubiera descubierto que no lo era?

—Le habría dado su merecido. Y probablemente me lo habría devuelto y me habría colgado en la horca.

Era muy divertido, y a ella le encandilaba.

—Me alegro de que haya esquivado la muerte unos años más.

La miró con expresión cariñosa.

—Ah, ¿sí?

Se le aceleró el pulso y, temerosa de que notase su reacción, bromeó:

—Si hubiera muerto en la horca, no habría podido empujar a Charlie desde un tejado.

—Seguro que él también se alegra mucho, entonces —respondió con ironía.

Arabella había reconocido la culpa que escondían sus palabras ya el día anterior.

—No se martirice más.

Él negó con la cabeza.

—Ya no importa.

—¿Le ayudaría que hablásemos de ello?

Se inclinó hacia delante, con los codos apoyados en las rodillas.

—En el momento antes de caer, tenía el rostro descompuesto. Esa expresión de terror... la tendré siempre grabada en la memoria.

—Charlie es como un hermano para mí —dijo ella—. He intentado no pensar en lo que pasó. Solo puedo imaginar lo horrible que tuvo que ser para usted verlo todo.

—No me refería solo a la expresión de la cara de Charlie —aclaró—, sino también a la de mi hermano. En Trafalgar, cuando le dispararon, yo estaba mirando cuando sucedió. El mismo horror que vi en su rostro, lo vi en el de Charlie cuando resbaló: ambos entendían que acababa de ocurrir algo irreparable. —Tragó saliva—. Es la mirada de alguien que se sabe a punto de morir. —Nunca había hablado de su hermano de una manera tan íntima. Era un asunto sobre el que nunca se sinceraba, del que nunca hablaba—. Bajé del tejado y corrí hacia donde estaba Charlie. Tenía la cara desfigurada por el dolor y los miembros doblados de una forma antinatural. —Se le quebró la voz y miró hacia el suelo—. Por un momento llegué a pensar que estaba muerto.

Arabella tenía un nudo en la garganta que no le permitía hablar. Tomó la mano de Linus, para consolarlo. Él no se inmutó ni se apartó. Sin mirarla, entrelazó sus dedos con los de ella.

Respiró hondo y continuó:

—Mientras el ama de llaves de la parroquia corría en busca de ayuda, yo me aferré a Charlie, del mismo modo que me aferré a Evander en la cubierta del *Triumphant*. —Le apretó la mano un poco más—. Allí, sentado con él, podía verme hace trece años suplicándole a mi hermano que no muriera. Volví a ver su rostro y a imaginarme la vida que iba a perderse.

Calló durante un largo rato. Era un asunto doloroso para él. Ella dudó si cambiaría de tema de conversación, como otras veces, o si seguiría desahogándose. ¿Habría encontrado consuelo en su compañía?

—Murió —dijo Linus al cabo de un rato.

—Lo siento mucho —susurró.

—Murió en mis brazos. —Ella notó que dolor que transmitía su voz le atravesaba el corazón—. Lo perdí. Como a todos los de mi familia. A todos los que me importan. Los perdí a todos.

—A Charlie no —le recordó ella.

—Eso es cierto —respondió esperanzado.

—Y sus hermanas están aquí —añadió—. La duquesa y la asesina.

Linus soltó una breve risa.

—¿De verdad Charlie piensa que es una asesina?

—Creo que no sabe qué pensar de ella, ni ella de él.

Acarició el dorso de la mano de Arabella con el pulgar.

—Las damas que hacen dudar a un hombre suelen ser las que más vale la pena conocer.

A ella le costaba pensar, por la maraña de sentimientos que se le mezclaban en la cabeza y un aleteo constante que le invadía el pecho.

—¿Qué es lo que hace que un hombre se pregunte si merece la pena conocer a una dama?

—Muchas cosas. —No la miró ni cambió su postura, pero tampoco le soltó la mano—. Un hombre desea saber cuáles son sus intereses. Dónde iría si pudiera elegir cualquier destino. —Siguió acariciando la mano de la joven con el pulgar, con movimientos lentos y suaves. Por el amor de Dios, apenas podía respirar—. Se pregunta qué le hace feliz. —La miró y consiguió sostenerle la mirada—. Y también cuáles son sus sueños.

A Arabella se le formó un nudo en la garganta.

—¿Por qué?

Incluso ella se sorprendió de su propia pregunta, pero necesitaba una respuesta. Sabía muy poco de ciertas cosas. No confiaba en nadie. La vida le había traicionado demasiadas veces.

—¿Por qué? Porque espera, aunque sea en silencio, tener cabida en esos sueños.

Arabella sentía que le faltaba el aliento. Oía cada latido del corazón palpitarle en la cabeza. Cuántas veces se había permitido imaginar que tal vez ella formaba parte de los sueños de aquel hombre...

Una voz rompió el hechizo. El ama de llaves apareció en el umbral de la puerta.

—Señorita Hampton. Tiene una visita.

—¿Una visita? Debe de haberse equivocado.

La señora Tuttle negó con la cabeza.

—El doctor Scorseby pregunta por usted.

—¿El doctor Scorseby está aquí?

El ama de llaves asintió y Linus le soltó la mano.

—¿Y desea verme? —insistió.

—Sí —reafirmó la mujer.

Arabella miró a Linus, que le hizo un gesto hacia la puerta.

—No se preocupe, yo me quedaré con Charlie.

¿«Yo me quedaré con Charlie»? ¿Eso era todo lo que iba a decir después de haberle hablado con tanta ternura y haberle acariciado la mano? Seguro que había vuelto a hacerse ilusiones. Seguro.

¿No se daba cuenta de lo desconcertante que era?

Capítulo 29

inus paseaba inquieto por la habitación. Scorseby había venido a dejar claras sus intenciones con Arabella; de eso estaba seguro. Parecía una persona honesta, pero no le gustaba la idea de que la cortejara. Detestaba la idea.

De repente, oyó la voz de Perséfone desde la puerta.

—Por tu aspecto, diría que ya te han informado sobre el nuevo visitante.

Linus no estaba de humor para responder a indirectas.

—Scorseby sabe que ya lo ha atendido un médico. Se lo dije en mi carta a la viuda.

—Dudo que haya venido por razones profesionales.

Él también, aunque no estuviera dispuesto a admitirlo.

—Debería ir a recibirlo.

Perséfone no se molestó en ocultar que estaba divirtiéndose.

—Te estás riendo de mí —dijo él en voz alta. Su hermana asintió lentamente.

Linus movió la cabeza de un lado a otro.

—Solo voy a recibir al recién llegado.

—Y a ver si puedes hacer algo al respecto—añadió ella en voz baja.

—A recibir. —La insistencia de su hermano le arrancó una carcajada a Perséfone.

—Bueno, entonces «recibe» también a la viuda. Ella también le ha ofrecido unos buenos planes de futuro a la señorita Hampton, y son tan tentadores como los del doctor Scorseby.

—¿Es que ya se ha declarado? —Estaba desconcertado. Perséfone dejó de reírse.

—Hasta donde yo sé, no, pero creo que tanto la señorita Hampton como la condesa viuda estarían contentas si lo hiciera. El doctor tendría que ofrecerle mucho para apartar a su posible futura esposa de una situación que le hace tan feliz. Y eso es muy importante, ya que hablamos de alguien que ha vivido una vida llena de miseria.

Linus no había contemplado las cosas desde esa perspectiva.

—Un médico tendría unos ingresos suficientes para proporcionarle estabilidad a una esposa.

Perséfone negó con la cabeza.

—La señorita Hampton ya tiene su propia estabilidad, hermanito. Y antes de que sigas haciendo tus propias conjeturas, también tiene amabilidad, respeto, amistad y un propósito en un hogar. Cualquier caballero que albergue la ambición de sacarla de su posición actual debe ofrecer todo eso y más.

Él sabía perfectamente a qué se refería su hermana, pero no estaba dispuesto a desvelarle sus sentimientos ni a decir lo que pensaba sobre la situación de la señorita Hampton.

—Debe ofrecerle unos buenos diamantes, sin duda.

Perséfone sonrió y le dio un manotazo.

—A veces te pones imposible.

—Hago lo que puedo.

—Yo me quedo aquí —dijo mientras tomaba asiento—. Tú ve a «recibir a tu invitado».

Salió de la alcoba y se dirigió al salón, con la intención de cumplir con su deber de anfitrión. Sin embargo, cuando llegó a la puerta, no se atrevió a entrar. Scorseby estaba cerca de Arabella y parecían entusiasmados con la conversación. Era una escena mucho más íntima de lo que había imaginado.

Le reconfortaba que Scorseby no le hubiera tomado la mano, algo que ella parecía haber disfrutado con él unos minutos antes. Tenía la certeza de que Scorseby estaba interesado en Arabella, pero parecía que aún no le había declarado sus intenciones.

Volvió al pasillo sin que nadie se percatara de su presencia, atropellado por una avalancha de pensamientos y con el corazón acelerado.

«Eres el lugarteniente Lancaster», se recordó. «Acobardarte ante la batalla no es propio de ti».

No sabía qué sentía ella por Scorseby, pero sí cuáles eran sus esperanzas y deseos. Además, la conocía lo suficiente como para creer que no le habría prestado su mano ni habrían mantenido una conversación tan personal como la suya si su corazón perteneciera a otro. De ser así, lo había disimulado muy bien.

Adam había hablado de la capacidad de una dama para aliviar las cargas cotidianas, para iluminar incluso los recovecos más oscuros de una vida. Linus había encontrado eso en Arabella. Con su mano sobre la suya, incluso había conseguido hablar de Evander, y eso era algo que rara vez podía afrontar.

Si había alguna posibilidad de reclamar su afecto, si podía ofrecerle la fuerza y el consuelo que ella le ofrecía, si había alguna posibilidad de que ella aprendiera a amarlo, entonces no permitiría que Scorseby se entrometiera. Allí, lejos de sus tíos y de los rumores desafortunados, Linus estaba decidido a encontrar un lugar en su corazón.

❋❋❋

Arabella esperaba de pie con una manta bajo el brazo, mientras el duque, el mayordomo, el lacayo y el cochero llevaban a Charlie al salón con cuidado de no hacerle daño en las piernas entablilladas. Aunque el joven seguía bastante dolorido, su madre había percibido en él cierta impaciencia por participar en las conversaciones de la velada.

—Ser el más joven, y por tantos años de diferencia, le ha generado la sensación de estar al margen, de ser un excluido —lamentó la viuda—. Ojalá pudiera decir que esas preocupaciones eran infundadas, pero me temo que no me di cuenta de lo solo que se sentía.

El doctor Scorseby había accedido a que, siempre y cuando ayudaran a Charlie a ir de una habitación a otra, y este se quedara quieto, podría unirse a la familia.

No tardaron en trasladar al menor de los Jonquil y ponerlo en la posición más cómoda posible. Estaba de muy buen humor y eso facilitaba la tarea. La señora Lampton ocupó su lugar junto a su hijo y atendió todas sus necesidades. El duque y la duquesa se sentaron en el otro sofá de la estancia, ella puso la mano sobre la de su esposo. La señorita Artemisa eligió una silla un poco más alejada. Arabella no sabía si era porque estaba de mal humor o porque quería un poco de intimidad, y tampoco tenían una relación tan estrecha como para preguntárselo.

El doctor Scorseby se sentó junto a la señorita Hampton, anticipándose a todas sus posibles necesidades y deseos: té, un lugar donde sentarse, una manta. Aunque los esfuerzos del médico eran fruto de su amabilidad, a ella le resultaban un poco asfixiantes.

¿Por qué? No estaba acostumbrada a que la gente la cuidara, y eso, sin duda alguna, justificaba en parte su incomodidad, pero la viuda también la había cuidado los últimos días de la fiesta, cuando cayó enferma, y eso no le irritó de la misma manera. Linus se pasó horas junto a ella hasta que se recuperó, y eso, sin embargo, sí le dio consuelo. ¿Le molestaba que la ayudaran estando sana o que el doctor Scorseby no se despegara de ella?

Linus, que no había cenado con ellos, llegó al salón una media hora más tarde que los demás. Entró erguido, derrochando seguridad. Arabella se lo imaginaba dando órdenes a toda una tripulación, mientras surcaban un mar enfurecido. Un hombre como él podía hacer todo lo que se propusiera. ¿Por qué insistía en que nunca sería más que un terrateniente cualquiera?

Ambos cruzaron una mirada mientras él se acercaba, y ella sintió un inoportuno rubor en las mejillas. Justo un instante antes de que el lugarteniente llegara a su lado, Scorseby ocupó el lugar al que se dirigía Linus.

—Es una delicia estar todos juntos, ¿verdad? —dijo el doctor—. Y es un alivio que el joven Charlie esté tan bien como para poder unirse a nosotros.

La señorita Hampton asintió. No le molestaba su presencia; sin embargo, deseaba que no se hubiera sentado a su lado. El recuerdo de Linus junto a ella le generaba de una extraña mezcla de esperanza y nostalgia. Él no era el tipo de persona que le mostraría tanto afecto y una cercanía tan íntima si solo buscaba una amistad. Quería revivir aquellos momentos.

Pero, en su lugar, era el doctor Scorseby quien estaba a su lado.

—Buenas noches, señorita Hampton. —Linus hizo una reverencia y le ofreció otra a la viuda, a la duquesa y a Artemisa, y luego inclinó la cabeza hacia el caballero—. Mis disculpas por el retraso. Me entretuve con unos asuntos de la finca.

—Parece que ha agarrado al toro por los cuernos. —A Arabella le agradó la idea. Tal vez el dolor que le producía que todo le recordara una y otra vez a su hermano empezaba a aliviarse.

—El toro me ha agarrado a mí. —Linus soltó una risita. Le encantaba cuando hablaba así, con esa ligereza, porque solo entonces mostraba su verdadero carácter—. Traje a Charlie aquí con la intención de obligarle a supervisar este desastre, pero se tiró de un tejado para no trabajar.

—No parece una mala idea —murmuró Artemisa.

—Silencio —advirtió su alteza.

Lancaster pasó junto a Arabella para acercarse a Charlie.

—Es una pena que tomaras medidas tan drásticas —dijo, señalando las piernas entablilladas—. Iba a invitar a los Napper y a sus hijas a pasar con nosotros la velada.

Charlie se rio.

—Merece la pena, se lo aseguro.

La viuda cerró los ojos por un instante, con expresión satisfecha. A Arabella le resultó familiar: el gesto del alivio de una mente preocupada. Charlie había sufrido mucho, pero que bromeara sobre ello decía mucho sobre su mejoría.

—Vaya, yo creía que disfrutaba de la atención de las hermanas Napper —replicó Linus, sentándose en la silla libre frente a la viuda—. ¿Tanto ha cambiado de opinión?

El muchacho se encogió de hombros.

—Eran bastante interesantes, supongo.

—¿«Interesantes»? —Lancaster negó con la cabeza—. Así es como podría describirse un tratado sobre las tierras de cultivo o una charla sobre matemáticas. Uno debería sentir algo mucho más profundo y personal por un posible amor.

Charlie arqueó las cejas y entrecerró los ojos.

—¿Un posible amor? ¿Quién ha hablado de enamorarse?

Linus no pareció inmutarse lo más mínimo por la objeción. Se apoyó en el brazo de la silla en una postura despreocupada.

—Solo era una observación —dijo, mientras desviaba lentamente la vista hacia la señorita Hampton.

Sus miradas se cruzaron solo un instante, pero fue suficiente. A Arabella le latía el corazón con fuerza. «Uno debería sentir algo mucho más profundo». ¿Sentiría él algo más profundo por ella? Se había mostrado cariñoso durante la fiesta, antes de que los rumores los distanciaran. Había vuelto a sentirlo cerca cuando le acarició la mano unas horas antes. ¿Lo viviría él también así?

La viuda llamó la atención de la señorita Hampton.

—¿Tocarías algo para nosotros? Me encantaría escuchar un poco de música.

—Por supuesto. —Aunque no la trataban como una sirvienta, era consciente del papel que debía desempeñar con la señora: la de una dama de compañía. El hecho de que le tuviera un aprecio infinito a aquella mujer hacía que sus esfuerzos por complacerla fueran más una alegría que una obligación.

En ese momento, le pareció incluso un alivio. Las palabras y la mirada de Linus la habían puesto un poco nerviosa. Era buen momento para distraerse con el piano. Y estaba segura de que tampoco lo haría en vano. Era buena pianista, se lo habían dicho muchas veces; esperaba poder impresionar también al lugarteniente con su talento.

Se había aprendido varias piezas de memoria y eligió una de ellas para comenzar su improvisado concierto. Al cabo de unas cuantas notas del *Rondo* de Pleyel, se detuvo horrorizada por el sonido desafinado de las teclas.

¿Se había equivocado?

Intentó calmarse y volver a empezar, pero volvió a ocurrir lo mismo. También en el tercer intento. Miró a los demás, abochornada, y ellos permanecían atentos y sorprendidos.

—No sé por qué... —Volvió a intentarlo sin éxito. «¿Qué me pasa?», se preguntaba una y otra vez. Miró las teclas fijamente, incapaz de volver la cabeza hacia los invitados. Pensaba que iba a impresionarlos; bueno, a impresionarlo a él.

Oyó unos pasos que se acercaban. Incluso sin mirar, supo que era Linus por el aroma a canela picante que siempre lo acompañaba. Cerró los ojos horrorizada. Debía de pensar que era patética.

—Sé tocar mucho mejor —dijo en voz baja—. No sé qué ha pasado.

—Yo sí.

Las palabras de su tía le retumbaban en la cabeza. «Te pondrán de patitas en la calle en un santiamén».

Linus se apoyó en el borde del instrumento.

—Este piano lleva sin afinarse veinte años. Mi hermana Dafne era la señora de la casa antes de mi regreso, pero ella no toca el piano, así que no se ocupó de afinarlo.

Fuera o no acertada su teoría, se aferró a ella.

—¿O sea que mi pésima actuación ha sido culpa de su hermana?

—Completamente.

Lo miró a los ojos. Su sonrisa borró los últimos resquicios de bochorno. Eso es lo que sentía junto a él. Aliviaba sus preocupaciones, sus inseguridades y sus incertidumbres sin apenas esfuerzo. En sus ojos no había cabida para la desaprobación; y nunca pareció verla como una carga o alguien insignificante. Había conocido a muy pocas personas que la trataran siempre con consideración; su querido conde había sido el primero. La viuda, la segunda. Los hermanos Jonquil, siempre tan amables y atentos... y el nombre de Linus se sumaba a esa corta lista.

—No sé qué he hecho para que me mire así —dijo él—, pero me gusta.

Nunca se le había dado bien ocultar sus pensamientos y emociones. Sus tíos siempre supieron cuándo la herían o la avergonzaban con sus palabras, o cuándo estaba enfadada con ellos. Era transparente, y eso la había convertido en un blanco fácil.

Con la misma rapidez con la que Linus mejoró su estado de ánimo, ella lo destruyó con sus recuerdos.

Se levantó del taburete y se dirigió al resto de la sala.

—Siento no poder tocar.

La viuda le restó importancia:

—No es culpa tuya que el señor Lancaster tenga una hermana algo irresponsable.

La duquesa se rio.

—Pobre Dafne, ¡qué imagen estamos dando de ella!

La señora Lampton sonrió, divertida.

—Si hubiera afinado el piano, no estaríamos teniendo esta discusión; estaríamos escuchando música.

—Pídale a Linus que toque la lira —propuso Artemisa—. Sé que está aquí, no da ni un paso sin ella. Tiene mucho talento. —La joven dirigió a Charlie una mirada tan feroz que ni el duque podría igualar—. Y si se le ocurre decir una sola palabra reprochándome que soy amable con otra persona...

Charlie levantó el brazo, declarándose inocente.

—Yo estoy callado.

—Lo estaba pensando.

—De eso nada.

—Ya está bien —refunfuñó Adam.

Arabella miró al lugarteniente a los ojos.

—Esos dos se van a matar —comentó en voz baja.

Él asintió.

—Lo sé.

—Toca algo, Linus —pidió la duquesa—. Hace años que no te oigo tocar.

—¿Voy a ser el juglar de la corte? —preguntó, arrancando más de una carcajada.

—Efectivamente —respondió la viuda con fingida seriedad—. Y pienso echarle a los leones si no me gusta su actuación.

Lancaster sacudió la cabeza, cabizbajo.

—Los Linus siempre perdemos. A mí me castigarán si no estoy a la altura, y al Linus de antaño lo estrangularon con su propia lira por tocar demasiado bien.

—Va a tener que andarse con cuidado —dijo Arabella.

Él le dedicó una sonrisa amable. Nunca había conocido a un hombre con ojos verdes y, por lo tanto, no sabía lo mucho que le gustaban, especialmente cuando brillaban de felicidad.

—Que no se diga que un hombre de la Marina huye de los desafíos. —Le guiñó un ojo, provocando un calor repentino en su interior—. Ahora vuelvo con el instrumento que me dará el éxito o la muerte. —Salió a toda prisa.

—No sé por qué eligió la lira —comentó su alteza con media sonrisa—. En esta familia vivimos demasiado los mitos de nuestros tocayos. Si ese instrumento acaba con él, me veré muy tentada de escribir un «te lo dije» en su lápida.

Los Lancaster vivían los mitos. Era una idea romántica, pero era mejor no tomárselo demasiado al pie de la letra. Que ella supiera, la hermana mayor de Linus no era prisionera en el inframundo, ni la siguiente había nacido de la frente de su padre, ni la tercera se había convertido en un árbol y, aunque la menor de todas aún era muy joven, estaba claro que no había rechazado radicalmente a los hombres ni parecía que tuviera intención de hacerlo.

Era una pena que el mito de Linus no incluyera una historia de amor con una sirvienta. Entonces podría haberse permitido creer que la vida de la familia estaba influida por la mitología griega. Incluso habría rezado para que se hiciera realidad.

—Nunca he oído a nadie tocar la lira —confesó el doctor Scorseby—. Esto se está poniendo interesante.

—La historia es muy «interesante» —añadió Artemisa—. Las matemáticas son «interesantes». La música de mi hermano «hipnotiza».

Arabella estaba cada vez más intrigada.

—¿De verdad tiene tanto talento?

Artemisa la miró a los ojos y, con un orgullo casi palpable, y aseguró:

—El Linus del mito se habría quedado impresionado. Incluso puede que le tuviera envidia.

La señorita Lampton ocupó el asiento que quedaba libre junto a la viuda. Juntó las manos, con la esperanza de ocultar su emoción. Un lugarteniente amable con los niños, dedicado a su familia, responsable, divertido, tierno, que la hacía reír y le tomaba de la mano con dulzura y afecto, y que, al parecer, también tocaba un precioso instrumento. ¿Qué más se podía pedir?

Linus volvió un instante después con una lira de madera cuidadosamente guardada bajo el brazo.

—¿Están preparados para quedarse de piedra?

Charlie respondió primero:

—Su hermana se ha pasado horas ensalzando sus habilidades. Tenemos las expectativas bastante altas.

—No han sido «horas» —protestó Artemisa.

—Ah, pues a mí me lo ha parecido.

Arabella miró a los dos muchachos.

—Si no se callan para dejar que toque, les aseguro que los próximos minutos sí les parecerán horas.

La viuda sonrió y su alteza aplaudió el comentario. Linus tomó la mano de Arabella y se inclinó sobre ella.

—Mi más sincera gratitud, señorita Hampton. —No le soltó la mano al instante, sino que se deleitó acariciándola unos segundos más—. ¿Quiere escuchar algo en particular?

—Cualquier cosa —consiguió decir.

Asintió, sonrió y se echó hacia atrás. Apartó el taburete del piano y se sentó en él. Apoyó la lira en una pierna, colocada perpendicularmente sobre el cuerpo, y tocó una rápida sucesión de rasgueos que detuvo para acomodarse mejor.

Puede que los demás en la sala lo estuvieran observando tan atentamente como ella, pero se negó a apartar la vista para averiguarlo. Todos sus pensamientos se abocaban a él. Linus la miró directamente a los ojos.

—Esta la aprendí en Nápoles.

Tocó una pieza que desconocía. La melodía era inusual, pero agradable. Alegre y ligera, del tipo que uno se animaría a bailar, pero no lo haría por miedo a perderse una sola nota. La descripción de Artemisa había sido más que acertada. La música de su hermano, de hecho, hipnotizaba.

Además, observarlo era cautivador. Algunos músicos se ponían tensos al concentrarse, otros parecían no apreciar nada más que su esfuerzo, pero Linus se relajaba cada vez más y su expresión denotaba una completa satisfacción mientras se mecía al ritmo de la música. Parecía feliz. Ella se llevó las manos entrelazadas a los labios, mientras lo observaba. Le gustaba todo él, pero ver el amor que sentía por la música, una pasión que ella compartía, no hacía más que reforzar sus sentimientos.

La melodía terminó.

—Qué maravilla, señor Lancaster —exclamó la viuda.

El doctor Scorseby pronunció algo parecido a un elogio.

El resto de la familia Lancaster lo alabó con calificativos más entusiastas.

Linus no miró a ninguno de ellos. Solo pudo fijar la vista en ella. No podía olvidar el suave tacto de su piel al besarle la mano.

—Toque otra, señor Lancaster —pidió la señora Lampton.

Linus seguía mirando a Arabella.

—Creo que la señorita Hampton disfrutará de esta en particular.

—¿Por qué?

Esbozó una tenue sonrisa y tocó una cuerda.

—Se llama —dijo, haciendo una pausa para mirarla a los ojos—«Paseando por el campo».

Paseando. La joven se mordió los labios para reprimir una sonrisa. Había elegido una canción para ella sobre lo que más le gustaba en el mundo.

La melodía era encantadora, más alegre aún que la anterior, pero sin llegar a ser estridente ni exagerada. Era muy agradable. La canción, inspirada en un paseo campestre, le había hecho pensar en ella. Sabía que le gustaba salir y disfrutar de la naturaleza. Se había dado cuenta y, al contrario que tantos otros, no se burlaba de ella.

Era «su» canción.

Capítulo 30

Una familia de los alrededores, los Napper, los visitó al día siguiente. Arabella los miraba, inquieta y, una vez más, insegura del papel que le tocaba desempeñar.

La viuda charlaba amistosamente con la señora Napper. Al doctor Scorseby le alegró descubrir en el padre de la familia a un caballero con estudios científicos. Charlie, a quien habían ayudado a bajar de su alcoba, parecía especialmente contento de ver a las hijas menores, algo que Artemisa encontraba especialmente ridículo. Linus se esforzó mucho por relacionarse con la mayor de las hermanas Napper, una dama algo más joven que Arabella, que no estaba especialmente interesada en captar el interés del lugarteniente.

Apenas hablaba y parecía un poco incómoda. De hecho, cuanto más la observaba Arabella, más familiar le resultaba, no porque se conocieran, sino porque veía mucho de sí misma en la señorita Napper: callada, reservada, un poco fuera de lugar entre la gente con la que se relacionaba y deseosa de encontrar un amigo y una palabra amable.

Linus se mostraba atento y cordial con ella. Igual que con Arabella cuando más lo necesitaba. Sabía que era empático por naturaleza; era una de las cosas que más le gustaban de él. Pero, sin duda, no era solo eso lo que le atraía de él.

¿Cómo podía ella, que se esforzaba por comprender las relaciones, estar segura de lo que sentía el señor Lancaster si se comportaba de manera tan contradictoria?

«Estoy hecha un lío», se repetía.

—Señor Lancaster, ¿por qué no toca un poco la lira? —propuso la señora Lampton—. Disfruté tanto anoche... Sería una pena que nuestros invitados no lo escucharan.

—No soy más que un aficionado, no merezco tales elogios.

—Toque, por favor —le pidió la mayor de las hermanas—. Disfrutaría mucho escuchándolo. La lira... no es un instrumento con el que esté muy familiarizada.

Esbozó la misma sonrisa divertida que enloquecía a Arabella, pero esta vez no iba dirigida a ella, sino a la señorita Napper.

La señorita Hampton apartó la mirada. No le gustaban esos sentimientos, pero no sabía cómo librarse de ellos. Los invitados se movían de un lado a otro, cambiando de asiento y reorganizando sus posiciones. Cuando la señora Napper dejó libre la silla más cercana a la viuda, Arabella aprovechó para sentarse. Se sentiría más a gusto con ella; era lo más parecido que había tenido a una madre. Charlie se sentó en el sofá, al otro lado. Entre los Jonquil estaría bien, como siempre.

Las otras hermanas Napper rodearon a la mayor. Susurraban y revoloteaban, mientras la primogénita se limitaba a sonreír tranquilamente. Su madre, sentada más cerca del fuego, se encontró con la mirada de su marido e intercambiaron un gesto de complicidad.

—El señor Lancaster es todo un caballero —comentó la viuda a Arabella.

—Le gusta mucho tocar la lira. No creo que necesite insistir demasiado.

—Sobre todo porque la señorita Napper parecía muy interesada en oírle tocar —añadió Charlie.

A pesar de no querer oír nada más, Arabella lo miró como a la espera de que aclarase aquella insinuación, suplicando para sí que el pequeño de los Jonquil estuviera equivocado.

—Cenamos con los Napper la noche antes... —Charlie señaló sus piernas.

—Antes de que el señor Lancaster te empujara desde un tejado —terminó Arabella por él.

Charlie se rio.

—Eres más graciosa de lo que recordaba.

—El señor Lancaster se sorprende de que no todo el mundo piense que soy divertida. Al parecer, es lo que él piensa desde el principio.

—Tal vez sea más observador que el resto de nosotros —replicó el muchacho.

La viuda torció el gesto.

—No creo que sea eso.

El joven se encogió de hombros.

—No sé si piensa lo mismo de la señorita Napper, pero cuando fuimos a cenar a su casa, Linus se pasó prácticamente toda la velada hablando con ella. Era tan persistente y estaba tan decidido a llamar su atención...

—Parece un poco tímida —repuso su madre.

El joven asintió.

—Y él, algo interesado.

Linus se acercó con la lira y se situó entre ellos. Tenía toda la atención de la mayor de las señoritas Napper. Rasgueó las cuerdas para comenzar, como había hecho la noche anterior. Repitió la melodía que tocó en primer lugar la primera vez. La segunda y la tercera también eran piezas conocidas. Luego tocó su canción, la del paseo, la que le había acariciado el corazón. La noche previa la había mirado mientras la tocaba, con una expresión cálida e íntima, o al menos eso le pareció. En ese momento no lo hacía, pero tampoco miraba a nadie más.

Cuando terminó de tocar, la señorita Napper alabó su talento, y Linus se lo agradeció.

Arabella sintió que el corazón se le resquebrajaba en mil pedazos. La noche anterior había logrado conmoverla. Había sentido algo especial cuando le dedicó aquella canción; la había elegido especialmente para ella. Se sintió afortunada, especial, importante. No podía creerlo, y sin embargo...

Todo era muy confuso.

Se levantó. Con una rápida sonrisa de disculpa se excusó ante la viuda, insistiendo en que su largo paseo la había dejado exhausta.

No había llegado al final del pasillo cuando Scorseby la alcanzó. Casi había olvidado que él también estaba allí.

—Señorita Hampton, ¿se encuentra bien? —Parecía evaluarla con una mirada escrutadora.

—Solo necesito descansar un momento —le dijo.

El doctor arrugó la frente.

—¿Está segura? No me gustaría que se sintiera mal, no si yo puedo hacer algo para evitarlo. —Su gentileza le endulzó un poco la amargura del momento.

—Le agradezco que se preocupe por mí y que sea tan amable, pero en realidad solo necesito ir a un sitio más tranquilo.

Él asintió, aunque no creyera que esa fuera la razón. No quería presionarla.

—¿Nos veremos en la cena?

—Seguro que para entonces me encuentro mucho mejor. —Realmente tenía la intención de volver.

Él hizo una reverencia y ella se la devolvió.

La joven se dirigió a su refugio: un dormitorio apacible y tranquilo, con paredes blancas e impolutas. Le gustaba estar allí, pero ya no parecía proporcionarle la misma tranquilidad. Temía que sus ilusiones se hubieran esfumado para siempre.

La vida le había brindado pocas oportunidades de llegar a comprender de verdad a las personas y sus relaciones. Todas las esperanzas que había albergado habían desaparecido con una sola frase: «La familia debe estar con la familia».

Lo único que sabía con absoluta certeza era que, a veces, por muy cerca que estuviera de alguien, no tenía un lugar para ella. No era una lección fácil de olvidar.

Capítulo 31

Con Charlie fuera de peligro y la viuda insistiendo en que era más que capaz de ocuparse de su hijo, Perséfone consideró que lo mejor sería que siguieran su camino hacia el castillo de Falstone. Linus aguardó en la entrada mientras su familia se preparaba para partir. La casa estaría muy silenciosa cuando se fueran todos, especialmente la viuda, Charlie y Arabella. No había sentido últimamente la abrumadora soledad que tanto temía, porque la casa no había estado vacía.

Perséfone llegó a la entrada con Oliver apoyado en la cadera. Adam dirigía a los lacayos mientras colocaban los baúles y maletas en el carruaje.

—Vas a agradecer que nos vayamos —dijo Perséfone.

—De eso nada. Me ha encantado teneros aquí.

Lo miró dubitativa.

—¿Aunque hayas estado durmiendo en el estudio desde que llegó la familia de Charlie?

—Bueno, todavía soy joven, puedo dormir unos días en una silla.

Cambió al niño al otro lado de la cadera.

—¿Y qué hay de todos los días anteriores?

¿Cómo sabía que no había estado durmiendo en su habitación? Él no se lo había dicho a nadie, no quería ahondar en determinados asuntos.

Perséfone le acarició la mejilla.

—¿Hay algún rincón de esta casa donde el recuerdo de Evander no te persiga?

—Ni uno —confesó—. Pero estoy aprendiendo a vivir con ello.

—Él no habría querido que fueras infeliz, Linus. Ninguno de nosotros lo queremos.

—La felicidad escasea entre los marinos que van a la guerra —respondió.

Una sombra de pesar y tristeza le tiñó el semblante.

—Lo sé. Si hubiera tenido otra opción...

No era su intención causarle remordimientos a su hermana.

—Al final me acabó gustando. Me hizo ser quien soy.

—Y a mí me encanta quién eres. —Perséfone tiró de él y lo estrechó con un solo brazo.

Oliver también lo abrazó.

—Yo también te *quiedo*, tío Linus.

—¿Volverás a visitarme, Oliver?

El pequeño asintió y el joven miró a su hermana.

—¿Seguro?

—Por supuesto, pero esperamos verte en el castillo para Navidad y la noche de Reyes.

—No me lo perdería por nada del mundo.

Adam entró, mirándolos a todos con su habitual impaciencia.

—¿Dónde está Artemisa? Como no venga ya, me voy sin ella.

—Ni se te ocurra dejarla aquí —contestó Linus, fingiendo horrorizarse ante esa posibilidad.

—Si no está en el carruaje en cinco minutos, aquí se queda.

El lugarteniente sonrió a Perséfone, que no le devolvió la sonrisa.

—¿Lo dice en serio?

Ella asintió.

—Si no quieres quedártela, será mejor que vayas a buscarla y la traigas ahora mismo.

Hizo una breve reverencia, despeinó a Oliver y se apresuró a buscar a su hermana en el piso de arriba. La casa era pequeña. No le costaría encontrarla. De hecho, solo tenía que seguir el eco de su voz para llegar hasta ella. Estaba en el dormitorio principal.

¿Qué hacía con Charlie? ¿Se había decidido a matarlo antes de irse a Northumberland?

Se asomó a la habitación. El convaleciente estaba sentado, recostado sobre las almohadas; la viuda estaba a su lado; y Artemisa, a los pies de la cama.

—El padre de la cuñada de la señora Tuttle era empajador de tejados —contaba la joven—. Se ataba a la chimenea cuando trabajaba allí arriba. Si tiene intención de subirse a otro tejado, más le vale conseguir una cuerda gruesa y resistente.

—Si no la conociera mejor, diría que en realidad no quiere que me caiga y me mate.

Artemisa sacudió la cabeza.

—No sea ridículo. Solo estoy preocupada por Linus. Si usted está atado a la chimenea, probablemente él también lo esté.

Charlie se rio.

—No creo que Linus o yo vayamos a subirnos a otro tejado en un tiempo.

—Así me gusta. —Elevó la barbilla —. Es peligroso.

—Solo subiremos a los acantilados de Dover.

Linus y la viuda se miraron.

La mujer estaba a punto de estallar en una carcajada de un momento a otro.

—Está de broma, ¿no? —preguntó Artemisa con un tono calmado.

—Sí, pero parece que no le ha hecho mucha gracia.

«Bendito sea, qué paciencia tiene Charlie», pensó Linus. Se dirigió a su hermana:

—Adam amenaza con dejarte aquí, Artemisa. —Su hermana se volvió para mirarlo.

—Siempre se pone insoportable con los viajes.

—Bueno, es de los que cumplen sus amenazas —le recordó.

Ella asintió.

—Ha sido un placer pasar tiempo con usted estos últimos días, *lady* Lampton.

—El placer ha sido mío —respondió la viuda.

Artemisa se volvió hacia Charlie de nuevo.

—Ha sido un... castigo pasar tiempo con usted estos últimos días, señor Jonquil.

—El «castigo» ha sido mío —contestó él.

Artemisa volvió a mirar a su hermano y puso los ojos en blanco.

—Será mejor que no hagamos esperar a Adam.

Linus le ofreció el brazo, salieron al pasillo y se dirigieron hacia las escaleras.

—¿Estás seguro de que no quieres venir con nosotros?

—Esta es mi casa. Mi deber es quedarme aquí y cuidar de ella.

—¿No te sentirás solo?

No hacía falta que le diera detalles sobre su soledad.

—A Charlie todavía le quedan unas semanas para recuperarse del todo, y la viuda no se irá sin él. Estaré bien acompañado.

—Y la señorita Hampton no se irá sin ellos, pero no tengo claro que el doctor Scorseby se vaya sin ella. —Lo miró de reojo—. Puede que sea demasiada gente para tu gusto.

—Sobre todo porque ya tenemos un médico.

Artemisa se rio y le dio una palmadita en el hombro.

—No creo que te haga falta entonces, ¿no?

—Pues no mucha.

Entrelazó el brazo con el de su hermano para bajar las escaleras.

—Me gusta la señorita Hampton. Me gusta cómo te mira.

—¿Cómo... cómo me mira?

—Como si tu presencia convirtiera una habitación cualquiera en su lugar favorito del mundo. —Suspiró—. Y tú la miras como si fueras capaz de hacer cualquier cosa por verla feliz.

—¿Ya estás de celestina? Creo que tuve suficiente en Nottinghamshire.

Artemisa apoyó la cabeza en su hombro, igual que cuando volvían de Londres en el carruaje y durante su estancia allí. En esos momentos volvía a ser como la niña que fue, como la hermana pequeña y cariñosa que había dejado tantos años atrás.

—¿De verdad necesitas que te busque a alguien, Linus? A mí me parece que ya te has decidido.

Tenía razón.

—Mi corazón lo decidió por mí hace semanas.

—Pues no dejes que se te escape. Eres más feliz cuando ella está contigo, y te mereces ser feliz.

Llegaron a la entrada ya vacía. El resto de la familia estaba subiendo al carruaje.

Linus tiró de Artemisa y la abrazó con todas sus fuerzas.

—Tú también mereces ser feliz. No te conformes con menos que eso.

Ella se apartó y sonrió con picardía.

—Parece que no me conoces.

La joven se despidió, agitando la mano mientras salía por la puerta, y se dirigió al carruaje.

El lugarteniente permaneció un rato más en la puerta, viendo cómo se alejaba el carruaje hasta que lo perdió de vista.

«Te mereces ser feliz». Arabella merecía esa felicidad mucho más que él. ¿Cómo podía demostrarle que podían alcanzarla juntos? Aquella pregunta se repetía una y otra vez en su cabeza mientras vagaba por la casa. Cuando llegó al salón, encontró a la viuda, a quien le dedicó una rápida sonrisa de disculpa antes de hacer el ademán de marcharse.

—Siéntese conmigo, señor Lancaster —le propuso ella— Me gustaría hacerle algunas preguntas un poco... indiscretas.

Tan pronto como tomó asiento a su lado, ella comenzó a hablar.

—¿Cuándo fue la última vez que vio a Arabella?

Tampoco era para tanto.

—Ayer, cuando estuvimos con los Napper.

—He estado observándola —continuó la mujer—. Y me tiene un poco preocupada.

Linus se irguió.

—¿Qué ha pasado?

—Ayer estuvo cuatro horas paseando por los terrenos de alrededor. Y ahora ha salido otra vez.

Sabía perfectamente lo que significaba que la señorita Hampton paseara durante tanto tiempo. ¿De qué quería escapar?

—Cuando era una niña, mi marido solía encontrársela caminando a kilómetros de su casa, con lágrimas en el rostro, rota por su desdicha. Le desgarraba el corazón. Corría, sobrevivía, pero a un precio muy alto. Siempre tan sola y triste.

—Su marido la quería mucho.

—No se hace una idea —aseguró la viuda—. La adoraba. «Es un encanto, es una niña tan dulce...», decía siempre. Si hubiera vivido lo suficiente como para ver cómo la trataba la nueva señora Hampton y lo poco que le importaba a su propio tío verla sufrir, no habría tenido pelos en la lengua, se lo aseguro. Y si la hubiera visto volver a su desesperado caminar estas últimas veinticuatro horas, se le habría roto el corazón.

—¿De qué cree que está huyendo ahora?

—¿Quiere que sea sincera? De usted. —No era lo que quería oír, pero tampoco se sorprendió—. Creo que siente algo por usted.

La esperanza le hinchó el corazón, aunque notó una creciente confusión.

—Pero, ¿por qué ha vuelto a salir a pasear? ¿Me tiene miedo? —Ojalá no fuera así, pensó.

La viuda negó con la cabeza.

—Inseguridades, nervios... Las relaciones no siempre acaban bien, especialmente cuando hay una diferencia tan grande de posición.

—Dicho así, parece que soy un lord y ella una sirvienta, en lugar de un caballero y la hija de un caballero.

Le dedicó una sonrisa amable.

—Sé que no hay una diferencia tan abismal como entre un lord y una sirvienta, pero ella se crio en un hogar en el que la trataban como a un estorbo no deseado e indigno. No creo que piense eso de sí misma, pero entiendo que le preocupe que otros sí lo hagan. Usted, al fin y al cabo, tiene dos hermanas con títulos nobiliarios y es pariente del duque de Kielder.

—¿Huye porque cree que los demás la considerarían una advenediza?

—Creo que lo que de verdad le preocupa es que su amor no sea correspondido y parecer una ingenua que no se cansa de esperar.

Eso era peor aún.

—Entonces, ¿ella cree que pienso que no es suficiente para mí?

—Veo que no estoy siendo demasiado clara. —Dejó de hablar unos segundos y pensó mejor lo que quería decir. Linus guardó silencio. Si tenía una explicación que no lo dejara tan mal, le encantaría oírla—. Sé que nunca la ha visto ni podrá verla como alguien indigna de consideración; como sé que siempre la ha tratado con el mayor de los respetos, pero unas semanas de amabilidad no borran años de rechazo. Su tío debería haberla cuidado y tratado bien, pero nunca lo hizo. Su difunta esposa, tampoco; y su actual esposa, menos aún. No ha tenido esa suerte. Por eso mismo ahora desconfiaría de cualquier persona. Y después de la visita de los Napper...

—¿Qué pasa con los Napper?

—Usted tocó la lira para la señorita Napper.

Linus negó con la cabeza.

—No fue para ella.

La viuda lo miró, dubitativa.

—Ah, ¿no?

—¿Dio esa impresión? —Nada más lejos de la realidad, pensó.

—Un poco. Arabella, desde luego, la tuvo.

—Toqué con gusto para todos, pero elegí canciones que sabía que Arabella disfrutaría. Solo pensé en ella.

—Eso no es lo que parecía.

La lira, que ya había acabado con un Linus una vez, parecía destinada a destruirlo también a él.

—Arabella ha sufrido mucho —añadió la viuda—. Le preocupa que los que ama la lastimen.

No era para menos.

—Si no fuera por su difunto esposo, probablemente no tendría ninguna razón para esperar otra cosa. Me ha hablado muchas veces de la bondad con la que la trataba.

La señora Lampton asintió.

—Ni ella sabe cuánto la quería.

—Seguramente... Piensa que es poco más que una sirvienta en su casa.

La expresión de la mujer se volvió sombría.

—He querido hablarle de él, decirle lo que sentía, pero no soy capaz. Han pasado más de diez años, pero aún me cuesta hablar de eso.

El joven le tomó la mano.

—Mi hermano murió hace once años y a mí también me cuesta mucho.

Ella suspiró.

—El dolor sigue ahí.

—No...

Permanecieron un momento en silencio. Una brisa ligera y fresca agitaba los árboles frente a la ventana del salón. Hacía buen tiempo y el cielo estaba despejado. Recordó la tarde que había pasado contemplando los terrenos de Lampton Park e imaginando cómo sería vivir en un lugar tan tranquilo. Nunca habría pensado que su propia casa le resultaría tan acogedora.

La señora Lampton rompió el silencio.

—¿Le ha dicho a Arabella que está enamorado de ella?

—¿Enamorado? —repitió sin pensar.

La mujer le dio una palmadita en la mano.

—Tengo siete hijos. Podría distinguir a leguas a un joven enamorado.

¿Su madre también habría sabido verlo con tanta claridad? Seguro que sí; al fin y al cabo, una madre es una madre. Y podría haberle aconsejado. Tal vez la viuda estuviera dispuesta a desempeñar ese papel una vez más.

—Cuando me fui de su fiesta sabía que me sentía a gusto con Arabella, pero hasta que no llegué aquí no me di cuenta de lo mucho que la quería.

Ella asintió lentamente.

—¿Y no se lo ha dicho?

—Es más fácil pensarlo que decirlo. Es arriesgado.

—Lo sé —admitió—. Mi querido esposo y yo perdimos mucho tiempo de jóvenes hasta que nos declaramos nuestro amor. Nos parecía que teníamos mucho que perder.

—¿Me está diciendo que me arriesgue?

—Le digo que vale la pena.

Capítulo 32

Arabella se sentó en un banco de piedra a pocos metros de la carretera para descansar de la larga caminata. Había desandado el camino varias veces, tras recorrer largos y angostos senderos. Siempre había sido su vía de escape, su forma de respirar. Los problemas nunca desaparecían ni se resolvían por el mero hecho de alejarse, pero estar fuera del alcance de lo que le hacía mal era un consuelo para ella. A veces paseaba durante todo el día y fingía que no había dolor al que volver.

Esa vez no estaba siendo tan eficaz. Sus preocupaciones no eran externas a ella, sino que nacían de lo más profundo de su alma. Su corazón y su mente se habían declarado la guerra, y ella no tenía la menor idea de cómo reconciliarlos.

Amaba a Linus Lancaster y tenía razones para creer que él sentía lo mismo. Lo sentía una y otra vez, pero ya había amado antes a un caballero, aunque no como a Linus, y no había sido capaz de darle lo que más necesitaba. «La familia debe estar con la familia».

El conde tenía una familia propia que a la que cuidar, un hogar que sacar adelante, obligaciones en Londres y en sus numerosas propiedades. Que le hubiera dedicado tiempo a ella mostraba su bondad y sacrificio.

«Necesitaba más que su tiempo», pensó. Había rezado por algo que fuese más allá de sus paseos diarios. Necesitaba marcharse un día y no tener que volver a un hogar donde, en los mejores días, la descuidaban y el resto la hacían desdichada. Era demasiado joven y débil para salvarse y pensó que él podía ayudarla, pero se equivocó.

Se pasó los años posteriores preguntándose hasta qué punto se atrevería a confiar en las personas que le importaban, hasta qué punto podía apoyarse en ellas ante las adversidades. Si ni siquiera su amado conde, que la había cuidado como nadie, la había podido ayudar cuando más lo necesitaba, ¿en quién podía confiar?

Se secó las mejillas, húmedas por el llanto, y respiró hondo. Era algo contra lo que había luchado toda la vida. ¿Cómo podría cerrar esa herida para siempre? Necesitaba poder confiar en sus propios sentimientos, pero no sabía cómo.

Volvió a respirar lo suficientemente hondo como para levantar los hombros unos centímetros y enderezar la espalda. Un poco de valor y determinación ayudarían bastante para conseguir su propósito. En las últimas semanas se había enfrentado a un sinfín de situaciones inesperadas y ninguna le había resultado realmente desastrosa, así que no tenía por qué tener tanto miedo.

Sin embargo, cuando pensó en dar media vuelta y regresar a casa de Linus, se le revolvió el estómago.

«Parece que no soy tan valiente como pensaba», se dijo.

Oyó cerca de ella el chasquido de una rama y pisadas sobre las primeras hojas otoñales esparcidas por el suelo. Sintió la tensión en todos los músculos. Seguramente fuera el doctor Scorseby. El día anterior se había puesto verdaderamente pesado, insistiendo en lo desaconsejable de sus largas excursiones y en la necesidad de acortar sus paseos. En otra ocasión habría aceptado volver a casa solo para poner fin al debate, pero ese día no.

Para su sorpresa, no fue el doctor quien apareció.

—Linus. —Solo fue capaz de pronunciar su nombre.

—Me ha costado bastante dar con usted. —Sin preámbulos, se sentó junto a ella en el banco—. Me han informado de que ha pasado ya por casi todas las casas, cabañas, tiendas y graneros de la zona. Ha recorrido kilómetros y kilómetros.

Ella se apretó los dedos. El corazón le martilleaba contra las costillas.

—Me gusta pasear.

El lugarteniente puso la mano sobre la suya con un gesto suave y rodeó sus dedos, deteniendo un movimiento nervioso.

—Sé por qué lo hace —dijo en voz baja—. Y por eso llevo casi una hora intentando encontrarla.

—¿Ha estado buscándome?

Le sostuvo la mirada durante un instante.

—¿Por qué le sorprende tanto?

—Pues... porque poca gente lo ha hecho.

Movió la mano y entrelazó sus dedos. Ella se sintió desarmada ante él.

—¿El conde lo hacía?

Ella negó con la cabeza.

—Siempre fue amable conmigo. Si me lo encontraba por el río o salía yo en su busca, siempre me recibía con cariño. Pero no recuerdo que me buscara. —Dolía admitirlo en voz alta—. No es que no le importara —precisó—, sino que no soy la clase de persona en la que uno piensa cuando no está presente.

—No sabe cuánto se equivoca.

Quería creerlo. ¿Cómo dejaba uno de cuestionarse su valor cuando la vida misma le había hecho dudar de él?

—¿Por qué ha vuelto a caminar tanto? —preguntó Linus—. La viuda me dijo que ya no salía durante tanto tiempo.

—Estoy intentando ordenar algunas cosas.

Él miraba al frente, como abstraído, pero sospechó que le daba vueltas a algo en la cabeza.

—¿Y esas cosas tienen que ver conmigo? Porque algo me dice que sí.

—Bueno, sobre todo tienen que ver conmigo —respondió.

—¿Quiere volver a casa, Arabella? La viuda está preocupada, y yo también.

Sintió el mundo desmoronarse a su alrededor al oír esas palabras.

—Estoy causando muchos problemas, ¿verdad?

—En absoluto. —Se volvió y la miró—. Solo estamos preocupados. A veces preocuparse significa inquietarse; otras, perseguir a alguien cuando huye.

—Me gustaría caminar un poco más.

—Lleva horas aquí fuera —protestó él.

Ella se levantó, le soltó la mano y se alejó del banco.—El doctor Scorseby ya me echó una regañina. No empiece usted también, por favor.

—No era mi intención. —Él también se levantó—. Solo pretendo que no camine tanto como para sentirse demasiado agotada para volver a casa.

«A casa». ¿Cuál era su casa? Lampton Park no había resultado ser el refugio que ella esperaba. Tampoco podía llamar «hogar» a la residencia de la viuda. Linus hablaba de su hogar, pero para ella no existía eso.

—¿Arabella?

Como siempre, se sintió vulnerable. ¿Por qué parecía que nunca podía ocultar sus sentimientos y emociones?

—Iré un poco más tarde —dijo, sin esperar respuesta, y reanudó la marcha. Para su sorpresa, el lugarteniente comenzó a caminar a su lado. Lo miró por el rabillo del ojo, sin saber qué pensar—. ¿Se viene conmigo?

—Si le parece bien...

Aunque siempre caminaba en soledad, adoraba tener a Linus tan cerca.

—Por supuesto.

—Me alegro. —Sonrió—. Mientras esté aquí fuera, puedo olvidarme de ese montón de papeles que me espera en casa. Llevar las cuentas no es en absoluto mi idea de un momento agradable.

—Seguramente pensará que soy la criatura más extraña del mundo, pero yo disfruto con esas cosas. —Al mirarlo, pudo ver su expresión de asombro, lo que le provocó una carcajada—. No tuve una magnífica educación, pero eso sí me lo enseñaron. Y, al final, acabó por gustarme.

—Parece que Charlie y usted están cortados por el mismo patrón. A ese muchacho le encantan las matemáticas.

—Y a usted, el mar. —Suspiró, como si fuera una gran tragedia—. Todos tenemos nuestras rarezas.

—¿Rarezas? —rio—. El amor por el mar no es una rareza, es algo inevitable.

—No puedo saberlo —repuso ella—. Nunca he visto el mar.

De nuevo, la miró sorprendido, solo que esta vez sin ninguna mueca teatral.

—¡Pero, Arabella, tiene que ver el mar! Tiene que sentarse en la orilla y contemplar ese manto azul que forma el agua; tan dócil como soberbio. Yo siempre me moría de ganas por embarcar y zarpar; Evander, sin embargo, prefería quedarse en la orilla y, simplemente, respirar.

Sabía lo difícil que era para él hablar de su hermano, tanto como para ella hablar del conde y todo lo que significaba en su vida. Como no quería que se desanimara, entrelazó su brazo con el suyo y siguieron caminando. Le gustaba sentirlo cerca.

—¿Qué era lo que más le gustaba a Evander de ver el mar? —preguntó.

—El sonido de las olas rompiendo contra la orilla. —Sonreía con tanto cariño como tristeza—. Él siempre decía que era como si el mar anunciara su ansiada llegada a casa. Imagino que por eso le gustaba tanto ese sonido, el romper de las olas; era como una promesa del regreso.

Arabella apoyó la cabeza en el hombro del lugarteniente, sin saber qué decir para aplacar su dolor. Su hermano, al contrario de lo que pensaba, no había vuelto a casa.

—¿Suena igual cuando se está en alta mar?

—Durante las tormentas se produce un gran estruendo. Pero no, no se oye igual que en la orilla.

—El sonido del hogar.

—No. —Negó casi sin querer—. El sonido del hogar siempre fueron las voces de la familia. Eso era lo que me llenaba el corazón durante los largos viajes; eso era lo que soñaba con volver a oír, pero esas voces ya no están.

—El hogar, para mí, siempre fue ver y oír a los hermanos Jonquil haciendo una de sus miles de travesuras en el jardín trasero de Lampton Park mientras el conde los buscaba. —Se le hizo un nudo en la garganta—. Y, por supuesto, cuando me invitaban a jugar.

—Si hubiera vivido por aquí, le aseguro que también le habríamos invitado a jugar con nosotros.

Oh, Dios. Lo amaba. Solo él conseguía aliviarle las preocupaciones sin atosigarla, decía lo que necesitaba oír sin ser condescendiente. Regresar a Nottinghamshire significaba no volver a verlo, y esa idea le desgarraba el corazón.

—¿Y habría salido a caminar conmigo? —preguntó.

—Puede que no hubiera necesitado caminar tanto. No se habría sentido tan sola.

Le apretó el brazo con fuerza, casi abrazándolo.

—Me temo que volveré a sentirme sola cuando me marche a Lampton Park.

—Bueno, tendrá a la viuda, y también a lord y *lady* Lampton.

—No será lo mismo —susurró.

—No —respondió—. La verdad es que no.

—¿Me va a echar de menos? —Era una pregunta que muchos habrían considerado demasiado atrevida, pero habían sido tan pocas las personas que le habían demostrado cariño, que le costaba adivinar los sentimientos de los demás. Necesitaba hacerle esta pregunta.

—Llevo echándola de menos desde que me fui de Nottingham-shire —confesó.

—Yo ya le echaba de menos antes de que se fuera de allí —replicó ella.

—¿Antes?

No lo entendía. No tuvo más remedio que hablarle claro:

—Venía todos los días a sentarse a mi lado cuando estuve enferma. Hablábamos y nos reíamos, y luego, de repente, dejó de ser una mano amiga para convertirse en un extraño. Dejó de hablar conmigo y de sentarse a mi lado. Volví a no ser más que la «amiga pobre» de la familia.

Dejaron de caminar y se situaron frente a frente.

—La gente empezó a hablar. Había rumores sobre nosotros.

«Oh, no, otra vez con eso», se lamentó en silencio.

—Sé que no soy tan importante como usted, pero no pensaba que se avergonzara de mí.

—Arabella... —Tomó sus manos entre las suyas, con la mirada seria y suplicante—. Nunca podría avergonzarme de tenerla en mi vida. Para mí, es un honor.

Ella se esforzó por creerlo.

—¿Por qué se alejó entonces cuando empezaron esos rumores?

—Precisamente porque sé lo que provocan los rumores. Si no hubieran cesado, no habríamos tenido más remedio que... No quería que ninguno de los dos nos viéramos forzados a algo que no habíamos elegido.

Esa explicación estaba mucho mejor.

—¿No quería alejarse?

Se llevó la mano a los labios y le besó los dedos.

—Nunca lo he querido.

Ella intentó respirar hondo, pero no consiguió calmarse. Había soñado con ese momento. Ver que ahora se hacía realidad le hacía temblar.

—Tengo algo para usted —dijo.

—¿Para mí?

Le soltó las manos y rebuscó en el bolsillo de su abrigo. Se habían detenido bajo las grandes ramas de un viejo roble. El aire fresco acariciaba sus mejillas y pequeños rayos de luz se colaban entre las hojas. Le entregó una bolsa de terciopelo, cerrada con un cordón. Era tan pequeña que cabía en la palma de la mano.

—¿Esto es para mí? —El corazón le latía acelerado—. Gracias.

—Aún no sabe lo que es.

Levantó un hombro e inclinó la cabeza.

—Es que me encantan las bolsas de terciopelo.

Linus apoyó el hombro contra el grueso tronco del árbol y observó pacientemente.

La bolsa era ligera, casi plana. Lo que había dentro debía de ser pequeño. ¿Qué sería? Tiró de la parte superior de la bolsa para abrirla y echó un vistazo al interior, pero no logró ver nada dentro.

Volvió a mirarlo a los ojos.

—¿Es solo la bolsa?

Él se rio.

—No.

Levantó la palma de la mano y volcó la bolsita sobre ella. Dos cuentas, de un verde intenso y no más grandes que la uña de su dedo meñique, salieron por fin.

—Son de jade. Las encontré en una tienda hace años en un puerto del este. No puedo decir qué vi yo, un muchacho de apenas quince años, en un par de cuentas de jade, pero volví al escaparate una y otra vez. La mayoría de cosas que compré durante esos años se las regalaba a mis hermanas.

—¿Y estas no? ¿No las querían sus hermanas? —Arabella no podía imaginarse que alguien no quisiera esos abalorios; eran de un verde oscuro precioso y único.

—Me parecían especiales, pero no sabría decir por qué.

Las rodeó con los dedos y las apretó contra la palma de la mano.

—No puedo aceptarlas.

—¿Por qué no?

—Porque son especiales para usted.

Linus se apartó del árbol y se acercó a ella. Se inclinó y bajó la voz.

—Y tú también, Arabella Hampton. Lo has sido desde el primer momento en que te vi. Siento que lo has sido desde antes de conocerte, desde que no era más que un crío de quince años frente a un escaparate al otro lado del mundo; un crío que sabía, sin darse cuenta, que en algún momento iba a conocerte. —Ella lo miró a los ojos, casi del mismo color que las cuentas. Su mirada estaba inundada de sinceridad. Linus levantó la mano para acariciarle el brazo—. No se me da bien expresar mis sentimientos, nunca se me ha dado bien, pero estas cuentas siempre fueron algo más que unas simples joyas. Las guardé durante años, esperando a que llegaras. —Le volvió a acariciar la mano—. Te eché de menos al venirme aquí, y volveré a echarte de menos cuando vuelvas a Nottinghamshire, hasta que pueda estar allí contigo y verte de nuevo.

—¿Vendrás a Nottinghamshire?

Se llevó la mano a los labios.

—Si fuera necesario, surcaría los siete mares por estar contigo.

—¿Y pasearías conmigo?

—Todos los días. —Le besó los dedos. —¿Y tú harías barcos de papel conmigo?

Ella rio con ternura.

—Todos los días.

La rodeó con los brazos y la estrechó contra sí.

—¿Te pondrás mis cuentas?

—La gente empezará a hablar... —dijo ella.

—Aún tenemos suficiente tiempo antes de que vuelvas para decidir nuestro futuro. Entonces podrán decir lo que quieran; nosotros sabremos lo que queremos.

Arabella se inclinó hacia él completamente envuelta en sus brazos. Tenían tiempo, sí, pero no era necesario: su corazón le hablaba a gritos.

Capítulo 33

Arabella miró su reflejo en el espejo colgado en una de las paredes de su alcoba. A ambos lados de la cuenta del conde colgaban las de Linus. Acarició las tres con cariño. La vida le había hecho preguntarse a menudo si alguien la quería o se preocupaba por ella. Por fin sabía que sí.

Sonrió para sus adentros. El hombre al que amaba también la amaba a ella. Años de dolor se esfumaron con algo tan aparentemente simple como eso. Ella, que siempre había anhelado ser amada, al fin podía ver un rayo de luz.

—¿Bajamos a cenar? —preguntó la viuda desde la puerta. La joven se apartó del espejo y se dirigió hacia ella.

—¿Charlie vendrá también?

—Creo que sí. —La señora Lampton se fijó en el collar—. Vaya, has añadido unas cuentas nuevas a la que mi marido dejó para ti.

Arabella puso la mano sobre el colgante.

—¿Usted sabía que era un regalo suyo?

La mujer sonrió amablemente.

—Mi querida Arabella, lo mucho que te quería no era ningún secreto, ni tampoco era el único que se preocupaba por ti.

—Sus hijos disfrutaban invitándome a jugar con ellos. —«Qué tiempos tan felices», pensó—. Y el conde siempre fue amable conmigo. Siempre me pregunté cómo sería... —Nunca había expresado en voz alta su deseo de formar parte de su familia, y ahora ya no tenía sentido—. Siempre fue amable conmigo, pero no venía a buscarme. Él nunca... no se acordaba de mí si no era yo quien iba a su encuentro.

—Mi marido visitó la casa de tus tíos muchas veces. —La dama se sentó en el borde de la cama y cruzó las manos sobre las piernas.

—Iba a visitar a mi tío —recalcó la joven.

—¿Y sabes por qué?

Nunca le habían hablado de ello.

—¿Por asuntos de la finca?

—La finca de tu tío no tenía influencia sobre ninguna de las propiedades de mi marido, ni mi marido habría respondido a una citación de tu tío.

No lo había pensado de ese modo. ¿Qué se traían entre manos durante tantas visitas? Arabella se sentó junto a la viuda.

—Venía muy a menudo.

—Intentaba negociar algo de gran importancia, pero también de una naturaleza tremendamente delicada. —La mujer puso su mano sobre la de su dama de compañía—. Intentaba convencerlo de que te dejara venir a vivir con nosotros.

Se quedó de piedra. El corazón le bombeaba la sangre con fuerza. Le había rogado al conde que la dejara vivir con su familia en Lampton Park, pero él le había dicho que no podía ser.

La señora Lampton continuó:

—Hicimos todo lo posible para convencer a tu tío de que nos concediera legalmente tu tutela. Él estaba dispuesto, siempre y cuando le pagáramos sumas regulares de dinero, cuya cantidad aumentaba cada vez que abordábamos el asunto. Aunque estábamos dispuestos a aceptarlo, también estábamos seguros de que seguiría exigiendo más y más, pues sabía que él te hacía infeliz y que tu felicidad nos importaba.

—Chantaje... —susurró Arabella.

—Sí. —La viuda sacudió la cabeza, con los ojos fijos en el suelo—. Nunca habría dejado de hacerlo. Lucas temía que, si pagábamos lo que nos pedía, sería cuestión de tiempo que se corriera la voz por todo el vecindario. Ya sabes cómo son; esos rumores te habrían perseguido toda la vida, y yo no podría soportar la idea de causarte tanto dolor. Pero quiero que sepas que nunca dejó de intentarlo. Consiguió arreglarlo convenciendo a tu nueva tía de que si te venías a Lampton Park, se te concedería una temporada en Londres, y ella se beneficiaría de esa posición social. Tu tía, a su vez, impediría que tu tío dijera algo malo de ti o de Lampton Park, porque eso les repercutiría directamente.

—¿Iba a ir a vivir con ustedes?

La mujer asintió.

—Lucas compró ese collar como regalo de bienvenida, para dártelo el día que vinieras a vivir a casa.

Arabella acarició las cuentas con los dedos. Intentó tragar saliva, para aclararse la garganta reseca.

—Pero al final nunca fui a vivir con ustedes.

—No, no viniste. —La señora Lampton bajó la voz.

—¿Por qué no?

La mujer parpadeó varias veces seguidas, tenía los ojos enrojecidos.

—Murió. —Tomó aire y continuó—: La ley no permite que una dama sea la tutora legal de nadie, ni siquiera de sus propios hijos. Mi marido había conseguido que no intervinieran en la crianza de nuestros hijos en caso de que él muriera inesperadamente. Aquella cautela resultó ser casi una profecía. Sin embargo, a pesar de todo lo que pactamos con tu tío, no consiguió hacer los arreglos necesarios para que yo pudiera ser tu tutora. La muerte de mi marido supuso el fin de nuestras esperanzas contigo. No podía llevarte a Lampton Park por más que quisiera.

—¿De verdad quería?

La señora suspiró.

—Me parte el corazón verte dudar.

—Nunca me lo dijo. —Nunca se lo dijo nadie.

—No queríamos despertar en ti esperanzas que no podíamos cumplir. Y después de que Lucas muriera, no podía soportar decirte lo que «casi» conseguimos. No podía creérmelo.

Había estado tan cerca de hacer realidad sus sueños. Tan cerca...

La viuda continuó:

—Debería haber intentado traerte a casa mucho antes. Creo que a tus tíos no les habría costado separarse de ti, pero no había ninguna justificación que acallara los rumores de la gente. Entonces Philip se casó, y yo tuve que mudarme a mi nueva residencia.

—Y entonces hizo creer a los vecinos que necesitaba una dama de compañía.

Asintió.

—Debería habértelo contado mucho antes. Lo intenté más de una vez, pero hablar de los últimos meses de la vida de Lucas se me hace imposible.

—¿Me quería?

—Oh, Arabella. —Le apretó la mano—. Te quería muchísimo. Pensaba en ti como si fueras su propia hija. Si estuviera aquí... —dijo emocionada— probablemente se sentiría decepcionado conmigo por haberte dejado tanto tiempo sin saber la verdad.

—Y conmigo por dudar de él. —Las lágrimas rebosaban de sus ojos—. Me mostró tanto amor... y yo no lo creí.

La viuda sonrió con una expresión triste y melancólica.

—Si estuviera aquí nos arroparía a las dos con un abrazo, nos diría que nos quiere e insistiría en que confiáramos en su amor. Y luego haría todo lo que estuviera en su mano para asegurarse de que lo creyéramos.

Oh, cómo lo había querido.

—Se le rompería el corazón al pensar que has pasado tantos años sintiéndote olvidada —añadió la señora Hampton—. Nunca hubiera querido que te sintieras así.

—¿Cree que Linus le gustaría?

La viuda enarcó una ceja.

—Conque Linus, ¿eh?

Arabella sintió cómo se encendían las mejillas.

—Quería decir «el señor Lancaster».

La mujer se rio.

—Estoy segura de que no le importará que le llames por su nombre de pila. Puedo ver lo que sentís el uno por el otro. Lo sé desde hace años.

Arabella no pudo contener la sonrisa.

—Pero si solo nos conocemos de hace unos días.

—No, os conocéis de antes —replicó la viuda—, pero no os habéis dado cuenta.

Todo cobraba sentido.

—Estas cuentas nuevas son un regalo suyo.

La señoras Lampton asintió.

—Algo me decía que eran suyas, sí.

Arabella deslizó una cuenta de jade por la cadena.

—Creo que el conde lo aprobaría.

—Si mi querido Lucas pudiera ver la ternura con la que te mira Linus, haría más que eso: lo querría.

Si cerraba los ojos, aún podía ver al conde, así que eso fue lo que hizo.

—Ojalá estuviera aquí.

—Ojalá —repitió la viuda—. Lo pienso todos los días. Todos y cada uno. Pero lo veo en sus hijos. Lo veo en ti. —Arabella la miró una vez más. El cariño que estaba recibiendo de aquella mujer aliviaba cualquier dolor que hubiera sentido hasta entonces—. Saber que mi amado esposo sigue haciendo de las suyas desde donde esté me reconforta más que las palabras. Sigue vivo, porque no lo hemos olvidado.

—Nunca lo haremos —dijo Arabella. Rodeó a la viuda con los brazos y la apretó con fuerza. Años de soledad se desvanecían en un solo gesto.

Por fin se sentía querida.

Capítulo 34

Linus necesitaba conocer a más vecinos. Los Napper eran una compañía bastante agradable, pero ya los había invitado a casa demasiadas veces. Era evidente que el señor y la señora Napper esperaban que tanto él como Charlie se interesaran por sus hijas. Charlie era demasiado joven para comprometerse y el corazón de Lancaster pertenecía a otra dama. Tal vez necesitaban dejárselo un poco más claro.

—¿Qué planes hay para esta noche? —preguntó la viuda cuando llegaron todos al salón—. ¿Jugamos a las cartas?

El lugarteniente había estado preparando una sorpresa para Arabella. Era la oportunidad perfecta.

—Bueno, podemos escuchar algo de música.

—Excelente elección —celebró la señora Napper.

—Me gustaría mucho volver a oírle tocar la lira. —La mayor de las señoritas Napper le había hablado más de música que de cualquier otro asunto. Pero el anfitrión no pretendía tocar, sino que lo hiciera otra persona.

—Bueno, yo me refería a la señorita Hampton —aclaró. Ella abrió los ojos como platos. Debería habérselo dicho.

—¿La señorita Hampton toca la lira? —preguntó la señora Napper.

Linus negó con la cabeza.

—Toca el piano, y tengo entendido que tiene bastante talento. —Se volvió completamente hacia Arabella—. ¿Le apetece? —Le tendió la mano.

Ella permitió que la ayudara a ponerse de pie y, en voz baja, dijo:

—Es imposible tocar ese piano, voy a ser el hazmerreír.

Le pasó el brazo por el suyo y la acompañó hasta el instrumento.

—Nunca haría eso —susurró. Ella se sentó en el taburete y posó los dedos sobre las teclas, vacilante—. Confíe en mí.

Arabella cuadró los hombros y colocó las manos en posición. Confiaba en él, y eso le conmovía profundamente; era muy difícil para ella confiar en alguien.

Comenzó a tocar y, después de unas pocas notas, se detuvo. Con una mueca de asombro, dijo:

—Ha afinado el piano.

—Sí. Hoy, cuando salió a pasear —respondió.

En lugar de la emoción que esperaba, vio extrañeza en su expresión.

—Pero si usted no toca el piano.

—No, no lo toco.

—Ni usted ni nadie que viva aquí.

Linus esbozó una dulce sonrisa.

—Pero usted sí, y eso hace que mi esfuerzo merezca la pena.

Ella tocó sin querer las cuentas de su collar, sus cuentas.

—Gracias.

Él insistió.

—Toque, por favor. Llevo queriendo oírla desde la noche que nos presentaron.

—Me gusta tocar.

—Entonces no la entretengo más. —Hizo una pequeña reverencia y se sentó delante del grupo, para mirarla y oírla desde el mejor sitio.

Ella empezó a tocar. Efectivamente, tocaba tan bien como la viuda había asegurado. De hecho, tocaba incluso mejor, porque disfrutaba tocando. Ambos compartían ese amor por la música. Quizá podrían aprender a tocar a dúo la lira y el piano. «Qué estampa tan bonita», se dijo Lancaster.

El señor Napper se sentó lo suficientemente cerca como para poder hablarle.

—Toca bien.

—Toca «muy» bien —recalcó Linus—. Es bellísima. Bellísima.

—¿Habla de la melodía o de ella? —preguntó sin titubear.

Era la oportunidad de aclarar sus dudas.

—De las dos —respondió, sosteniendo la mirada del invitado.

Su vecino asintió con un gesto.

—Me temía que fueran por ahí las cosas.

—Yo me temía que algunos de su familia creyeran que fueran por otro lado. —Esperaba no ofenderlo con su franqueza. Los rumores ya se habían entrometido entre Arabella y él una vez, no quería que volviera a ocurrir—. Confío en que cualquier malentendido pueda aclararse fácilmente.

El señor Napper volvió a asentir, sin resentimiento alguno. Parecía que, al menos él, no había puesto demasiadas esperanzas en Linus.

Arabella siguió tocando. Lancaster se sentía embrujado por el sonido de las teclas de aquel piano. Su música lo hechizaba y verla le resultaba lo más placentero que había sentido en mucho tiempo.

Esperaba que su regalo, que no era más que un instrumento que ella pudiera tocar, le trajera algo de felicidad durante su estancia. Más que eso, esperaba que su estancia en su casa, en su vida, le trajera paz y alegría, y también la certeza de que alguien la amaba. Ninguna otra palabra describía mejor sus sentimientos. Amor.

Arabella terminó, se levantó con las mejillas teñidas de color carmesí, e hizo una reverencia mientras el público aplaudía. Linus la acompañó a su asiento, pero el doctor Scorseby llegó primero.

—Tiene usted un don. ¿Lo sabe? —El médico se situó entre los dos, y seguramente lo hizo intencionadamente. El mensaje era claro. El doctor era muy consciente de que Linus estaba cortejando a Arabella y no pretendía rendirse—. Me siento privilegiado por haber podido escucharla tocar. Espero que le apetezca volver a deleitar a los vecinos con su música cuando volvamos a Nottinghamshire.

Scorseby podría haber acaparado la atención de Arabella en ese preciso momento, pero eran las cuentas de Linus las que adornaban su cuello. Lo había abrazado la tarde anterior, y esa era razón suficiente para creer que lo que sentía por él era verdadero y que no lo reemplazaría por otro.

—Doctor Scorseby —dijo la viuda, en un tono lo bastante alto como para que el médico dejara de hablar—, perdone que le interrumpa, pero necesito que la señorita Hampton me traiga el chal.

El médico se apartó amablemente y la joven se apresuró a marcharse. A Linus no le había concedido ni un minuto de su tiempo; quizá se sentara a su lado cuando regresara.

La segunda de las hijas de los Napper se sentó al piano.

Tocaba bien, pero no tanto como para captar la atención de Lancaster.

—Chsss —susurró alguien detrás de él.

Miró hacia atrás y Charlie le hizo un gesto para que se acercara. Intrigado, se aproximó al sofá donde reposaba el joven, con las piernas aún entablilladas.

—¿A qué espera? —susurró Jonquil—. Aproveche.

—No le entiendo.

—Arabella.

¿Qué le estaba insinuando?

—Se fue a buscar el chal de su madre.

—Mi madre ya tiene su chal.

De repente, todo cobró sentido.

—¿Es una artimaña de su madre?

—Es una «oportunidad» que le brinda mi madre.

—Dele las gracias de mi parte.

Salió lentamente de la habitación, intentando no llamar la atención. Subió las escaleras de dos en dos. Arabella estaba de pie a unos metros del final de la escalera. Lo observó acercarse, con el ceño fruncido e inquieta.

—¿Qué pasa? —preguntó él.

—Has afinado el piano, pero no sabes tocarlo.

—Yo no, pero tú sí.

—¿Lo has afinado para mí? —Se acercó más.

—Solo para ti —él también se acercó.

—¿Porque te gusta la música? —Ella dio otro paso, acercándose tanto que podía oír su respiración.

—Porque me gustas tú. —Le rodeó la cintura con un brazo y le puso la mano en la espalda—. Me gustas mucho.

Ella apoyó las palmas en el pecho del lugarteniente y lo miró a los ojos.

—Tú también me gustas mucho.

—¿De verdad? —preguntó él con una sonrisa.

Arabella se puso de puntillas y le dio un beso breve y tierno en la mejilla.

—Sí, mucho.

La abrazó con más fuerza, pero ella retrocedió y se escabulló.

—Arabella —Ella se detuvo a mitad de la escalera y volvió a mirarlo—. ¿Puedo acompañarte mañana a pasear?

Ella sonrió.

—Por supuesto.

—¿Y pasado mañana? —Bajó hasta situarse en el mismo escalón.

—Por supuesto.

Bajó un peldaño más; los rostros de los dos estaban a la misma altura.

—¿Y al día siguiente?

—Por supuesto. —Le tocó suavemente la mejilla.

—Ya ves que mi piel está un poco castigada por el viento —dijo—. Los años en alta mar pasan factura.

—¿Sabes qué pensé la primera vez que te vi en la entrada de Lampton Park?

Linus fingió meditarlo un instante.

—Seguramente, algo como: «¿Quién es ese viejo?».

Ella inclinó la cabeza, con los ojos brillantes.

—Pensé que eras el hombre más bello que había visto nunca.

—¿Bello?

Apoyó la cabeza en su hombro.

—Sé que no es la palabra adecuada, pero fue la primera que se me vino a la mente. Desde luego, no te vi como alguien con la piel castigada por viento.

La rodeó con los brazos.

—¿Sabes qué es lo primero que pensé yo?

—¿Que quien era ese ratoncillo de la esquina?

Linus aspiró su aroma, disfrutando del momento.

—Pensé en lo mucho que deseaba conocerte, en lo especial que eras.

—¿Una mujer escondida en la sombra de una escalera?

—Sentí una atracción inexplicable. —Ella le dio un beso en la frente—. El calor inundaba todo mi cuerpo cada vez que te hablaba.

—Me alegro de que me hablaras aun así.

—Yo también —dijo él.

Con un pequeño suspiro, ella se apartó de sus brazos y bajó las escaleras. Lo miró una vez más antes de desaparecer por el pasillo.

Linus la siguió lentamente. La había abrazado; se había estremecido en sus brazos. Tenía motivos para esperar que mientras ella estuviera en Shropshire, él encontraría la forma de demostrar que era digno de su amor.

Llegó al pasillo de abajo. Arabella ya había entrado en el salón, y Scorseby estaba de pie, no muy lejos, observándolo.

Linus cuadró los hombros; no era el primer enemigo al que se enfrentaba. Este, sin embargo, no parecía tener intención de pelear.

El doctor lo miró durante un momento y, tomando aliento, asintió. Caminó por el pasillo, no hacia el salón, sino hacia el vestíbulo, y volvió a mirar a Linus.

—Cuídela bien.

—Descuide.

Scorseby le sostuvo la mirada con firmeza.

—Que no se le olvide nunca —dijo mientras cruzaba la puerta para no volver.

Linus entró en el salón y buscó a Arabella con la mirada. Ella le sonrió desde su asiento y su corazón se aceleró nada más verla.

Claro que iba a cuidarla, la cuidaría más que «bien»; iba a hacer todo lo que estuviera en su mano para merecer su amor.

Capítulo 35

Arabella se iba.

Charlie había mejorado mucho durante las últimas seis semanas gracias a los cuidados de su madre y las recomendaciones del médico local; Scorseby, por su lado, hacía tiempo que había regresado a Nottinghamshire. El joven Jonquil se había perdido el comienzo del nuevo curso en Cambridge y no volvería hasta después de las vacaciones de Navidad. Su prolongada ausencia había aumentado su entusiasmo por retomar los estudios y el tiempo que había pasado lejos de sus hermanos le había servido para echarlos de menos. Estaba listo para regresar a Lampton Park, igual que la viuda. Linus los echaría de menos, sin duda; pero la marcha de Arabella le pesaba mucho más.

Había disfrutado de su compañía durante seis semanas. Seis semanas paseando por los alrededores y los jardines de la finca. Seis semanas tomándola de la mano cada noche después de cenar. Seis semanas deleitándose con la idea de tenerla en su casa, a su lado. Pero se marchaba.

Lo ocurrido el último mes y medio los había cambiado a ambos. Ella se había despojado de gran parte de la incertidumbre que antes pesaba en sus ojos, y él se había librado de la soledad que le había perseguido los últimos once años. Eran felices juntos, las heridas del alma sanaban en compañía del otro, se hacían más fuertes. No podía imaginar una vida sin ella.

Se le acababa el tiempo.

Lo primero que tenía que hacer era poner a la viuda al corriente, así que fue a buscarla a la habitación de Charlie. De alguna manera, en el transcurso de los últimos dos meses, Linus había empezado a pensar en la habitación que una vez había compartido con su hermano como la de Jonquil. Ya no era el lugar de dolor y culpa que una vez fue, ya no aceleraba el paso cuando pasaba por delante de la puerta ni se negaba a entrar. Siempre vería a Evander allí, siempre lo echaría de menos y lloraría por él, pero ya no temía esas emociones, ahora la felicidad llenaba cada rincón su casa.

—Linus. —Hacía unos días que la viuda había comenzado a llamarlo por su nombre de pila. De hecho, había empezado a ser como una madre para él—. ¿Ha venido a ayudarnos a hacer las maletas?

—No.

Charlie se rio mientras metía otro libro más en su pequeña bolsa de viaje. Durante el tiempo que estuvo convaleciente y no pudo asistir a sus clases en Cambridge, acumuló pilas de textos que debía estudiar antes de volver.

—Entonces, ¿qué le trae por aquí? —preguntó la mujer.

—He venido por un asunto... —No sabía qué decir, estaba demasiado nervioso—. Sé que el pariente masculino más cercano de Arabella es su tío, pero, como no quiero darle la falsa impresión de que tiene el poder de decidir algo sobre su vida, no he querido hablar con él. Y, aunque en sociedad se piense que su hijo mayor es quien debe hacerse cargo de esto, es usted a quien considero la persona más adecuada para este asunto en particular. —«Ay, Dios»..., se estaba yendo por las ramas, y Charlie sonreía sin disimular. Continuó, intentando encontrar las palabras adecuadas—: Sé que es costumbre cuando se habla de estos asuntos buscar la bendición de la familia de la dama, así que me gustaría saber que aprueban y que apoyan esta decisión. Ella no estaría contenta si no contara con su aprobación, pero la considero más que capaz de tomar esta decisión sin... No le estoy pidiendo permiso; no es que no valore su opinión, pero...

Charlie resopló. Su madre le dio un manotazo, se acercó a Linus y le agarró por los brazos.

—Arabella es más que capaz de elegir su propio futuro. El hecho de que lo sepa y lo reconozca solo me hace mirarle con mejores ojos, y agradezco el detalle de consultarnos para tranquilidad de ella.

—Entonces, ¿no parezco patético? —preguntó riendo.

Charlie intervino.

—No, no tanto.

La viuda sacudió la cabeza.

—No le haga caso. Ahora que se siente mejor, tiene que volver a hacer de las suyas.

—Como haría cualquier hermano pequeño que se precie —lo disculpó Linus.

Charlie se acercó moviéndose lentamente, apoyado en un bastón. Aún no estaba recuperado del todo.

—¿Cómo se lo va a pedir?

«¿Cómo?». Los miró a ambos, dubitativo.

—Pues... pensaba preguntarle, simplemente.

El joven Jonquil puso los ojos en blanco, y la señora Lampton lo miró con gesto comprensivo.

—Supongo que, llegado el momento, harás lo adecuado.

—Bueno, un detallito... —sugirió Charlie, como si cualquier otra opinión fuera completamente absurda—. Proponer un futuro juntos debería ser algo inolvidable.

Linus no pudo evitar soltar una carcajada.

—Habla como Artemisa.

El muchacho se puso serio y señaló al lugarteniente con gesto amenazante.

—Siga soltando tonterías como esa y le hago la cabeza añicos con este bastón. Mi cuñada me enseñó cómo hacerlo y es toda una experta.

—Por mucho que me gusten los duelos improvisados, tengo asuntos mucho más importantes que atender.

La viuda le acarició la mejilla.

—Arabella no necesita grandes gestos ni excentricidades; solo necesita saber que la quiere. Recuérdeselo.

—¿Que se lo recuerde?

La viuda sonrió amablemente.

—Durante las últimas semanas no ha hecho otra cosa que demostrarle su amor.

Para su sorpresa, la señora Lampton lo abrazó, y entonces recordó nítidamente cómo era estar entre los brazos de una madre. Linus la apretó con fuerza y disfrutó el momento.

—Gracias, mi querido Linus, por querer a Arabella. Por saber ver las cualidades de Charlie cuando su propia familia no siempre lo hacía. —Se apartó para mirarlo a los ojos—. Por ser a partir de ahora uno más de mis hijos.

—Gracias a usted por dejarme formar parte de su familia en un momento como este y por darme de nuevo el calor de una madre. Es algo que siempre he echado de menos.

—Parece que hice bien en celebrar esa fiesta en casa.

Él asintió.

—Le estaré eternamente agradecido.

Ella lo apartó un poco.

—Ande, vaya a buscar a Arabella. Escribiré a mi hijo Jason, él puede conseguir una licencia especial y no tendremos que esperar tanto para planear la boda.

—¿No cree que se está precipitando un poco?

—En absoluto. —Se acercó al escritorio—. Confío en vosotros.

—Gracias. No sé si ella querrá...

La viuda le sonrió con cariño.

—Cuando me lo propusieron a mí, la idea de casarme con el caballero con el que finalmente lo hice me asustó. Incluso amenacé con escaparme de casa.

Linus se rio.

—No está ayudando.

—Ya, pero nuestra situación era muy diferente. Usted la quiere, y ella lo sabe. Yo no lo sabía.

—Bueno —dijo volviéndose hacia la puerta—, deséenme suerte.

—La necesitará —bromeó Charlie.

—Basta ya —le reprendió la viuda, riendo.

Linus sacudió la cabeza divertido mientras salía al pasillo. Formar parte de la familia Jonquil estas últimas semanas había sido una inmensa suerte y una alegría. No solo había empezado a verse como uno de ellos, sino también a estar cada vez más ansioso por reunirse con su propia familia, encontrando por fin su sitio entre ellos, en lugar de limitarse a lamentar lo que se había perdido todos aquellos años.

Pretendía pasar la Navidad en el castillo Falstone y, si todo salía bien, iría de la mano de Arabella. Aunque no quería darle demasiada importancia a la sugerencia de Charlie, tampoco quería limitarse a aparecer frente a ella y decirle: «Si no tienes planes para Navidad, podríamos casarnos y luego visitar a mi familia».

Tenía que hacer algo, pero ¿qué? No era una persona muy romántica, y tenía poca experiencia en esas cuestiones. Debía hacer algo para demostrarle lo mucho que la amaba.

Y entonces, lo supo.

Se metió en el estudio y abrió el primer cajón del escritorio. Un antiguo compañero suyo de la Marina vivía en Cheshire, el pueblo colindante. Linus le había escrito unas semanas antes, porque sabía que había acumulado una colección de rarezas de todo el mundo.

Tal y como esperaba, su amigo tenía entre sus baratijas internacionales un abalorio especialmente singular que estaba dispuesto a vender. Había llegado hacía dos días, pero no había encontrado el momento adecuado para dárselo.

Este era ese momento.

Sacó el paquete y se llevó la cuenta a la mano. No era tan colorida como la que el conde le regaló a Arabella, ni tampoco tan bonita como las dos de jade que le regaló él mismo semanas atrás. No era elegante ni fina, pero sí única y original. Le encantaría.

Le echó un rápido vistazo al reloj; por la hora, sabía perfectamente dónde encontrarla. Ya no caminaba durante horas y horas, pero sí paseaba por los jardines o los prados abiertos de la finca todas las tardes. La había acompañado en muchas ocasiones, y eso le gustaba. Ya no parecía cansada, asustada ni agotada, sino feliz.

Se dirigió primero al jardín por si acaso había preferido quedarse cerca de casa. Por suerte estaba allí. La encontró sentada bajo las ramas de un roble en el lado oeste. El otoño había teñido las hojas de diferentes tonos rojizos. Los arbustos cercanos, también lucían colores otoñales. La escena era especialmente embriagadora gracias a la presencia de Arabella. Se la imaginaba en ese mismo banco cubierto de un manto blanco en invierno, rodeado de brotes verdes en primavera y también al tórrido sol del verano.

Ella levantó la vista cuando se acercó; le brillaban los ojos de alegría.

—Buenas tardes, Linus. —Se deslizó hasta el extremo del banco en el que estaba sentada para hacerle sitio. Siempre habría un hueco para él a su lado, algo que ella no siempre había encontrado en su propia familia.

Se sentó. Ella apoyó la cabeza en su hombro y pasó el brazo por el suyo. Se habían acostumbrado a mantener esa cercanía. Normalmente, él la habría tomado de la mano. Sin embargo, esa tarde tenía otras intenciones.

—Tengo algo para ti —anunció. Es probable que Charlie no hubiera apreciado el momento como demasiado ordinario, aunque Artemisa, sí, sin duda.

—¿El qué? —Aunque parecía interesada, no se apartó de él.

Prefería sentirlo cerca a cualquier regalo. ¿Cómo no iba a quererla?

Metió la mano que le quedaba libre en el bolsillo. Cerró el puño con fuerza alrededor de la cuenta, temeroso de perderla o de que no le ilusionara tanto como a él.

—No debe de ser muy grande —dijo ella.

—No. —Apoyó el puño en la pierna, nervioso.

Ella le dio la vuelta a la mano con suavidad, con ternura, y le retiró los dedos uno a uno hasta que la mano quedó abierta, con la cuenta en la palma. Con cuidado, la tomó con el pulgar y el índice.

—Viene de Grecia. Es de madera de boj, como mi lira.

—Me encanta oírte tocarla. —Cerró los dedos, sosteniendo la cuenta entre ellos, y los apretó contra su corazón—. ¿Es la misma madera?

Linus asintió.

—Será como tener una parte de ti siempre conmigo.

Le tomó la mano y se la llevó a los labios.

—No creo que puedas poner muchos abalorios más. Como sigamos así, tendrás el collar más raro del mundo.

Ella sonrió.

—Me encantaría.

—No voy a poder regalarte más si estás en Nottinghamshire.

Por un momento, un gesto de tristeza asomó al semblante de Arabella.

—Y nos vamos pronto...

—¿Tienes que irte? —Linus se volvió, se soltó de su brazo para tomarle la otra mano y llevársela a los labios.

—Mi familia... —se interrumpió, sorprendida por sus propias palabras— mi familia se marcha.

Él sabía muy bien lo que significaba para ella formar parte del clan de los Jonquil. Le había contado con detalle el deseo de toda su vida: pertenecer a una familia y ser querida y cuidada.

—¿No lo ves, Arabella? Mi familia también se va.

La joven hizo una mueca, confundida.

—Tu familia se fue hace semanas.

Le soltó la mano y le rozó la mejilla con los dedos.

—Tu eres mi familia. Eres mi hogar.

—Y tú el mío.

Suspiró, aliviado y esperanzado. Sabía el daño que la habían hecho y se preguntaba si alguna vez aprendería a confiar ciegamente en él. Esperaba que sí.

—¿Has sido feliz aquí? —preguntó.

—¿Y tú? —Esa no era la respuesta que esperaba y ella debió de notarlo, así que sonrió—. Sé que volver a esta casa, con todos sus recuerdos acechándote día y noche, no te ha resultado nada fácil.

—Bueno, he intentado hacerla mía, como me aconsejaste hace unas semanas. Contigo he podido hablar de mi hermano sin presiones y sin que nadie me pida que deje de llorar. —Le dio un beso en la frente—. ¿Te he dado ya las gracias por eso?

—Ahora sí.

Linus sintió que se estaba alejando de su propósito. Le había encantado su regalo, lo había recibido con ternura y se habían envuelto en un caluroso abrazo, pero, aunque todo indicara que diría que sí, no podía evitar que le temblaran las piernas. ¿Se pondrían todos los hombres tan nerviosos al pedirle matrimonio a una dama?

—No te he buscado solo para darte la cuenta —le dijo—. Quería preguntarte algo más.

Ella soltó una breve y dulce carcajada.

—En realidad no has hecho más que preguntarme cosas desde que te has sentado aquí conmigo: «¿Tienes que irte?», «¿has sido feliz aquí?», «¿te he dado las gracias por ser una persona maravillosa?».

—Me gustaría hacerte solo una más. —Ella lo miró a los ojos, impaciente—. ¿Quieres...? —Sacudió la cabeza; se sentía ridículo. Era un hombre de la Marina, había luchado en guerras; no podía perder los nervios ante algo así, algo que deseaba con todas sus fuerzas—. ¿Te quedarás conmigo?

En sus ojos había tanta incertidumbre como esperanza.

—¿En el jardín?

—En esta casa. En mi vida.

Con la respiración entrecortada, apretó contra el pecho la mano que aún sujetaba la cuenta que él le había regalado.

—Ya me he equivocado demasiadas veces, Linus. Háblame claro.

Tenía toda la razón. Le pasó un brazo por la cintura y luego el otro. La acercó a él, hasta percibir su aroma.

—Te amo, Arabella Hampton. No puedo imaginar una vida sin ti. Hemos pasado muchos años buscando un lugar en nuestras familias y, al conocerte, supe que mi sitio estaba a tu lado; encontré mi familia, el lugar donde debo estar. Si sintieras lo mismo...

—Linus. —Pronunció su nombre con un tono de regañina y súplica.

Seguía sin ser claro. Era el momento de ser valiente.

—¿Quieres casarte conmigo?

Con un fuerte suspiro, exhaló todo el aire de los pulmones, como si toda la tensión acumulada se disipara de repente.

—Linus. —Esta vez, pronunció su nombre con una sonrisa en los labios. Se inclinó hacia él, para apoyar la cabeza sobre su pecho—. Linus.

—Ahora soy yo quien te pide que seas clara.

—Te amo —dijo ella—, y no puedo imaginarme una vida sin ti.

—Entonces, ¿quieres casarte conmigo? —El corazón le latía con fuerza mientras aguantaba la respiración.

—Sí, quiero —respondió ella, antes de besarle dulcemente la mejilla.

—¿Sí?

—Sí —susurró Arabella.

Rozaron sus labios, exprimiendo cada segundo de ese momento.

—Te amo, Arabella.

Ella le rodeó el cuello con los brazos y él la besó con fuerza. Se aferraron el uno al otro. Durante mucho tiempo había culpado al destino por alejarlo de su hogar y de su familia, pero luego lo había llevado hasta ella. Su vida, aun con todas sus dificultades y miserias, se había llenado de amor, alegría y esperanza.

—Te amo —repitió—. Y siempre te amaré.

Agradecimientos

Quisiera mostrar mi más sincera gratitud a:

Annette Lyon y Luisa Perkins, por conseguir que los martes sean mis días favoritos.

Karen Adair, que no me deja nunca y celebra cada palabra que escribo, me anima y me saca de quicio en las conferencias de escritura.

Katherine Eden, por aportar grandes ideas y ayudarme a arreglar con cariño los fragmentos que no encajaban. Eres la mejor.

Ginny Miller, por corregirme con gusto y entusiasmo, y por encontrar siempre los errores que yo había pasado por alto.

Michael Darley, por ayudarme a no olvidarme de mi cuerpo y a que esté siempre en movimiento, funcionando y prosperando, y por darme esperanzas para todo lo que estaba por venir.

Pam Victorio y Bob Diforio, por su apoyo incondicional.

Sam Millburn, por, como siempre, hacer de mis palabras una mejor versión, más fuertes y claras.

Mi familia, por ayudarme en esas noches infinitas y los plazos ajustados, por recordarme que debo cuidarme, y por ser increíble.

Descarga la guía de lectura gratuita
de este libro en:
https://librosdeseda.com/